IM LANGBOOT

IM LANGBOOT

D. O. HASSELMANN

D. O. Hasselmann

Fasanenweg 2

66440 Blieskastel

Bibliografische Information der Deutschen Nationalbibliothek:

Die Deutsche Nationalbibliothek verzeichnet diese Publikation in der Deutschen Nationalbibliografie; detaillierte bibliografische Daten sind im Internet über http://dnb.dnb.de abrufbar.

TWENTYSIX – Der Self-Publishing-Verlag

Eine Kooperation zwischen der Verlagsgruppe Random House und BoD – Books on Demand

© 2019 D. O. Hasselmann

Herstellung und Verlag:

BoD – Books on Demand, Norderstedt

ISBN: 978-3-740-70626-5

Umschlaggestaltung und -illustration:

DAS ILLUSTRAT, München,

unter Verwendung von Motiven von

ilbusca / iStock, Multipedia / Shutterstock und Isogood_patrick / Shutterstock

Lektorat und Korrektorat: Claudia Pietschmann

Für Noah

»Wenn das Schiff auf falschem Kurs ist, genügt es nicht, den Kapitän auszuwechseln – man muss den Kurs ändern.«

Pavel Kosorin

EINS

LIVERPOOL, MÄRZ 1841

Der ausgehende Winter schickte immer noch eisige Winde über die Irische See an die englische Westküste, als Alexander Holmes vor der Tür des *Lucky Joe's* stand.

Ihm war jedes Mal behaglich zumute, wenn er sich nach Wochen auf See mit einem schönen Abend in seiner Lieblingskneipe in Liverpool belohnte. Mit diesem wohligen Gefühl und in der Absicht, sich ein oder zwei Pint Bier zu genehmigen, öffnete er die Tür. Beim Eintreten begrüßte ihn ein Schwall vertrauter Gerüche. Fisch und Seetang, aus den Poren gekrochener Alkohol und Schweiß, aber auch eine Menge beißender Tabakqualm, der das ohnehin spärliche Licht des Raumes streute.

Hinter dem Tresen stand wie immer Lucky Joe persönlich und ließ das ölige Bier in die Krüge fließen. Den Spitznamen verdankte er einer Seeschlacht mit den Franzosen in alten Zeiten, bei der eine feindliche Kugel sein linkes Auge durchschossen hatte und in den Tiefen des Hirnes steckengeblieben war, ohne aus dem Kopf wieder auszutreten. Seine Kameraden hatten ihn längst aufgegeben, als er dreiundzwanzig

Tage ohne Bewusstsein niederlag. Lucky Joe war jedoch am vierundzwanzigsten Tag wundersamer Weise wieder aufgewacht. Übrig geblieben waren die Blindheit auf dem linken Auge und die sprachliche Besonderheit, dass er nur noch in einzelnen Wörtern redete. Das genügte jedoch vollkommen für das Führen dieser Art von Schänke.

Wie zäh doch die menschliche Rasse ist, dachte Holmes jedes Mal, wenn er ihn sah und sich an die Geschichte erinnerte. Was man alles ertragen konnte, ohne gleich draufzugehen. Er bestellte ein Pint Bier und warf Lucky Joe eine Münze zu.

Zum ersten Mal seit drei Jahren war er wieder in Liverpool eingelaufen; es kam ihm wie seine zweite Heimat vor. Die Aussicht, hier eine Heuer zu bekommen, war gut dank des geschäftigen Hafens mit Dutzenden am Kai liegenden Schiffen. Ständig liefen neue ein; die Herausforderung war lediglich, ein geeignetes zu erwischen. Die Entlohnung sollte ordentlich, der Kapitän und seine Männer durften keine elenden Menschenschinder sein und darüber hinaus wäre eine Abwechslung zur vorherigen Fahrt angenehm.

Alexanders letzter Einsatz als Vollmatrose hatte ihn hauptsächlich im Pendelverkehr von Nord- nach Südamerika geführt. Das Schiff, die *Last Hope*, transportierte Eisenwaren aus den Vereinigten Staaten nach Brasilien und zumeist Früchte und Rohrzucker zurück in den Norden. Da seine Heuer nun jedoch beendet war, fühlte er sich frei und ungebunden, für ihn das schönste Gefühl. Wie es nach diesem Landgang weitergehen sollte, wusste er noch nicht, er würde sich treiben lassen und dem Schicksal vertrauen. Es hatte ihn bislang noch nie fehlgeleitet. Gute Gelegenheiten taten sich immer wieder auf, es waren schließlich geschäftige Zeiten. Wer aufgeschlossen durch die Welt ging, Menschen mit Freundlichkeit und einem Lächeln im Gesicht begegnete, wurde am Ende immer belohnt.

Reines Herz und weiter Horizont, das war das Familienmotto, das sein Vater, ein Fischer, ihm schon in der Kindheit eingeimpft hatte.

Die Kneipe war zum Bersten voll. Neben ihm am Tresen schoben die Männer einander beiseite und gierten nach gefüllten Krügen, an kleinen Tischen im Schankraum steckten sie ihre Köpfe zum Plaudern zusammen.

Aus der hinteren Ecke des Raumes, die durch den Tabakdunst wie in dichtem Nebel lag, drang Lärm zu Alexander herüber. Dort drängten sich Schaulustige und Spieler um einen Würfeltisch. Nachdem sich Holmes das zweite Bier bei Lucky Joe bestellt hatte, trieb ihn die Neugier zu diesem Grüppchen. Sie spielten *Seven Eleven*. Holmes kannte das Spiel und beobachtete das lebhafte Treiben ein paar Runden lang stumm. Dem Glücksspiel stand er misstrauisch gegenüber, denn der Spieler konnte das Geschehen nicht kontrollieren. Weder Geschick noch Schläue entschieden beim Würfeln über Sieg oder Niederlage, und diese Schicksalsergebenheit mochte Holmes überhaupt nicht. Heute Abend jedoch, nach zwei Bieren und dem ohnehin beschwingten Gefühl, wollte er eine Runde wagen, als der Platz des *Shooters* frei wurde.

Der Mindesteinsatz betrug einen Shilling und den setzte er. Er nahm die zwei roten Würfel mit den scharfen Kanten und schleuderte sie gegen die hintere Wand des Würfeltisches. Eine Zwei und eine Drei.

»Point!«, rief ein Spieler, der ihm gegenübersaß und zu den *Faders*, seinen Gegenspielern, gehörte. Ein Unentschieden und Alexander musste noch mal würfeln. Die Faders und die Zuschauer musterten ihn aufmerksam. Rechts neben ihm saß ein Bulle von einem Mann, der grimmig und stumm vor sich hinstarrte. Er hatte sich den Schädel glattrasiert und trug einen langen dunkelbraunen Vollbart, der ihm bis zur Brust reichte. In seinen Ohren steckten zwei riesige elfenbeinerne Ohrringe, und an der linken Halsseite prangte ein Anker, dessen Kette vorne an der Brust unter der Kleidung verschwand. Er hatte bislang nicht gesprochen, manchmal grunzte er unverständlich in seinen Bart. Alexander amüsierte sich über seine Aufmachung, denn die Zeiten der Freibeuterei waren längst vorbei.

Holmes nahm die Würfel erneut in die Hand. Er spuckte auf die kleinen roten Teufel, obwohl er nicht abergläubisch war. Dann warf er sie gegen die Wand. Eine Sechs und eine Vier.

»Zehn! Point!«, rief jemand.

Der Glatzkopf neben ihm grunzte missmutig. Ein anderer Spieler am Tisch grinste ihn an und entblößte dabei mehrere Zahnlücken. »Mach schon, Kleiner! Ich muss pissen und mir noch 'n Bier holen!«

Holmes griff erneut nach den Würfeln, spuckte diesmal nicht, und warf sie über das Spielfeld. Eine Zwei und eine Drei.

»Point, der Shooter gewinnt!«

Holmes griff nach seinem Shilling und nahm sich einen weiteren, den Gewinn. Er erhob sich. »Danke, Gentlemen, ich wünsche einen guten Abend.« Die Würfel gab er dem Piraten-Glatzkopf, der nur stumm nickte.

»Moment mal, Kleiner«, sagte der Zahnlückige und stand ebenfalls auf. »Du kannst doch hier nich nur 'n einziges Spielchen spielen, uns dabei abzocken und dich dann wieder verpissen. Wenigstens eine Revanche schuldeste uns.«

»Ich schulde niemandem was«, erwiderte Holmes, »ich hör nur gerne auf, wenn's am schönsten ist. Und das Schöne ist, dass mich dieser Schilling heut Abend mit ausreichend Bier versorgen wird.« Er grinste und schnickte je einen Schilling mit seinen Daumen gekonnt in die Luft, bevor er sie wieder einfing und in seiner Tasche verschwinden ließ.

Der Zahnlückige baute sich vor ihm auf, flankiert von zwei verschwitzten Spießgesellen ähnlicher Anmut, offensichtlich seine Kumpel. »Das Jüngelchen lässt uns einfach hier sitzen, als wär'n wir seine Nigger? Ich meine, er sollte schon längst inner Koje schlummern. Kommt, wir sorgen dafür, dass er schnell einschläft, und bescheren ihm schöne Träume!«

Es lief immer auf dasselbe hinaus. Holmes kannte dieses Spielchen schon. Jetzt bereute er es, die Würfel überhaupt angefasst zu haben. Seine gute Laune war verflogen, und er überlegte sich, wie er die Szene abkürzen könnte. Der gemütliche Abend bei Lucky Joe schien ohnehin gelaufen zu sein, und so nutzte er das Überraschungsmoment und rammte sein Knie mit voller Kraft in das Gemächt des Zahnlosen. Dieser krümmte sich vor Schmerzen, was für Holmes wie eine Verbeugung aussah. Er musste laut lachen. Umgehend nahmen ihn die anderen beiden Kerle in die Mangel und hielten ihn an beiden Armen fest. Kaum hatte sich der Zahnlose wieder stöhnend aufgerichtet, flog Holmes zur Revanche die Faust in die Magengrube. Jetzt stand es eins zu eins. Die Menschenmenge machte trotz der Enge belustigt für die Streithähne Platz, so gut es ging. Die Bühne war bereit.

»Moment mal!«, rief zur Verblüffung aller der bullige Piraten-Glatzkopf, der sich hinter ihnen aufgebaut hatte. Er überragte die Unruhestifter um mehr als einen Kopf. »Ihr versaut mir grad 'n launigen Würfelabend. Und wenn drei Männer auf den kleinen Glückspilz hier einhacken, iss das so heldenhaft, wie 'ner weichgekochten Krabbe den verdammten Kopp abreißen. Lasst ihn los!«

»Ich bin nicht klein! Trotzdem danke«, presste Alexander in weiterhin gekrümmter Haltung hervor.

»Jack, du biss 'n alter Spaßverderber!«, entgegnete der Zahnlückige beleidigt, aber immerhin ließen die Typen ihn los. Der stiernackige Bulle namens Jack hatte sich durchgesetzt. Offensichtlich war er eine Art Autorität in der Kneipe.

»Ich geh' mit dir annen Tresen zu Lucky Joe, dann kannste dich revanchieren«, lud sich der Glatzkopf selbst ein und Alexander dankte ihm für seine Hilfe.

Sie schoben sich zurück durch die enttäuschte, um eine

Schlägerei betrogene Menschenmenge. Vorneweg ging Jack, der wie ein Leuchtturm aus der Menge ragte und stampfend ein Bein vor das andere setzte. Hinterher tippelte Alexander Holmes leichtfüßig in dessen Windschatten.

Bei Lucky Joe bestellte Holmes Branntwein für beide und stellte sich seinem Retter vor. »Ich bin Alexander Holmes, Vollmatrose. Du bist also Jack.«

»Genau genommen John Messer, aber alle nennen mich Jack. Wo kommste'n her mit deim merkwürdigen Akzent?«

»Aus einem kleinen Dorf in Schweden an der Küste. Mein Vater ist dort immer noch Fischer, aber es gibt in dem Dorf nicht genug Arbeit für uns beide. War grade auf der *Last Hope* in Südamerika unterwegs und seh mich jetzt nach was Neuem um.« Holmes nippte an seinem Glas, der billige Fusel brannte in seiner Kehle, und er musste husten, was er schnell zu unterdrücken versuchte, um nicht als Waschlappen dazustehen.

Jack grinste. »Sag mal, wie alt bist'n überhaupt?«

»Ich werd jetzt achtzehn. Seit vier Jahren bin ich auf Fahrt. Als ich noch klein war, hat mich mein Dad schon mit rausgenommen und mir alles übers Segeln und so beigebracht. In meinen Adern fließt Meerwasser, kann ich dir flüstern. Was machst'n du so? Siehst aus wie der Peitschenschwinger auf einer Sklavengaleere oder der letzte Freibeuter von England.« Holmes nippte erneut an seinem Glas und musste wieder husten, was diesmal in lautem Gelächter der beiden endete.

»Vorsicht, mein Freund. Ich seh' nich nur gefährlich aus, ich bin's auch. Haste ja gesehen.« Messer konnte sich ein leichtes Grinsen nicht verkneifen. Trotz seines grobschlächtigen Äußeren schien sich hinter Jacks Fassade ein weicher Kern zu verbergen, Holmes mochte ihn auf Anhieb.

»Bist du überhaupt Engländer?«, wollte Holmes wissen.

»Nee, viel besser. Bin in Kanada geborn. Mein Großvater kam aus Deutschland. Er war Söldner bei den Briten, im

Unabhängigkeitskrieg drüben. Die ham verloren und er hat schnell rübergemacht nach Kanada, wo er dann auch geblieben iss.«

»Wie kamst du zur Seefahrt?«

»Meine Eltern waren arm, hatten kein Geld für die Schule und so. Bin mit zwölf gleich zur See, weil die mich brauchen konnten. Ich war schon immer groß und kräftig gebaut, die ham direkt mein Talent gewittert. Kräftig siehst du ja nich grade aus.«

»Vorsicht, mein Freund«, konterte Holmes, »ich seh zwar nicht so gefährlich aus wie du. Aber ich werde gerne unterschätzt, bin nämlich total auf Zack, musste wissen. Vollkommen klar in der Oberstube! Hast du grade was am Laufen?«

»Bin Matrose auf der *William Brown*, bloß 'n kleiner Zweimaster, nix Besonderes, 'ne Brigg. Liegt hier draußen an der Pier. Soll bald wieder rausgehn. Wir schaffen arme Schweine, vor allem Iren, in die Neue Welt. Bringen dann Baumwolle und so'n Kram zurück nach England. Der Job iss ganz okay, der Captain auch. Iss'n ruhiger Zeitgenosse. Nur der Erste bläst sich 'n bisschen auf. Kommt sich besonders schlau vor und macht einen auf Chef. Richtig Ahnung vom Geschäft hatter nich, wenn de mich fragst. Fühlt sich aber als kleiner Captain, wenn er rumkommandiert und rumschreit. Am besten lässte ihn in Ruh, machst, wasser sagt und denkst dir deinen Teil.« Jack leerte sein Glas und stand auf. »Yo, war nett, mit dir zu quatschen. Meld dich doch mal beim Captain, wir suchen dauernd jemanden. Unsern letzten Rudergänger hat die Ruhr mitgenommen. Machst 'n ganz brauchbaren Eindruck. So'n kleinen Glückspilz an Bord können wir immer gebrauchen!«

Jack stampfte leicht torkelnd zurück in das Gewimmel der Kneipe, während Holmes das *Lucky Joe* verließ.

Nachdem er ins Freie getreten war, atmete er die klare kalte Februarluft des Jahres 1841 tief ein. Der Himmel war wolkenlos, zahlreiche Sterne funkelten ihn an und der Vollmond schien von seewärts herüber. Holmes grinste zufrieden in den Himmel und bummelte gedankenverloren zwischen den Docks entlang, die sich wie die Glieder einer Kette am Fluss Mersey aneinanderreihten und die Hafenanlagen bildeten. Er wollte noch nicht sofort zurück in den großen Schlafsaal der *Seamen's Friend Society*. Der Abend war bislang ganz nach seinen Vorstellungen verlaufen. Er kam in den Genuss englischen Biers, hatte einen Schilling gewonnen, der ihm den Abend finanzierte, war aus einer Schlägerei gerettet worden, bevor Schlimmeres passiert war, und hatte dabei Jack kennengelernt. *Lucky Holmes!*

In diese Gedanken versunken spazierte er weiter an der Pier entlang. Die kristallklare Nacht trieb ihm langsam die Kälte in die Knochen, sodass er nach wenigen hundert Yards stehenblieb, um sich den Mantel fester um den Leib zu schnüren. Ein passender Zeitpunkt, sich an einer Pfeife zu wärmen. Alexander holte sie aus der Innentasche seines Mantels hervor, zusammen mit einem Beutel Tabak und Zündhölzern. Er stopfte die Pfeife mit seinem Lieblingskraut, ein dänischer Blend aromatisiert mit Honig und Vanille, und entflammte das Zündholz. Beißender Phosphorrauch stieg auf, während er den Tabak paffend zum Glimmen brachte.

Der Qualm lichtete sich langsam und Holmes betrachtete das vor ihm am Kai vertäute Segelschiff. Der Mond schien ihm entgegen, blendete ihn beinahe, sodass sich das Schiff wie ein Scherenschnitt gegen den ansonsten dunklen Himmel vor ihm abzeichnete. Wie das Gerippe eines Skeletts ragten der Bugspriet und die zwei Masten, ein kleiner Fockmast vorne und ein Großmast hinten, auf. Das Tauwerk der Takelage wob sich wie ein Spinnennetz um die Masten. Bei der Betrachtung verschwand Holmes' Hochgefühl. Er fühlte sich wieder nüchtern. Die Brigg war im Grunde nichts Besonderes. Ordnungsgemäß vertäut und mit gerefften Segeln machte das Schiff jedoch einen leblosen Eindruck und zog genau dadurch seine Aufmerksamkeit auf sich. Es erinnerte ihn an einen ausladenden schwimmenden Sarg. Das Holz des etwa fünfzig Meter langen Rumpfes war pechschwarz gestrichen und hob sich vom ebenso schwarzen und unbewegten Wasser des Hafenbeckens kaum ab. Auf dem Achterdeck ragte ein flacher Aufbau auf, der wohl die Kapitänskajüte beherbergte. Holmes' Blick wanderte langsam nach vorne zum Bug. Den einzigen Kontrast zum dunklen Schiff bildete eine hellgraue Möwe, die regungslos auf der Reling saß, die Augen halb geschlossen.

Holmes paffte zwei, dreimal an der Pfeife und blies den Qualm in die wolkenlose Nachtluft. Er trat näher heran, um den Namen lesen zu können.

Es war die *William Brown*, von der Jack gesprochen hatte.

Beklommen wich er zurück und beschloss, den Weg in sein Quartier anzutreten, zumal ihm die Kälte trotz Mantel und Pfeife zusetzte.

Er würde sich das Schiff noch mal bei Tageslicht ansehen und den Captain aufsuchen, um sich ein besseres Bild zu machen. Nicht immer zählte der erste Eindruck und das Bauchgefühl löste sich bei späterer Betrachtung oftmals in Luft auf. Wenn noch mehr Matrosen wie Jack zur Besatzung gehörten, konnte nicht viel schiefgehen.

Nach wenigen Minuten erreichte Alexander Holmes den Schlafsaal der *Seamen's Friend Society*. Er hüllte sich in die Decke und fand erst nach einiger Zeit in einen unruhigen Schlaf, die wie ein Skelett in den Himmel aufragende *William Brown* vor seinen Augen.

ZWEI

CONNACHT IN IRLAND, FEBRUAR 1841

Jetzt war sie fällig. Schon erstaunlich, dass diese Familie so lange verschont geblieben war. Rob, begleitet von drei Männern auf schwarzen Pferden, galoppierte auf dem matschigen Feldweg zur Hütte der Askens. Ihnen folgte mit einigem Abstand ein Pferdegespann. In der früh hereinbrechenden Dämmerung und bedingt durch den Nebel konnten sie nicht weit sehen, doch schien eine Frau am Fenster der jämmerlichen Behausung zu stehen und nach draußen zu starren. Sie musste das Getrappel der Pferde gehört haben.

Die grauen Wolken hingen tief über dem Boden, und es regnete weit öfter, als es trockene Tage gab. Insbesondere in den letzten Jahren hatte es in Irland dermaßen oft und lange geschüttet, dass das Getreide auf den Feldern nicht gedeihen konnte und noch vor der Ernte verfaulte. Niedrige Mauern aus Steinbrocken, die aus der Erde gepflügt wurden, unterteilten die kleinen Parzellen der Bauern. An anderen Stellen hatten sie Sträucher zu Hecken zurechtgestutzt und versuchten damit, wenigstens dem Wind zu trotzen.

· · ·

»Kommt!«, rief Rob, als sie ihr Ziel erreichten, und sie stiegen von ihren Pferden. Eine junge Frau wandte sich vom Fenster ab, wahrscheinlich handelte es sich um Ellen Asken. Man erzählte sich, dass sie dort erst seit drei Jahren zusammen mit ihrem Mann Frank, ihrer alten Mutter und ihrer kürzlich geborenen Tochter Mary lebte. Die Mauern des Hauses bestanden aus grob behauenen grauen Steinen, die an der Wind- und Wetterseite mit grünem Moos überzogen waren. An der Längsseite war ein gemauerter Kamin in die Mauer eingelassen, der oben in einem Schornstein spitz zulief. An der gegenüberliegenden Seite fügte sich ein kleiner Stall an, der früher wohl als Schweine- und Hühnerstall gedient hatte und jetzt halb verfallen war. Weite tiefgrüne Wiesen und Weiden, gespickt mit unzähligen Schlammlöchern, umgaben das ärmliche Gehöft. Sie schmiegten sich wie die Wogen des nicht allzu fernen Meeres in die Landschaft und spendeten auch jetzt im ausgehenden Winter willkommene Farbtupfer, im Gegensatz zu den entlaubten tristen Bäumen, die vereinzelt um das Haus standen.

Neben der schlichten Holztür unterbrachen zwei kleine Fenster die Längsseite des Hauses. Das Holz schien ursprünglich dunkelrot lackiert gewesen zu sein, eingerahmt von einer weiß getünchten Steinreihe. Da den Bewohnern offenbar das Geld für die Instandsetzung fehlte, war die Farbe mit der Zeit abgeblättert. Das Dach bestand aus Schilf, das auf wenige Holzbalken geschnürt war. Auch hier breiteten sich Moose aus und färbten es an vielen Stellen grün ein.

Die vier Reiter streiften die Kapuzen ihrer dunkelgrauen Mäntel nach hinten und näherten sich der Eingangstür. Rob, der Anführer der Truppe, wollte sich nicht lange aufhalten und öffnete die Tür kurzerhand mit einem beherzten Fußtritt.

Sein erster Blick fiel auf die junge Ellen Asken, die nun an dem einfach gezimmerten Esstisch saß und ihm verängstigt entgegensah. Beim Betreten des von einer Tranlampe nur spärlich erleuchteten Raumes kam ihm ein muffiger Geruch aus feuchter, ungewaschener Kleidung, Schweiß und dem Qualm der Feuerstelle entgegen.

»Was für eine Scheißarbeit«, schimpfte Rob und spuckte seinen Kautabak auf den Boden, genau vor die Füße von Ellen.

Ein Mann, es musste Ellens Gatte Frank sein, stand am Kamin und versuchte, das Feuer mit feuchtem Holz zu schüren, wobei beißender Qualm aufstieg. Neben der Feuerstelle saß ein knochiges Weib, die greise Ruth, auf einem Schemel und hielt einen winzigen Balg im Arm. Sie sah uralt aus, ganz vertrocknet und faltig. Mit grauen schütteren Haaren und körperlich zusammengefallen gab sie ein jämmerliches Bild ab. Früher war sie wohl eine bemerkenswert starke und energische Frau gewesen, wie man sich erzählte.

Erschrocken blickte Ellen auf ihn und die Männer, die sich einer nach dem anderen durch die zerborstene Tür drängten. Der Säugling auf Ruths Schoß fing an zu schreien.

»Mein Name ist Rob Hayes. Wir kommen mit den besten Grüßen des Earl of Ducan«, eröffnete der Mann sein Anliegen mit einer gespielten Verbeugung und einem breiten Grinsen, das eine Reihe gelber Zähne entblößte. Seine Stimme hatte einen heiseren Klang und stand im Kontrast zu seiner bulligen Statur. »In seiner unermesslichen Großzügigkeit räumt er euch eine letzte Chance ein, die ausstehende Pachtschuld für das vergangene Jahr unverzüglich zu entrichten, und ihr seid uns wieder los. Anderenfalls ...«

Mit hängenden Schultern und gesenktem Kopf saß Ellen auf ihrem Schemel. Nun erhob sie sich, ging zu ihrer Mutter hinüber und nahm die weinende Mary auf, um sie zu beruhigen. Frank richtete sich vor der Feuerstelle auf, in der rechten Hand ein Stück Holz, das er fallen ließ, als ihn der Gesichtsausdruck von Rob unmissverständlich dazu aufforderte.

Rob betrachtete den jungen Mann von Kopf bis Fuß. Er stand mit seinen neunzehn Jahren körperlich in der Blüte seines Lebens. Kein Gramm Fett zu viel, die Muskeln und Sehnen traten deutlich unter der Haut hervor. Gegen Rob und seine Männer kam er alleine nicht an, das musste ihm schmerzlich bewusst sein. Äußerlich betrachtet gab er eine armselige Figur ab. Seine Kleidung war abgewetzt, dreckig und an vielen Stellen geflickt. Die Füße steckten in braunen Lederstiefeln, die von angetrocknetem Ackerschlamm verkrustet waren.

»Ihr wisst genau, dass hier nichts mehr zu holen ist«, antwortete Frank mit leiser, aber dennoch fester Stimme. »Seit zwei Jahren regnet es ununterbrochen, mehr als ohnehin üblich. Die Weizenernte ist erneut ausgefallen. Es reicht nicht einmal, um die Hühner zu füttern, geschweige denn, die geforderte Pacht abzuliefern.«

Das wusste Rob längst alles. Dieselbe Leier wurde ihm immer und immer wieder von den Bauern hier aufgetischt.

»Letztes Jahr befiel die Kartoffeln, die wir für uns auf dem kleinen Acker hinter der Kate angebaut haben, die Fäule«, fuhr Frank fort. »Ausgerechnet als Ellen mit Mary schwanger war. Jetzt haben wir selbst auch nichts mehr zu essen, zumal wir noch Ellens kranke Mutter bei uns aufnehmen mussten. Ellens Vater war gestorben und wir hatten Mitleid mit der armen Ruth. Alleine kann sie sich nicht mehr versorgen, und Ellens Geschwister drücken sich vor der Verantwortung, sie haben auch nicht genug.«

Die Askens waren bei Weitem nicht die Einzigen, die das Pech verfolgte. Hunger, Armut und Elend befielen auch ihre Nachbarn, viele starben oder verließen das Land, sofern sie noch konnten. Alle hatten fortwährend auf Besserung gewartet, darum gebetet, doch sie waren nicht erhört worden.

»So seid ihr dem Earl fortan nicht mehr von Nutzen. Er entbindet euch mit sofortiger Wirkung von euren Pflichten. Wie ihr sehen werdet, ist die Güte des Earl beinahe grenzenlos. Er lässt eure jämmerliche Familie nicht im Stich und kümmert sich um eure Zukunft. Es ist schon alles für euch geregelt, ihr müsst nur mit uns kommen!« Mit einer ausladenden Bewegung hob Rob seine Arme und wies auf die Tür. »Er weiß, wie er euch bestens entsorgen kann«, fügte er leise zu seinen Männern gewandt hinzu und verbeugte sich erneut gönnerhaft vor der Familie. Er wollte sich gerade umdrehen, als der erwartete Widerspruch aufkam.

»Wir gehen hier niemals fort!« protestierte Frank. »Der Hof ist unsere Heimat, alles, was wir haben. Und alles, was wir können.« Er sah zu seiner Frau, die mit tränenüberströmtem Gesicht schluchzend die wimmernde Mary in ihren Armen wiegte. »Seht Euch das Kind an! Es ist noch so klein und schwach ... Wo sollen wir denn hin?«

»Lasst euch überraschen, es ist für alles vortrefflich Sorge getragen.« Rob erhob seine Stimme. »Mir persönlich ist es eigentlich scheißegal, wo ihr am Ende landet! Meinetwegen kann euch der Teufel holen! Euer Earl jedoch hat Mitgefühl und mich beauftragt, euch abzuholen.« Gehässiges Gelächter erscholl aus der Ecke seiner Männer. »Kommt! Die Kutsche wartet draußen, wir begleiten euch zu eurer neuen Heimat und sorgen dafür, dass ihr unterwegs keine dummen Gedanken hegt und abhaut.«

»Gebt uns doch noch eine Chance, eine letzte«, flehte Frank. »Nächstes Jahr wird alles wieder besser, wir werden schuften, fleißig sein. Vielleicht fällt die Ernte so gut aus, dass wir alles zurückzahlen können. Seid doch nicht herzlos! Es wäre nur ein Aufschub von ein paar Monaten.«

Auf einen Wink von Rob packte ein bulliger Kerl Frank am Kragen, ein anderer schritt auf Ellen zu, die kurz und schrill aufschrie. Der dritte Bursche nahm die stumme Großmutter auf seine Arme und trug sie zur Tür hinaus. Es sah aus, als hantierte er mit einer Strohpuppe, sie wog offenbar fast nichts.

»Nein! In Gottes Namen! Ihr kriegt uns hier nicht raus!«, schrie Frank verzweifelt und versuchte, sich dem Griff zu entwinden.

»In Ordnung, ich verstehe«, sagte Rob betont ruhig. »Es fehlt euch also noch ein letzter überzeugender Grund ...«

Er griff die Tranlampe vom Tisch und schleuderte sie in die hintere Ecke der Hütte auf das Strohlager, das der Familie zum Schlafen diente. Die Lampe zerbrach und das Öl sickerte zwischen den Halmen hindurch. Das Stroh fing sofort Feuer, ein beißender Rauch stieg auf. Robs Männer packten die entsetzten Askens endgültig und stießen sie nach draußen, bevor der Qualm ihnen den Atem raubte.

Der Widerstand war gebrochen. Die Bauern ließen sich auf den Karren stoßen, der vor der Hütte auf sie gewartet hatte und auf dem Ruth bereits zitternd in einer Ecke zusammengekauert lag.

Rob beobachtete, wie Frank an sein Hemd fasste und es glattstrich oder etwas suchte. »He, Frank, was machst'n da?«, rief er zu ihm hinüber.

Der Mann hörte sofort mit seiner Fummelei auf und winkte nur ab. Aber was sollte da schon sein? Die armen Schweine besaßen eh nichts.

Das Pferdegespann fuhr los, eskortiert von den Reitern. Als Rob noch ein letztes Mal zurückblickte, brannte die Hütte der Askens, der Angelpunkt ihres bisherigen Lebens, bereits lichterloh. Der erste Teil des Auftrags war erledigt.

Es war beinahe dunkel, als sie nach eineinhalb Stunden holpriger Fahrt die Ausläufer von *Castlebar* erreichten.

Noch vor der Stadtgrenze befand sich ein großes Gelände mit langgezogenen grauen Häuserreihen, umgeben von hohen Steinmauern. Der Karren, gefolgt von ihrer Reitereskorte, bog von der Hauptstraße in einen Zufahrtsweg zu den Gebäuden ab und machte vor einem großen Torhaus halt, in das eine massive Tür eingelassen war.

Rob übergab einer Wache Dokumente und kam zurück zu den Askens.

»Herzlich willkommen im *Workhouse* zu Castlebar! Ihr dürft die Kutsche jetzt verlassen und in euer neues Zuhause eintreten. Man ist bemüht, sich vortrefflich um das Wohl seiner Gäste zu kümmern. Ich darf mich von euch verabschieden, es war mir ein Vergnügen, behilflich gewesen zu sein.«

Ellen stieg als Erste von der Karre, zitternd vor Kälte, wobei sie ihr Baby schützend mit ihren Armen umklammerte. Frank hob Ruth hinunter und trug sie zum Tor, das nun für sie geöffnet wurde. Als Ellen am grinsenden Rob vorbeilief, zischte sie ihm »Arschloch« entgegen und spuckte ihm auf die Füße, was dieser mit einer schallenden Ohrfeige quittierte. Wenigstens grinste er nun nicht mehr und sie waren ihn endlich los.

Die Eingangshalle wurde ringsum von massiven fensterlosen Mauern begrenzt, die aus grob behauenen dunkelgrauen Steinen bestand. Ganz hinten gab es rechts und links zwei eisenbeschlagene Türen, die geschlossen waren. Dicke Holzbalken trugen eine hohe Decke, die sich in der Düsternis beinahe auflöste wie bei einem sternenlosen Nachthimmel. Das wenige Licht im Raum stammte von rußenden Fackeln an den Wänden. Es roch nach verbranntem Öl und feuchtem Moder. Das Herantreten mehrerer Wachen erzeugte einen Schall, der in Ellens Ohren schmerzhaft dröhnte.

Der Anführer richtete nun das Wort an sie: »Ihr seid jetzt in eurem neuen Heim, im Workhouse von Castlebar. Nennt es Armenhaus oder Gefängnis für arme Luder, das ist mir scheißegal. Ihr seid nunmehr vier von über sechshundert von diesen Nichtsnutzen, und wie ihr sehen werdet, platzen wir aus allen Nähten. Wichtig für Zucht und Ordnung sind daher die Regeln, an die sich jeder zu halten hat.«

Ellen und Frank standen stumm und frierend in der großen Halle, eingerahmt von den Wachleuten. Gedemütigt hielten sie die Köpfe gesenkt und versuchten, den Regeln der Anstalt zu folgen. Männer und Frauen wären getrennt untergebracht, sie sollten sich also schon einmal Lebewohl sagen. Männer rechte Baracke, Frauen linke Baracke. Das Kind bliebe bei der Mutter. Die Alte, die sie mitgebracht hätten, sehe schon halb hinüber aus, die käme hinten in den Krankensaal. Der Friedhof läge da praktischerweise gleich nebenan. Aufgestanden würde morgens um sechs, wenn die Glocke läute. Die Mahlzeiten wären stets still einzunehmen. Wer auffällig würde, spüre die Peitsche, und wenn das nicht helfe, verhängten sie hin und wieder auch die Todesstrafe. Fragen? Nein? Sie hätten offensichtlich nichts an Besitztümern mitgebracht, die sie abgeben könnten, weshalb sie unmittelbar in die Schlafsäle gebracht würden.

Vollkommen überwältigt von den Ereignissen, todmüde, durchnässt, frierend und hungrig ließen die Askens alles über sich ergehen. Ihr Wille war gebrochen. Zwei Wachen nahmen die wimmernde Ruth aus Franks Armen und trugen sie fort. Ellen fragte sich, ob sie sich jemals wiedersehen würden. Sie erhaschte noch einmal einen Blick aus Franks traurigen Augen und wurde dann von den Wachen nach links in den Schlafsaal der Frauen gebracht.

Die hohen Wände waren hier weiß getüncht, kalt und abweisend wie in einem Kerker, nur unterbrochen von zahlreichen dunklen Moderstellen. Keine Bilder oder andere Gegenstände waren zu sehen. Nur im oberen Bereich der Wände waren in einigem Abstand zum Boden Fenster eingelassen. In zwei Reihen lagen Dutzende flache Strohmatratzen auf einem niedrigen Holzpodest nebeneinander, die alle mit schlafenden Frauen belegt waren. Irgendwo in der Mitte des

Raumes wurde Ellen eine noch freie Matratze zugewiesen. Vollkommen erschöpft legte sie sich darauf und schlief bei dem Versuch ein, die kleine Mary noch einmal zu stillen.

Die Glocke um sechs Uhr schien Ellen überhört zu haben, als sie von jemandem am nächsten Morgen geweckt wurde. Im ersten Moment musste sie sich sammeln, bevor sie sich besann, wo sie war. Sie stand auf, nahm Mary auf den Arm und blickte in die freundlichen Augen einer alten Frau.

»Ich heiße Sheila. Komm mit mir, bevor es Ärger gibt. Wir gehen gemeinsam in den Speisesaal zum Frühstück. Aller Anfang im Workhouse ist schwer, ich kann mich noch gut daran erinnern, wie ich vor drei Jahren neu hier ankam.«

»Drei Jahre ...«, hallte es in Ellens Kopf nach und sie folgte Sheila.

Sie kamen in den großen Speisesaal. Einfache Holztische standen in langen Reihen, unzählige Frauen saßen auf ebenso einfachen Holzbänken davor. Außer einem allgegenwärtigen Schlürfen und Schmatzen war nichts zu hören.

»Sei still, folge mir und mach mir einfach alles nach«, flüsterte Sheila.

An einer Seite des Speisesaales befand sich ein Tresen, vor dem eine lange Menschenschlange anstand. Dort reihten sich auch die beiden Frauen ein. Die kleine Mary spürte die Anspannung ihrer Mutter wohl, viel schlimmer musste jedoch ihr Hunger sein. Sie schrie aus Leibeskräften. Ellen hatte sie zuletzt gestern gestillt, als sie auf dem Karren gesessen hatten. Auch hatte sich bislang keine Gelegenheit ergeben, die Windel zu wechseln. Braune Flüssigkeit suchte sich bereits den Weg nach außen.

Am Tresen bekam jede Frau eine Schüssel mit Haferbrei, der mit viel Wasser und etwas Milch angerührt war. Immerhin erhielt Ellen von der Frau an der Essensausgabe eine kleine Zulage, die ihr für das Baby zugestanden wurde. Sie bestand aus einer Schöpfkelle zusätzlich, sodass ihr Napf immerhin zur Hälfte gefüllt war. Die Frauen setzen sich und begannen sofort, die Mahlzeit zu verschlingen, während Mary gierig an Ellens Brust saugte.

»Gibt es dieses Essen jeden Tag?«, fragte Ellen.

»Ja, und abends das Gleiche«, flüsterte Sheila.

»Schnauze dahinten oder es setzt was!« Sofort kamen drei Wärter angerannt und versuchten auszumachen, wer die Saalregel missachtet hatte.

Ellen zuckte erschrocken zusammen, weil sie die Aufseher vorher nicht wahrgenommen hatte. Sie mussten im Verborgenen gelauert haben. Die Frauen duckten sich reumütig und aßen auf, was nicht viel Zeit in Anspruch nahm. Sie waren kaum fertig, als erneut die Glocke ertönte, um die Insassen zur Arbeit zu rufen.

Ellen folgte Sheila nach draußen. Sie überquerten einen riesigen Innenhof, der die Ausmaße eines ihrer Felder hatte. Überall standen Wachen und beobachteten jeden ihrer Schritte. In regelmäßigen Abständen waren kleine Wachtürme in die hohen Mauern eingelassen. Die Wärter schienen so zahlreich zu sein wie die Insassen, ständig fanden sie Anlass zum Tadeln, was zu nicht nachlassendem Gebrüll und schrillen Pfiffen führte. Nirgendwo erspähte sie Frank.

Sie erreichten das Nebengebäude, in dem die Wäscherei untergebracht war. Beim Betreten der großen Halle waberte ihnen eine schwüle Hitze entgegen, die Ellen fast den Atem nahm. Eine schwarz gekleidete und wohlgenährte Aufseherin kam direkt auf sie zu und musterte die Neuankömmlinge.

»Du musst Ellen Asken sein und das ist deine Tochter Mary, wenn ich richtig informiert bin. Du bist hier bei mir in der Wäscherei eingeteilt. Wie alt ist denn die Kleine?«

»Zwei Monate, Mylady.«

»Du hast Glück, dass man dich hierher gesteckt hat. Da können wir dich und die Kleine wenigstens mit Kleidung und Windeln versorgen.«

Die Aufseherin war neben Sheila offensichtlich eine der wenigen freundlichen Bewohner dieses Arbeitslagers.

»Du hast dich also mit Sheila angefreundet. Bist ein kluges Kind. Sie ist sowohl hier in der Wäscherei erfahren als auch insgesamt im Workhouse. Wie lange schon? Drei Jahre? Respektabel. Die meisten verlassen uns viel früher.«

»Wo sind die denn hingegangen?«, fragte Ellen.

»Sind alle tot, was sonst? Das geht hier ruckzuck, die sterben wie die Fliegen. Typhus, Cholera, Fieber und all die anderen Übel. Aber die leeren Plätze werden in diesen Zeiten fast noch schneller wieder neu besetzt, als sie frei werden«, antwortete die Aufseherin mit ernster Miene. »Da sind die Strohmatten nicht mal kalt geworden. So, und jetzt ran an die Arbeit. Das Wasser in den Bottichen ist schon heiß.«

»Entschuldigung, eine Frage noch. Wir sind gestern mit meinem Mann Frank und meiner alten Mutter Ruth hier angekommen. Wann kann ich die wiedersehen? Ruth haben sie ins Hospital gebracht, weil sie so schwach ist.«

»Hospital? Siehst du beide nicht wieder, Kleine. Mach dir da besser keine Hoffnung. Dein Mann ist drüben im Männertrakt auf der anderen Seite. Jeder Kontakt zwischen Männern und Frauen ist hier streng untersagt. Und deine Mutter im ... Hospital, wie du gesagt hast ... Ich hab da ehrlich gesagt niemanden auf zwei Beinen wieder rauskommen sehen.«

Jetzt brach es aus Ellen heraus, sie konnte sich nicht mehr zusammenreißen. Schluchzend schlug sie die Hände über dem Kopf zusammen, schloss die Augen und ließ die Tränen über ihr Gesicht strömen. *Womit habe ich dieses Schicksal bloß verdient, o Herr? Was habe ich falsch gemacht? Für welche Sünden muss ich hier büßen?*

Sheila stützte sie und begleitete sie behutsam zu ihrem Waschkessel.

· · ·

Um acht Uhr abends war der Arbeitstag beendet. Die Glocke ertönte und gab das für alle erlösende Zeichen. Ellen nahm Mary aus einem kleinen Waschzuber, den sie mit Leintüchern ausgestopft zu einem Nest umfunktioniert hatte. Hinter Sheila schlurfte sie erschöpft und mit aufgeweichten, rissigen Händen zurück in den Speisesaal, wo sich das Ritual des Morgens wiederholte. Eine Schüssel mit schleimigem wässrigen Haferbrei, der kaum satt machte. Aber wo sollte besseres Essen auch herkommen? Ganz Irland war von der Hungersnot betroffen, die Getreide- und Kartoffelernte verloren. Sie waren schließlich nicht die einzigen mittellosen Bauern.

Und das hier sollte nun ihr neues Leben sein? Wieso Leben? Tagein, tagaus morgens und abends Brei mit verdünnter Milch. Arbeiten bis zum Umfallen. Schrundige, entzündete Hände, wie Ellen sie bei den anderen Wäscherinnen bemerkt hatte. Wie sollte ihre kleine Tochter unter diesen Bedingungen aufwachsen? Überhaupt groß und nicht krank werden? Bei der Essenration? Ihre Mutter würde sie wohl auch nicht wiedersehen. Ob sie überhaupt noch lebte? Wenn sie sterben sollte, könnte sie sie nicht einmal in Würde beerdigen. Und ihren geliebten Frank ... Nie mehr in die Arme schließen?

Der selbstbestimmte Tod wäre die rettende Erlösung. Aber das waren sündige Gedanken, die sie nicht weiter verfolgen durfte.

Gott sei Dank war sie so erschöpft, dass sie nach dem Abendessen sofort auf ihre Strohmatratze fiel und mit Mary in den Armen einschlief, ohne diese schrecklichen Gedanken schlaflos immerfort wälzen zu müssen.

Mitten in der Nacht wurde sie durch eine Hand geweckt, die ihr jemand auf den Mund presste. Sie schlug die Augen auf und blickte in eine feiste Visage, die vor Schweiß glänzte.

Ellen richtete sich schlaftrunken auf und sah zu ihren Nachbarinnen. Entweder schliefen sie tatsächlich tief und fest oder sie gaben es zumindest vor.

»Los, steh' auf! Aber keinen Mucks«, flüsterte ihr der Mann ins Ohr.

Ellen blieb nichts anderes übrig, als ihre schlafende Tochter liegen zu lassen und mit dem Fremden zu gehen. Er trug eine Fackel vor sich her, die sein Gesicht nur schemenhaft ausleuchtete.

Er zerrte sie durch ein Labyrinth von Gängen, wodurch sie rasch die Orientierung verlor. Unterwegs begegnete ihnen keine Menschenseele, die sie um Hilfe bitten konnte. Sie fühlte sich diesem nach altem Schweiß stinkenden Wesen vollkommen ausgeliefert.

»Was willst du von mir? Wo bringst du mich hin?«, fragte sie und versuchte vergeblich, ihrer Stimme Selbstbewusstsein zu geben und sich gleichzeitig aus seinem festen Griff zu befreien. Als Antwort erhielt sie nur einen Schlag ins Gesicht.

Am Ende eines Flures öffnete er eine Holztür und stieß sie hindurch. In dem kleinen Raum stand ein schlichter Stuhl neben einem Tisch und ein Bett auf der anderen Seite.

Der Mann hängte die Fackel in eine Wandhalterung und presste Ellen vornübergebeugt auf die Tischplatte. Mit seiner linken Hand hielt er sie am Kragen fest und drückte sie auf den Tisch. Mit der rechten Hand hob er ihren Rock und zog mit groben Bewegungen ihre Unterhose nach unten. Der Stoff zerriss. Ellen war wie betäubt. Es kam ihr vor, als schwebte sie vollkommen unbeteiligt über dem Geschehen und blickte darauf hinab.

Zunächst spuckte er auf seine groben dicken Finger und rieb sie von hinten an ihrer Scheide. Dann spürte sie einen spitzen Schmerz, als er grunzend in sie eindrang. Dabei umklammerte er ihre rechte Brust und knetete sie wie einen Teigklumpen. Der Schmerz in Ellens Schoß wandelte sich in ein Brennen, das mit jedem Stoß heftiger wurde. Zum Glück dauerte es nicht lange, bis er sich in ihr ergoss und von ihr abließ.

Hastig zog sie die Reste ihre Unterhose wieder hoch und zuckte zusammen, als der Mann drohend seine Hand hob. Von seinem feisten Gesicht troff jetzt Schweiß, die Augen kniff er zusammen und die Gesichtsmuskeln formten die Wangen zu einer schiefen Fratze.

»Kein Wort! Zu niemandem! Hast du mich verstanden?«

Ellen nickte leicht, was ihm offenbar reichte. Er stieß sie vor sich her durch die Gänge. Am Ende landete sie wieder in ihrem Schlafsaal und der Peiniger verschwand in der Finsternis.

Wie konnte Sheila unter diesen Umständen drei Jahre lang in dem Gefängnis durchgehalten haben, mit all dem Leid und Siechtum, der die Insassen wie Fliegen wegraffte, dem mageren Essen und dem Dämon, der nachts in den Gängen wandelte und in die Schlafsäle eindrang? Sie selbst war kaum zwei Tage hier, und schon kroch die Gewissheit in ihr auf, dass sie keine Woche in Castlebar durchhalten würde. In ihrer Scheide pochte der Schmerz und die Oberschenkel fühlten sich taub an.

Stunden später, es war noch dunkel, erwachte Ellen schweißgebadet aus unruhigen Träumen durch einen unsanften Fußtritt. Hatte sie das Morgenläuten wieder nicht gehört? Vor ihr stand diesmal eine weibliche Wächterin. Die anderen Frauen im Saal schliefen, es war offensichtlich noch nicht die Zeit, um aufzustehen.

»Los, steh auf, Weib! Pack deinen Balg und komm mit!«

Ellen rieb sich verschlafen die Augen, nahm Mary behutsam auf und folgte der Aufseherin. Die Ereignisse überschlugen sich, Ellen konnte der Geschwindigkeit der Veränderungen kaum mehr folgen. Wie brutal hatte sich ihr Dasein gewandelt? Wie beschaulich war ihr bäuerliches Leben bislang dem Wechsel der Jahreszeiten gefolgt? Der Gang zum Wochenmarkt fünf Kilometer von ihrem Bauernhof entfernt war die einzige bedeutsame Unterbrechung ihres Alltags gewesen.

Die Aufseherin führte sie durch den Schlafsaal in Richtung Ausgang.

Was für eine unerhoffte freudige Überraschung! In der Halle stand Frank! Als er Ellen sah, kam er auf sie zu gerannt, umarmte und küsste sie und ihr Kind. Das Schluchzen und Weinen hallte von den kalten hohen Mauern der Halle wider. Der brennende Schmerz in ihrem Schoß ließ langsam nach. Frank durfte es nicht erfahren. Es würde sein Herz brechen.

»Wie rührend!«, sagte ein Mann, der in der halb geöffneten Pforte stand. Es war Rob, der Brandstifter und Lakai des Earl. »Genug Herzschmerz jetzt, mir kommen gleich selbst die Tränen. Ihr seid echte Glückspilze, das muss ich euch lassen. Euer Herr hat noch mal die Pläne für seine Schäfchen geändert.«

Dann berichtete er davon, dass der Earl für seine ehemaligen Lehensleute kurzerhand zwei Plätze auf einem Schiff bekommen hätte, das sie für immer fort von ihrer irischen Heimat bringen sollte. Er wurde sie auf diese Weise schneller und auch preiswerter los. Für ihre Unterkunft hier im Workhouse musste er aufkommen und zwar solange sie lebten, obwohl sie dort arbeiteten. Der karge Profit ihrer Arbeit wog bei Weitem nicht die Kosten für den Betrieb und Unterhalt des Lagers auf. Je länger sie überlebten, umso teurer käme es ihn, und sie wären nun einmal zähe irische Bauern. Er zahlte lieber die lange Reise über den Atlantik in die von vielen so gepriesene Neue Welt.

»Lieber ein Ende mit Schrecken, als ... Na, ihr wisst schon. Betrachtet es als Chance! Vielleicht ist es die letzte in eurem beschissenen Leben?«, sagte Rob.

Die Familie Asken folgte Rob durch das Tor. Draußen war es noch stockfinster und eiskalt, Ellen hatte jedoch das

Gefühl, die Freiheit schon riechen zu können. Zum ersten Mal in den letzten Tagen keimte ein wenig Hoffnung in ihr auf. Sie wusste genau, dass der Aufenthalt im Workhouse sie gebrochen hätte. Die Vergewaltigungen hätten sich ständig wiederholt, da war sie sicher. Entweder hätte sie der Drang, freiwillig den Tod zu wählen, oder eine der zahlreichen Krankheiten mehr oder minder schnell dahingerafft.

So stiegen sie auf den Pferdekarren, den sie von vorgestern kannten, und verließen diesen traurigen Ort. Ellens letzter Gedanke galt ihrer armen Mutter, die sie im Workhouse zurücklassen musste. Sie tröstete sich damit, dass sie den Strapazen der bevorstehenden Reise nicht gewachsen gewesen wäre. Ellen vermisste ihre Mutter und beschloss, sie in ihrem Herzen mitzunehmen.

»Ich bedauere sehr, dass ich euch nicht persönlich einen Teil des Weges begleiten kann, aber ihr versteht bestimmt, dass noch zahlreiche weitere arme Seelen meiner Hilfe bedürfen. Das Land des Earl ist groß, es gibt viel zu tun in diesen Tagen.« Rob kramte in den Satteltaschen seines Pferdes. »Hier habt ihr zwei Schriftstücke, die euch zu der Reise berechtigen. Das erste benötigt ihr am Hafen von Dublin. Dort setzt euch der Kutscher ab. Ihr sucht die *Isle of Tara*, die euch nach Liverpool in England übersetzt, wo das große Abenteuer der langen Überfahrt beginnt. Geht dort am Kai zu einem Schiff namens *William Brown* und zeigt das zweite Schriftstück, um an Bord zu kommen. Ach ja, trödelt unterwegs nicht, die Schiffe warten nicht auf euch. Das hier ist definitiv eure letzte Chance! Good Luck und hoffentlich auf Nimmerwiedersehen!«

Mit diesen Worten verschwand Rob in der Dunkelheit und die Karre setzte sich in Bewegung.

»Das versteh ich nicht«, sagte Frank. »Erst sperrn sie uns ein in dem Loch und lassen uns schuften und dann zerren sie uns wieder raus. Was soll das?«

»Ich sag dir was: Ich bin nur froh, dass wir da weg sind. Du glaubst gar nicht, was ...«, sagte Ellen.

»Was denn?«

»Ist jetzt nicht so wichtig. Die Reise ist anscheinend billiger und der Rest ist mir egal. Vielleicht haben wir einfach mal Glück gehabt? Es sollen doch gerade viele Iren nach Amerika gehen.«

»Ja, die O'Sullivans aus Kiltimagh sind schon weg mit ihren fünf Kindern. Und die Kavanaghs drüben aus Knock auch. Hab aber nie mehr gehört, was aus ihnen geworden ist.«

»Vielleicht treffen wir sie ja drüben.«

Gut fünf Stunden später, etwa zur Mittagszeit, kamen sie am Hafen von Dublin an. Immerhin setzte der Kutscher sie direkt an der Anlegestelle der Isle of Tara ab. Sie wickelten sich aus den Decken, die ihnen der Kutscher bereitgelegt hatte, nickten ihm wortlos zum Abschied zu und gingen an Bord des Schiffes. Es hatte die Größe eines Fischerbootes und roch nach salzigem Tang und Algen. Beim Besteigen wankte es leicht. Oben an Deck blies ihnen der Wind direkt ins Gesicht und ließ die Leinen am einzigen Mast klappern. Ellen sah über das Hafenbecken hinaus auf das Meer und den weiten Horizont in der Ferne. So fühlte sich also Freiheit an.

»Du liebe Güte! Ihr seht ja aus wie Maria und Josef mit dem Jesuskind auf der Flucht vor den Römern«, begrüßte eine Frau um die Vierzig sie. Sie hatte volle rote Backen und lange grau melierte Haare sowie strahlende braune Augen. »Ich bin Tara, die First Lady hier an Bord. Genau genommen die Frau des Captains. Verzeiht meine ungeschickte Begrüßung, aber ihr seht wirklich erbärmlich aus. Ihr habt bestimmt Hunger. Kommt erstmal mit in die Kombüse, wir schauen, ob noch was Essbares für euch übriggeblieben ist.«

Tara, nach der auch das Schiff benannt war, stellte sich als rührende Gastgeberin heraus. Während ihr Mann die Geschicke des Bootes lenkte, fiel ihr die Aufgabe zu, sich um die Passagiere zu kümmern. Eine Aufgabe, die sie offensichtlich voller Freude ausfüllte. Tara versorgte die Familie Asken nach der Ankunft mit heißem Tee, frisch gebackenem Brot und gepökeltem Fisch.

Die *Isle of Tara* wurde als eine Art Fährschiff genutzt, das die beiden großen Handelsstädte Dublin in Irland und Liverpool in England miteinander verband. Die Überquerung der Irischen See verlief ohne Zwischenfälle und dauerte nur einen guten Tag.

Nachdem Ellen und Frank sich satt gegessen hatten und die kleine Mary gestillt war, konnten sie sich ausruhen und erstmals den Blick in die Zukunft richten. Tara erzählte ihnen, dass immer mehr Iren den Weg über den Atlantik nahmen, um in den Vereinigten Staaten oder Kanada ihr Glück zu finden.

»Bestimmt werdet ihr unterwegs viele weitere Landsleute treffen, mit denen ihr euer Schicksal teilt. Vielleicht könnt ihr euch drüben einer Gruppe anschließen und mit dieser gemeinsam nach Arbeit suchen. Ich habe gehört, die Länder dort befinden sich im Aufbruch und es gibt jede Menge zu tun. Da findet ihr fruchtbare Ländereien, die bewirtschaftet werden müssen. Unendlich lange Eisenbahnstrecken bauen die quer durchs Land, ganze Wälder werden gerodet und was weiß ich noch alles. Da ist für euch bestimmt was dabei. Sogar das Klima soll dort besser sein als hier in Irland, da scheint auch mal die Sonne. Ihr wisst schon, was ich meine.« Das schallende Lachen von Tara war ansteckend und ließ Ellen zögernd lächeln.

Hoffnung keimte in ihr auf. Vielleicht wendete sich jetzt das Blatt für ihre Familie und die Pechsträhne war zu Ende. Der Herr war ihr Hirte und er ließ seine Herde nicht im Stich.

DREI

LIVERPOOL, MÄRZ 1841

Alexander freute sich über das prächtige sonnige Wetter, das ihm an diesem Montagmorgen einen ausgedehnten Spaziergang durch Liverpool ermöglichte und ihn in eine frühlingshafte Stimmung versetzte. Er hatte sich in einem Laden in Islington einen neuen Matrosenanzug gekauft, nachdem sein alter an einigen Stellen fadenscheinig geworden war. Der Verkäufer hatte zwar Maß genommen, dieses jedoch offensichtlich allzu großzügig ausgelegt. Die lange marineblaue Hose war weit geschnitten und der Kittel an den Ärmeln zu lang. Auf die Beanstandung von Holmes hatte der Verkäufer erwidert, dass er ihm sicher später in dankbarer Erinnerung bliebe. Holmes würde mit der Zeit schon feststellen, dass er komfortabel in den Anzug hineinwuchs, ohne alsbald einen neuen in Auftrag geben zu müssen.

Ständig diese Unterschätzungen. Stets musste Alexander die Erfahrung machen, dass er aufgrund seiner Größe immer noch als Knabe betrachtet wurde. Dabei hatte der Bartwuchs bereits vor drei Jahren eingesetzt und er rasierte sich alle paar Tage.

Dennoch zeigte sich Alexander zufrieden mit seinem Anzug. Der Stoff fühlte sich robust an, war natürlich noch sauber und wies im Bereich des Kragens bereits die drei weißen Streifen auf, die gerade in Mode kamen. Hinten hing ein breiter eckiger Rückenkragen mit einem Besatz aus widerstandsfähigem Leder. Insgesamt sah er sich bestens ausstaffiert für seinen heutigen Besuch auf der William Brown.

Er machte sich direkt auf den Weg zurück zur Anlegestelle des Schiffes an der *Prince's Landing Stage*. Das vortreffliche Wetter erlaubte ihm einen Fußmarsch durch die lebhafte Innenstadt von Liverpool.

Die Stadt stand in dem Ruf, durchaus vergleichbar mit London zu sein, ebenso eine Metropole von Weltruf mit lebhaften Boulevards und bevölkert von Menschen aus fernen Ländern. Eine Weltgewandtheit, die Holmes besonders schätzte. Hier ließen sich arme Bewohner des Landesinneren in der Hoffnung auf ein besseres Leben in der Stadt nieder und trafen auf Kaufleute aus der halben Welt. Menschen mit dunkler Hautfarbe, ehemalige Sklaven aus afrikanischen Kolonien, ebenso wie Händler aus Indien.

Die wirtschaftliche Bedeutung hatte Liverpool hauptsächlich seinen Häfen zu verdanken, die das Königreich mit allen Teilen der Welt verbanden. Von hier aus wurde nicht nur die Neue Welt angesteuert, sondern seit langer Zeit auch der Handel mit dem fernen Asien und Ozeanien betrieben.

Am Ufer des Flusses Mersey breiteten sich mittlerweile die Docks bis zur Mündung in die Irische See aus und stellten den Stolz britischer Schiffsbaukunst dar. Die Verbindungen Liverpools zu anderen Großstädten Großbritanniens mit Hilfe der neu entstandenen Eisenbahnlinien hatten der Stadt zu weiterer Blüte verholfen.

Holmes schlenderte auf einem reinlich gehaltenen breiten Trottoir entlang und beobachtete den regen Verkehr in der Mitte der Straße. Einzelne Reiter passierten ihn ebenso wie Pferdegespanne, beladen mit den unterschiedlichsten Waren.

Ein Ochsenkarren transportierte frisches Gemüse und Obst zum nächsten Markt, ein anderer turmhoch gestapelte Käfige mit Hühnern. Direkt vor ihm trugen mehrere muskulöse Männer ein Pianoforte aus dem Musikhaus *Rushworth & Sons* und verstauten es sorgsam auf der Ladefläche. Beim Aufladen vibrierten wiederholt einige Saiten im Inneren des Instrumentes und verbreiteten schräge Töne.

Alexander wandte den Kopf nach links oben. Aus einem offenen Fenster im ersten Stock des Hauses drangen Orgeltöne zu ihm auf die Straße herunter und erinnerten ihn an die Gottesdienste, die er zusammen mit seiner Familie in Schweden besucht hatte.

Gedankenverloren stieß Alexander mit einem hochgewachsenen Spaziergänger in Offiziersuniform zusammen und trat ihm dabei ausgerechnet auf die blankpolierten Stiefel.

»Pass doch auf, wo du hintrittst! Du dummer Wicht!«, schrie der Offizier ihn an.

Alexander sah an ihm hoch. Der Mann starrte ihn immer noch wütend mit hochrotem Kopf an. Seine blonden Haare waren streng zur Seite gekämmt und mit ausreichend Pomade an die Kopfhaut geklebt. Die Uniform saß passgenau und körperbetont, im Gegensatz zu seiner, wie Alexander neidisch anerkennen musste. Die polierten Messingknöpfe funkelten in der Sonne und blendeten ihn.

»Entschuldigung, edler Herr! Eine wahrlich unverzeihliche Dusseligkeit meinerseits«, erwiderte Alexander und konnte dabei ein Lachen kaum unterdrücken. Was war das nur für ein aufgeblasener Wichtigtuer? Der konnte ihm heute die gute Laune sicher nicht verderben.

Während er seinen Weg wieder aufnahm, wurde er von einem voll besetzten Pferdeomnibus überholt, der viel Staub aufwirbelte und ein paar vornehme Damen nötigte, ein gekünsteltes Hüsteln hervorzupressen, obgleich sie sofort ihre Taschentücher vor Mund und Nase hielten.

• • •

Nach einer halben Stunde erreichte Holmes schließlich sein Ziel, die William Brown. Die düstere Beklemmung der vergangenen Nacht war inzwischen verflogen, was nicht zuletzt an der strahlenden Sonne lag, die seine Haut wärmte und die Stimmung hob.

Erneut stand er vor dem zweimastigen Segelschiff. Die Sonne schien schräg vom wolkenlosen Himmel und wärmte seinen Rücken. Lachmöwen zogen ihre Kreise über ihm und dem Schiff und sorgten für ein lautstarkes Konzert. Die William Brown sah aus wie ein gehorsames Arbeitstier. Keine Schönheit und auch nicht prachtvoll, aber robust gebaut. Nicht allzu groß mit seinen zwei Masten, dafür übersichtlich, ausreichend schnell und wendig.

Holmes trat an ein langes Holzbrett heran, das als Fallreep diente und die Pier mit dem Schiff verband. An der Reling stand ein gelangweilt aussehender Matrose in zerschlissener Hose und Kittel mit schwarzen Stoppeln im Gesicht und zerzausten Haaren und hielt Wache. Da hatte die See über Jahre tüchtige Arbeit geleistet, um einen solchen Matrosen zu schleifen.

»Mein Name ist Alexander Holmes. Ich wünsche, den Captain zu sprechen. Bitte um Erlaubnis, an Bord kommen zu dürfen.«

»Der Captain iss beschäftigt und möcht nich gestört werden, also verschwinde.« Der Matrose schaute mit sichtlicher Befriedigung und einem schiefen Grinsen auf ihn herab.

Es war schon eigenartig, dass ein Mensch niederen Ranges immer wieder königliches Vergnügen dabei empfand, wenn er das Quäntchen Macht, das er manches Mal innehatte, über andere Menschen ausübte.

Holmes sah sich herausgefordert und zu einem Kniff gezwungen, wollte er in der Angelegenheit weiterkommen. Er straffte seinen Körper, zog den Anzug glatt, bevor er in verschwörerischem Ton fortfuhr: »Ein Freund hat mich beauftragt, deinem Kommandanten vertrauliche Informationen über eine in Kürze auf eurem Schiff stattfindende Zollinspektion zu überbringen. Hier geht's um Dinge, die nicht lange auf sich warten lassen dürfen. Du möchtest doch nicht die Verantwortung für den ganzen Ärger tragen? Und jetzt mach schnell, wir wissen nicht, wie viel Zeit noch bleibt!« Hierbei sah sich Holmes konspirativ nach rechts und links um. Mit diebischer Freude und Genugtuung beobachtete er, dass sich der Matrose rasch in Bewegung setzte.

Keine fünf Minuten später tauchte er wieder auf und erlaubte ihm, an Bord zu kommen und ihm zu folgen.

Die Kajüte des Kapitäns befand sich wie üblich auf der Steuerbordseite des Achterschiffes. Der Matrose klopfte an und betrat nach Aufforderung den großzügigen Raum.

»Captain Harris, hier iss der Mann, der Euch was Dringendes über die Zollinspektion übermitteln will«, sagte der Matrose, wodurch Holmes den Namen des Kommandanten der William Brown erfuhr.

Der Matrose entfernte sich nur zögernd auf ein Zeichen des Kapitäns. Wahrscheinlich hätte er gerne weitere Details erfahren. Holmes trat ein und schloss die Tür hinter sich.

Die Anspannung trieb ihm die Hitze ins Gesicht, sein Herz schlug schneller. Er holte tief Luft und atmete langsam wieder aus. Eine Kapitänskajüte strahlte Macht und Eleganz aus, was jeden Besucher in ihren Bann zog. Die dunkel gebeizten Planken und Bretter, aus denen der Raum und die Einrichtung gezimmert waren, sowie dessen geringe Höhe riefen jedoch auch eine beklemmende Atmosphäre hervor. Die spärliche Beleuchtung, die aus zwei von der Decke hängenden Lampen und zwei kleinen Fenstern bestand, konnten die Düsternis nicht vertreiben.

Ein weißhaariger rundlicher Mann mit Halbglatze saß hinter einem Schreibtisch, der mit zahllosen Büchern und Seekarten überladen war. Das größte Buch lag aufgeschlagen vor ihm, daneben ein Tintenfass mit Feder.

In der Luft hing ein alter staubiger Muff, der auch eine

süßliche alkoholische Note enthielt. Diese stammte wohl von einem fast gelehrten Glas Sherry in Griffweite des Kapitäns und der danebenstehenden Karaffe.

»Also, wer bist du wirklich und was willst du?«, fragte Kapitän Harris und verschränkte seine Arme auf einem ausladenden Bauch. Er blickte Holmes scharf von unten über die Ränder einer kleinen Brille hinweg an. Seine Stirn war in tiefe Falten gelegt. Ihm konnte keiner so leicht etwas vormachen, das war Holmes sofort klar.

»Ich bitte aufrichtig um Verzeihung, Sir. Ich wollte verhindern, dass Eurer Unternehmung durch die Nachlässigkeit eines Matrosen ein wertvoller Seemann durch die Lappen geht. Mein Name ist Alexander Holmes. Ich war bislang Vollmatrose auf der Last Hope und bin auf der Suche nach einer neuen Heuer. Jack Messer hat mir gesagt, dass Ihr noch einen Mann sucht.«

»Clever bist du schon mal. Das reicht aber noch lange nicht. Ich muss dich enttäuschen. Wir brauchen keine Matrosen mehr, wir sind voll besetzt. Der letzte Mann, den wir für die Crew noch suchen, ist ein Rudergänger. Als Ersatz für unseren alten, der kürzlich verstorben ist. Der Rang eines Unteroffiziers scheint mir jedoch für dich noch nicht angemessen«, brummte Harris mit sonorer Stimme in seinen weißen Vollbart.

»Bitte lasst Euch nicht von meiner Größe und meinem Alter täuschen. Mein Vater ist Fischer in Schweden mit eigenem Boot. Seit dem sechsten Lebensjahr durfte ich mit ihm raus, später habe ich das Boot sogar alleine gesteuert. Mit der Last Hope war ich in den letzten vier Jahren in der Welt unterwegs und bin schon fast achtzehn! Ich könnte Euch ein umsichtiger und fleißiger Rudergänger sein.«

Harris schenkte sich aus der Karaffe Sherry nach. »Gut reden kannst du schon mal, Selbstbewusstsein hast du auch und eine gepflegte Figur gibst du ab in deinem neuen Anzug. Das muss man dir lassen, aber ich sage Nein. Und dabei bleibt's. Dir mangelt es an der nötigen Reife und Erfahrung für diesen verantwortungsvollen Job. Melde dich in zwei oder drei Jahren noch mal für solch einen Posten. Und jetzt lass mich weiterarbeiten.« Er genehmigte sich einen ordentlichen Schluck und grunzte zufrieden.

»An welchem Projekt arbeitet Ihr denn, Sir, wenn ich höflichst fragen darf? Die Route über den Nordatlantik kennt Ihr sicherlich auswendig. Da gibt es nichts mehr vorzubereiten. Wertet Ihr etwa frühere Forschungsreisen aus?«

»Die bevorstehende Atlantikroute fordert mich in der Tat nicht mehr, die Wege sind mittlerweile eingefahren. Um die Details der Navigation kümmert sich alleine der Steuermann, Francis Rhodes. Er genießt mein volles Vertrauen.« Sein Blick schweifte über die Aufzeichnungen und Karten ins Leere. »Ich arbeite die Reisen meiner Vergangenheit auf und schreibe sie nieder. Die Erfahrungen und Weisheiten sollen meinen Enkeln und Urenkeln als lehrreicher und zugleich mahnender Nachlass dienen. Ich hänge allerdings an einem Detail fest.« Harris kratzte sich an seinem Kinn, die Augen immer noch ins Leere gerichtet. »Wie hieß noch mal diese Militärgarnison in Kalkutta, vor der wir 1803 zusammen mit mehreren anderen Schiffen der Kompanie drei Monate in Quarantäne lagen, bevor wir unsere Fracht endlich entladen durften? Sie dachten damals, wir hätten die Pest an Bord.«

Harris war offenbar weit weg in seinen Gedanken versunken und schien Holmes längst vergessen zu haben. Es hatte keinen Sinn, mehr Zeit mit dem zerstreuten alten Kapitän zu verbringen. Sicher ergaben sich noch andere Chancen für eine Beförderung. Wenn nicht sofort, dann später. Wahrscheinlich hatte Harris recht. Er war noch zu jung und unerfahren. In wenigen Jahren hätte er noch mehr Erfahrung gesammelt, um aufsteigen zu können.

»Fort William«, murmelte Holmes und bewegte sich auf die Tür der Kapitänskajüte zu. Er wollte sie gerade öffnen, als Harris verwundert zu ihm aufblickte.

»Fort William! Heureka! So hieß die Garnison der Ostindien-Kompanie in Kalkutta. Warst du da etwa schon?«

»Wir hatten mit der Last Hope einen Einsatz für die Kompanie, der uns dorthin führte. Sonst schipperten wir eher an der amerikanischen Küste entlang.« Holmes machte eine angedeutete Verbeugung und hob die Hand an den Hut. »Ich wünsche Euch noch einen schönen Tag, Sir, und eine angenehme Reise.« Damit drehte er sich um und öffnete die Tür.

»Warte mal, Junge. Du scheinst mir taufrisch im Kopf zu sein. Hast Schneid und Manieren. Solche Männer können wir an Bord schon gebrauchen. Vorschlag: Ich mache dich zum Steuermannsmaat und somit zum Rudergänger der William Brown. Als Unteroffizier unterstehst du dem direkten Befehl des Ersten Offiziers Francis Rhodes. Weil ich mir aber noch nicht sicher bei deiner Befähigung bin, bekommst du die Heuer vorläufig nur für diese Fahrt, bis Philadelphia. Bewährst du dich, verlängern wir den Kontrakt. D'accord?«

Holmes unterdrückte ein zufriedenes Grinsen. »Ich werde Euch sicher nicht enttäuschen, Sir.«

VIER

LIVERPOOL, MÄRZ 1841

Ungeduldig stand Francis Rhodes am Fenster im obersten Stockwerk eines Wohngebäudes am *Old Haymarket*. Die Wohnung gehörte nicht ihm, sondern einem Freund, der noch in seiner Schuld stand und sie ihm von Zeit zu Zeit überließ. Francis hasste es, wenn man ihn warten ließ. In dieser Stimmung konnte er heute die Aussicht über das umtriebige Zentrum von Liverpool nicht genießen. Dazu kam, dass ihm vorhin ein Tollpatsch auf seine blitzsauber gewienerten Stiefel getreten war. Der Vorfall hatte ihn gezwungen, zum nächstbesten Schuhputzer zu gehen, was ihn wertvolle Zeit und einen Penny gekostet hatte.

Nun schaute Rhodes über den St. John's Friedhof hinweg auf eine kürzlich eingerichtete Baustelle, aus der später eine Konzerthalle hervorgehen sollte. Unmittelbar dahinter ragte die *Lime Street Station* auf, der bedeutendste Bahnhof im Zentrum von Liverpool, der erst vor vier Jahren eröffnet worden war. Rhythmisch drang das Pfeifen, Stampfen und Zischen der Züge zu ihm herüber.

Diese Betriebsamkeit sowohl unten auf der Straße, auf

der Baustelle gegenüber als auch am Bahnhof stand im Kontrast zu seiner Untätigkeit beim Warten. Die Welt draußen bewegte sich mit hoher Geschwindigkeit, er bewegte sich normalerweise in und mit ihr. Alles war im Fluss, und damit war die Welt, wie sie sein sollte. Einzig der kleine Friedhof vor ihm passte nicht in dieses Bild. Der war ein Symbol des der Vergänglichkeit und des finalen Stillstandes. Nicht, dass Rhodes von sich behaupten wollte, er sei unsterblich. *Pas du tout!* Doch spürte er so viel Kraft und Energie in sich, dass er wusste, dazu bestimmt zu sein, etwas wahrhaft Großes zu vollbringen.

Ein zaghaftes Klopfen unterbrach seine Gedanken. Eleanora! Er eilte zur Tür und öffnete sie.

Sie trat mit einem Strahlen im Gesicht ein, das ihre Verliebtheit und Wiedersehensfreude widerspiegelte, stürmte auf Francis zu und umarmte und küsste ihn. Eleanora war neunzehn Jahre alt und stand in der Blüte ihrer Weiblichkeit. Als herausragende Schönheit mochte Francis sie zwar nicht bezeichnen; ausgesprochen hübsche Frauen waren sich ihrer Attraktivität meist allzu bewusst und zierten sich über Maßen, was ihm zu viele Mühen abverlangte.

In den letzten zwei Jahren hatte ihm der Einsatzplan häufigere Aufenthalte in Liverpool gestattet, seit sie mit der William Brown eine Art Linienverkehr in die USA und Kanada aufgebaut hatten und Liverpool ihr Heimathafen geworden war. Er traf sich mit Eleanora jetzt seit beinahe einem Jahr regelmäßig, sie hatten sich bei einer Schiffstaufe kennengelernt. Sie war die Tochter des dort anwesenden anglikanischen Priesters und genau das stellte eine unwiderstehliche Herausforderung für Francis Rhodes dar: Erobere das junge, unverheiratete Ding eines puritanischen anglikanischen Priesters! Schwer fiel ihm das nicht. Er besaß eine stattliche, athletische Statur, war sauber und gepflegt, glattrasiert und ordentlich frisiert. Auch seine Stimme wusste er geschickt einzusetzen. Während an Bord ein rauer, lauter Befehlston herrschte, konnte er in Gegenwart von Frauen angenehm weiche, sanfte Töne von sich geben. Als nicht zu unterschätzendes Mittel für die Eroberung von Frauenherzen galt ihm letztlich seine tadellos sitzende Offiziersuniform mit den blank polierten Messingknöpfen und Schuhen.

»Ich habe dich voller Sehnsucht erwartet, mein Herzchen!«, säuselte er und wollte sie unter Küssen in Richtung Bett schieben.

Zwei, drei Schritte ließ sie ihn gewähren, bevor sie ihn energisch von sich schob.

»Was betrübt dich, Süße?« Er ergötzte sich an ihrer leicht fülligen Figur, den einladenden Hüften und mächtigen Brüsten, die sie noch sittlich unter ihrem streng geschnittenen dunkelgrauen Kleid mit weißem Kragen verbarg. Einer der schönsten Augenblicke für Rhodes war es, wenn sie ihren Hut abnahm und die hochgesteckten braunen Haare von den Klammern befreite, woraufhin sie auf Schultern und Rücken fielen. Die Frisur sah dann zwar etwas zerzaust aus, sie verlieh dem Mädchen jedoch eine leicht verruchte Erscheinung. Doch an diesem Tag blieb ihr Haar hochgesteckt.

»Ich habe über uns nachgedacht in den letzten Monaten, in denen du auf See warst, Francis.«

Er hatte es befürchtet. Das Thema ließ sich eine Zeitlang hinauszögern, doch irgendwann kam es immer zur Sprache. »Ich weiß, Eleanora, mein Engel. Wir müssen bald über unsere gemeinsame Zukunft reden, auch ich habe in letzter Zeit immer wieder darüber nachgedacht«, log er. »Und ich kann dir heute schon verraten: Wenn es nach mir geht, wird sie großartig für uns beide!«

»Das sagst du doch nur so dahin«, sagte sie, während sie ihre Augen niederschlug und einen verführerischen Schmollmund zog.

Rhodes riss sich zusammen, es kostete ihn heute besonders viel Kraft, und strahlte sie über beide Wangen an. Er nahm sie in den Arm. Während er mit samtiger Stimme sprach, küsste er zärtlich ihre Ohrmuschel.

»Ich kann dir noch nicht alles erzählen, nur so viel: Später treffe ich mich mit dem Reeder Paul Livingston, und er hat angedeutet, dass ein wichtiger amerikanischer Geschäftsmann zugegen sein wird. Er will bestimmt über meine berufliche Zukunft sprechen und mir ein treffliches Angebot unterbreiten. Er könnte mir das Kommando über ein eigenes Schiff geben!«

Eleanora drückte ihn erneut von sich und sah ihm direkt in die Augen. Die Skepsis war immer noch in ihren Gesichtszügen sichtbar. »Und was heißt das dann für uns?«

»Wenn ich erst einmal der Kapitän bin, mache ich dich sofort zu meiner Frau. Wir werden eine glückliche, gesicherte Zukunft und einen Stall voller hübscher Kinder haben. Du und ich, wir gemeinsam.«

»Das ist mir zu vage, du willst nur schön reden. Wenn du es ernst mit mir meinst, dann heirate mich gleich, auf der Stelle!«

»Liebes ... jetzt zeige ich dir auf jeden Fall, wie lieb ich dich habe ...« Er versuchte erneut, sie ein oder zwei Schritte in Richtung Bett zu schieben.

Sie war erstaunlich hartnäckig. Es schwang noch immer eine Portion Misstrauen mit, was an ihrem strenggläubigen Elternhaus liegen mochte. Sie machte es ihm heute nicht leicht, aber darin lag die Herausforderung, die seine Erregung nur noch steigerte. Es schien der Zeitpunkt gekommen zu sein, ein Ass auszuspielen. Zum Glück bereitete er sich stets gut vor.

»Als Zeichen meiner ungeheuren Liebe zu dir, Eleanora, habe ich dir etwas Einzigartiges mitgebracht.«

Eleanoras Augen fingen an zu strahlen, als er ein kleines schwarzes Samtbeutelchen aus seiner Manteltasche hervorholte und es ihr feierlich überreichte.

Sie öffnete das Beutelchen und fingerte eine exotisch anmutende schwarze Perle hervor. Sie war in glänzendes Messing, Gold nicht unähnlich, eingefasst und hing an einer dünnen weißen Lederschnur.

»Ich habe sie von weit her aus dem Indischen Ozean für dich mitgebracht.«

»Sie ist wunderschön! Ist das ein Verlobungsgeschenk?«

»So in der Art. Betrachte es als einen besonderen Freundschafts- und Liebesbeweis. Du bist nämlich die Perle meines Lebens.«

Endlich öffnete sie ihr langes volles Haar und ließ es über ihre Schulter gleiten. Da wusste er, dass er gewonnen hatte, und jetzt sollte er seinen Preis bekommen.

»Zeig mir mal, wie dir die Kette steht. Nur du und die Kette ...« Er zog sie an sich und küsste ihre vollen Lippen.

Ihr Widerstand war gebrochen. Sie öffnete ihren Mund und gab den Weg frei für seine Zunge. Er zog sie das letzte Stück in Richtung des Bettes und bearbeitete nestelnd die Schleife ihres Kleides am Rücken.

Schließlich stand sie völlig entkleidet vor ihm, er saß auf der Bettkante und betrachtete sie. Sie hatte nur noch die Perlenkette an.

Die Kirchturmuhr des Friedhofes schlug bereits viermal, als Rhodes die Wohnung am Old Haymarket verließ. Er hetzte um die nächste Straßenecke, während er seinen Gehrock über die Uniform warf und das Halstuch zurechtrückte. In fünfzehn Minuten musste er das Hafenviertel für seine Unterredung erreichen. Die Diskussion mit Eleanora hatte ihn viel unnötige Zeit und Kraft gekostet, lange würde Rhodes seine Gespielin in Liverpool nicht mehr hinhalten können. Perlenketten besaß er auch keine mehr. Einem der Ostindienfahrer würde er wohl bald noch einmal ein ganzes Dutzend abkaufen müssen.

Er wischte die Gedanken an das Frauenzimmer beiseite und konzentrierte sich auf den bevorstehenden Termin, der ihn endlich beruflich weiterbringen sollte.

Gerade noch pünktlich erreichte er die *Waterloo Road*, die am Hafen parallel zum Fluss verlief, und betrat das Geschäftsgebäude des Reeders Paul Livingston direkt gegenüber den Docks, in denen noch lautstarkes Treiben herrschte. Sie lebten in bewegten Zeiten. Ein vornehm gekleideter Bediensteter öffnete die schwere Holztür.

»Die Herrschaften erwarten Sie bereits, Mr. Rhodes.«

Er folgte dem Sekretär eine ausladende Treppe nach oben in den dritten Stock und betrat sogleich das geräumige Büro des Reeders.

Die repräsentative Pracht des großzügig geschnittenen Raumes beeindruckte Rhodes. Eine hohe weiße Decke mit Stuck verziert, der ausladende Kristalllüster und eine überdimensionierte Weltkugel neben einer deckenhohen Bibliothek voller schwarzer ledergebundener Bücher, die mit goldenen Lettern bedruckt waren. Hier war er in seinem Element. Von den Fenstern aus sah er die am Ufer des Flusses Mersey gelegenen Dockanlagen. Rechts das *Clarence Dock*, direkt zu ihren Füßen *Trafalgar* und *Victoria Dock*. Links das *Prince's Dock* mit der davor an der Pier vertäuten Brigg William Brown.

Sie ließen ihn nicht warten, was Rhodes als Zeichen des Anstandes und Respekts wertete. Ein guter Auftakt für die Gespräche.

»Ah, da ist ja mein geschätzter Offizier Francis Rhodes«, begrüßte ihn der Reeder Paul Livingston und erhob sich von einem dunkelbraunen Ledersessel hinter seinem ausladenden Schreibtisch. »Darf ich Ihnen Guy Rafferty vorstellen, mein amerikanischer Kollege und Freund aus New York, mit dem wir seit Jahren in gedeihlicher Zusammenarbeit verbunden sind.«

»Mr. Rafferty, Sir, es ist mir eine große Ehre, Sie kennenzulernen«, entgegnete Rhodes und griff nach einer Zigarre aus der Holzkiste, die ihm Livingston über den Schreibtisch reichte.

Jetzt war es an der Zeit, seine Beförderung anzunehmen.

»Wie kann ich Ihnen dienlich sein, Mylords?«, fragte Rhodes und paffte erwartungsvoll an der Zigarre.

»Gestatten Sie mir, ein wenig auszuholen«, entgegnete Livingston.

Er erklärte ihm, dass er demnächst das Geschäft aus Altersgründen aufgeben würde, er war schließlich schon beinahe siebzig Jahre alt. Seine kleine Flotte würde er an den Amerikaner Rafferty verkaufen, darunter auch die William Brown. Dieser wollte sich auf die Passagierschifffahrt im Linienverkehr zwischen den Kontinenten spezialisieren, zumal ein wahrer Ansturm landflüchtiger mittelloser Iren und in geringerem Umfang auch Schotten zu erwarten sei. Rafferty kaufe alle verfügbaren Schiffe auf und hätte bereits den Neubau weiterer in Auftrag gegeben.

»Und jetzt kommen Sie ins Spiel, verehrter Mr. Rhodes. Sie sind mir ein tüchtiger Offizier. Ich möchte Sie deshalb bitten, meinem Freund Rafferty ebenso loyal zu dienen, wie Sie mir gedient haben, und ihm kurzfristig Nachricht zukommen zu lassen, wenn Sie von weiteren verkäuflichen Schiffen Kenntnis bekommen.«

»Selbstverständlich gerne, Sir. Ich helfe, wo ich nur kann.« Rhodes blies eine mächtige Rauchwolke in den Raum. Ein größeres Stück Asche fiel von der Zigarre ab und landete auf dem sauberen Marmorboden. Ohne die Miene zu verziehen, schob Rhodes sie unauffällig mit dem Stiefel unter den Schreibtisch vor ihm. »Um ehrlich zu sein, hatte ich erhofft, von Ihnen baldigst ein eigenes Schiffskommando übertragen zu bekommen.«

Wie lange wartete er nun schon darauf, endlich Kapitän seines eigenen Segelschiffs zu werden? Als Erster Offizier schuftete er seit Jahren an Bord der William Brown. Er übernahm die mühsame Drecksarbeit und der alte Harris zog sich in seine warme Kajüte zurück. Am Ende strich der auch noch den Hauptverdienst und die Ehre ein! Die Zeit war jetzt reif für ein eigenes Kommando, am besten über ein größeres Schiff, einen Drei- oder Viermaster.

»Mr. Rhodes, mir wurde bereits wiederholt von Eurer herausragenden nautischen Kompetenz berichtet«, erklärte der amerikanische Reeder Rafferty. »Derzeit verfüge ich leider nicht über ein Schiff mit vakantem Kommando. Ich versichere jedoch, Ihre Leistungen als Erster Offizier der William Brown weiter im Auge zu behalten und Sie zu gegebener Zeit entsprechend zu disponieren.«

Das war nicht die Antwort, die Rhodes sich erhofft hatte. Er wollte jedoch noch nicht aufgeben und die Chancen nutzen, die sich mit diesem Gespräch auf höchster Ebene ergaben.

»Besteht die Möglichkeit, Sie von meinen Fähigkeiten und meinem Talent als Seemann in spezieller Weise zu überzeugen, Sir?« Mit gespielter Lässigkeit schnickte er diesmal die Asche seiner Zigarre in eine vor ihm stehende Marmorschale.

»Geschwindigkeit spielt im Transportwesen für einen Geschäftsmann die größte Rolle. Je schneller wir unsere Fracht im Hafen umschlagen, also die Liegedauer dort reduzieren, desto mehr können wir umsetzen. Das ist aber nur die eine Seite. Je schneller wir andererseits die Passage über den Atlantik schaffen, desto eher kehren wir zurück und so weiter. Da kommen Sie mit Ihren Fähigkeiten als versierter Seemann ins Spiel. Arbeiten Sie Strategien aus, die für eine schnellere Passage sorgen!«

Jetzt war Rhodes' Ehrgeiz geweckt. »Eine Atlantikpassage in westliche Richtung gegen den Wind und die Strömung dauert gut und gerne fünfzig Tage.«

»Nicht gerade das, was man in unseren modernen Zeiten als ambitioniert bezeichnen kann«, ergänzte Rafferty.

»Ganz meine Meinung, Sir. Man sollte die Passage auch in weniger als fünfundvierzig Tagen schaffen. Das wäre durchaus kühn, aber mit diesem Schiff und nur zwei Masten?« Rhodes' Zigarre war zwischenzeitlich ausgegangen. Er schaffte es, sie trotz seiner Anspannung und Konzentration ohne Zittern mit einem Zündholz und mehreren kräftigen Zügen wieder anzufachen.

»Es scheint mir zumindest schnittig genug, um nautisches Geschick walten zu lassen.«

»Nun gut. Ich werde alles aus dem Schiff herausholen, was technisch und nautisch möglich ist, und der See trotzen. Ich werde die Passage in weniger als fünfundvierzig Tagen mit der William Brown bewältigen und Ihnen damit meine Befähigung zum Führen eines Schiffes unter Beweis stellen.«

Rafferty lachte schallend, zog an seiner Zigarre und verdichtete damit den Nebel im Raum. »Sie sind mein Mann, Rhodes! Machen Sie das Unmögliche möglich und Sie haben mein Wort, dass mein nächstes freies Schiff unter Ihrem Kommando stehen wird. Noch in diesem Jahr.«

Jetzt hatte Rhodes ihn in der Tasche. Kein leichtes Unterfangen, in das er sich da hineingeschwätzt hatte. Zumal sein letzter Rudergänger bei den Fischen schwamm. Der war nicht nur zuverlässig und begabt gewesen, er hatte Rhodes' Befehle auch minutiös ausgeführt. Der wäre zu jeder Schandtat bereit gewesen. Wie hatte er sich nur die Schwäche leisten können zu krepieren, dieser Idiot?

»Gentlemen, es war mir eine Ehre, mit Ihnen geplaudert zu haben«, beendete Livingston die Unterredung und alle erhoben sich.

»Meine Herren, ich empfehle mich.« Rhodes salutierte stramm, obwohl er nicht bei der Marine diente, und verließ den Saal.

· · ·

Draußen war es längst dunkel und die anbrechende Nacht frisch, als er zurück zum Schiff schlenderte. Wolken zogen auf und kündeten von aufkommendem Regen oder gar Schnee.

Er hatte heute zwar noch nicht das erreicht, was ihm seiner Meinung nach zustand, war dem Ziel aber wenigstens einen Schritt nähergekommen. Außerdem schien er einen untadeligen Eindruck hinterlassen zu haben, mit ausgezeichneten Manieren und seiner seemännischen Fachsimpelei.

Es zahlte sich doch immer aus, einem erstklassigen Elternhaus zu entstammen und dort eine hervorragende Erziehung genossen zu haben. Sein Vater, Lord Francis Fitzgerald Rhodes, wäre stolz auf ihn gewesen, hätte er ihn heute vor den hohen Herren parlieren sehen.

FÜNF

LIVERPOOL, 29. MÄRZ 1841

Am Tag der Abfahrt war der Himmel dunkelgrau verhangen, ein paar Schneeflocken trieben um Alexander, der auf dem Achterdeck neben dem Steuerrad der William Brown stand und den armseligen Menschenstrom beobachtete, der Schritt für Schritt an Bord schlich. Die Kolonne begann an der Anlegestelle der Prince's Landing Stage. Die Passagiere schoben sich über das schmale Fallreep, weiter bis zu einer Luke, die mittschiffs unter Deck führte, wo eine Seele nach der anderen im Bauch des Schiffes verschwand. Er fühlte sich an den stummen Trauerzug erinnert, an dem er als Kind in seinem schwedischen Heimatdorf mit der Familie teilgenommen hatte.

Langsam bewegte sich der Zug vorwärts. Keiner sprach ein Wort, kein Lachen. Jeder schaute beklommen unter sich, viele kleine Kinder liefen an der Hand ihrer Eltern. Die meisten Passagiere waren in karge graue oder braune Stoffe gekleidet. Die Schneeflocken verwischten das Bild, machten Farben und Formen für Holmes unscharf. Er beobachtete, dass kaum jemand nennenswerte Gepäckstücke dabeihatte. Gelegentlich sah er den einen oder anderen Beutel über den Schultern hängen.

In der Mitte der Reihe stach eine Person hervor, an ihrer rechten Hand hielt sie ein kleines Mädchen. Die Frau war etwas größer als die Menschen vor und hinter ihr, sie trug einen dunkelroten Hut und einen farblich dazu abgestimmten roten Mantel mit schwarzen Karos. Den Kopf hielt sie nicht wie die anderen gesenkt, sondern sie streckte ihr Kinn selbstbewusst in den trüben Tag. Ein Matrose trug schnaufend zwei größere Taschen hinter ihr her.

Die Fracht und der Proviant für die Reise nach Philadelphia waren in den letzten Tagen gleichmäßig ausbalanciert im Unterdeck verstaut worden. Gut 559 Tonnen Fracht nahm die William Brown mit auf die Fahrt. Darunter befanden sich Kohle, Salz, ein paar geschmiedete Eisenwaren und getöpfertes Geschirr.

Alexander war stolz, am Ende doch die Beförderung zum Maat erhalten zu haben. Die Tatsache, dass sein Kontrakt mit Kapitän Harris nur wenige Wochen bis zur Ankunft in den Vereinigten Staaten galt, er also nur zur Probe angestellt war, bereitete ihm keine Sorgen. Auch die Fahrt über den Nordatlantik sollte kein Problem sein, die Route war eine der am häufigsten befahrenen Seewege der Welt und somit Routine. Es handelte sich um eine gute Gelegenheit, seinen Job ebenso routiniert und geräuschlos über die Bühne zu bringen; eine Verlängerung des Vertrages würde ihm daher sicher sein.

Einen guten Teil der Heuer plante er zurückzulegen, wie schon in der Vergangenheit. Wenn alles glattging, könnte er im nächsten Winter – in der ruhigen Jahreszeit – eine Navigationsschule besuchen. Das war die Voraussetzung für eine spätere Offizierslaufbahn. Einen Schritt nach dem anderen.

Das Herz von Margret Edgar schlug ihr buchstäblich bis zum Hals, als sie zusammen mit ihrer zwölfjährigen Tochter Isabella die steile Holztreppe hinunterkletterte, die von der Luke ins Zwischendeck führte. Sie durfte sich nichts von ihren Sorgen anmerken lassen, um ihre zartbesaitete Tochter nicht noch mehr in Aufruhr zu versetzen.

Jetzt war es ohnehin zu spät. Wie hatte sie nur auf die hirnrissige Idee kommen können, ihre vertraute Heimat in Edinburgh samt ihrer liebenswerten Familie zu verlassen, nur weil die Abenteuerlust mit ihr durchgegangen war. Ihren Mann Grant hatte sie vor einem Jahr mehr oder minder vorausgeschickt. Er war Zahnarzt, ebenfalls aus gutem Hause, und sollte sich in Philadelphia vorab umsehen, um beruflich Fuß zu fassen. Sie kämen dann nach, wenn sich alles gut anließe. Soweit ihr Plan.

Grant schrieb ihr einmal im Monat immer zuversichtlichere Briefe, die Margret schließlich ermutigt hatten, dass jetzt die Zeit gekommen war, ihm nachzufolgen, und hier waren sie.

Die Enge im Zwischendeck der Passagiere war bedrückend. Sie nahm ihren roten Hut ab, da sie nur auf diese Weise mit ihrer Körpergröße von beinahe sechs Fuß halbwegs aufrecht stehen konnte. Erst die Hälfte der Passagiere war im Unterdeck angekommen, doch die jetzt schon schwere, stickige Luft schien ihr den Atem zu nehmen.

»Willkommen an Bord, Myladies«, spuckte ihnen ein zahnloses altes Männlein entgegen. Er grinste sie aus einem eingefallenen Gesicht mit tiefen Falten an. Kurzgeschnittene graue Haare, die kreuz und quer abstanden, umrahmten die knittrige Visage. Er stellte sich als Joseph Marshall vor und war der Steward an Bord, der sich um die Belange der Crew und der Passagiere kümmern sollte. Mit der niedrigen Deckenhöhe hatte er keine Probleme, denn sein Rücken krümmte sich und schob seinen Kopf und Nacken im rechten Winkel nach vorne.

»Mrs und Miss Edgar, bitte folgen Sie mir zu Ihrer persönlichen Koje.«

Sie durchschritten im Mittelgang die gesamte Länge des Raumes, hinter ihnen folgte der Matrose mit den schweren Taschen. Zu beiden Seiten des Ganges war eine Koje nahtlos an die nächste gezimmert, sie lagen alle quer zur Schiffsachse und waren jeweils kaum länger als einen Schritt. Die Passagiere schliefen auf zwei Ebenen übereinander. Jede Koje wurde mit mindestens zwei Erwachsenen oder vier Kindern belegt, sodass der Raum fünfundsechzig Reisenden in den nächsten Wochen Unterkunft bot. Margret fühlte sich eingesperrt wie in einem hermetisch abgeriegelten Schrank, der in einem lehmfeuchten schimmeligen Keller stand. Über dreißig Leute plärrten durcheinander, sodass sie sich stark konzentrieren musste, das anbiedernde Geschwafel des Stewards zu verstehen.

»Da Sie bei uns erster Klasse reisen, hab ich für Sie die letzte Koje auf der Steuerbordseite reserviert. Das ist die beste hier. Sie können sogar noch wählen, ob Sie oben oder unten schlafen wollen«, sagte Marshall.

Margret rang um Fassung. So eine miese Unterkunft hatte man ihr noch nie auf einer Reise angeboten. Sie hatte zuvor auch noch nie von solchen Umständen gehört. Es war verständlich, dass das Platzangebot auf einem Schiff beschränkt war. Aber wenigstens mit kleinen abschließbaren Kabinen hatte sie gerechnet, als man ihr den Preis für eine Fahrt erster Klasse berechnete.

»Hier in der Ecke ist es nahezu stockdunkel und es ist kaum Luft zum Atmen vorhanden. Gibt es denn kein Fenster oder eine andere Öffnung für Licht und Luft?«

Marshall grinste sie schief an. »Vertrauen Sie mir, Sie werden schon sehen, warum diese Ecke ein vergleichsweise lauschiges Fleckchen ist.«

»Warum denn?«, fragte Margrets Tochter Isabella vorlaut.

»Wie alt bist du, kleine vornehme Lady?«

»Zwölf.«

»Ganz einfach, Mylady. Hier in dieser ruhigen Ecke an der Wand haben Sie nur einen Nachbarn links. Zwar weht durchaus auch ein wenig frische Luft durch die Luke am Eingang, dafür ist es dort recht kalt und zugig. Außerdem schwappt nicht nur Luft herunter ...« Er grinste verschmitzt. »Zuletzt, das sollten Sie auch wissen, was Wichtiges. Sehen Sie den Vorhang neben der Treppe, unterhalb der Luke? Dahinter befindet sich ein Eimer, das stille Örtchen, wenn Sie so wolln. Sie haben hier hinten immerhin einige Meter Abstand davon und den Düften, Sie verstehen, was ich meine?«

Der Matrose stellte ihre Taschen vor die Koje. Sie wählten die obere Etage. Margret wurde jetzt schon schwindelig und übel. Wie sollten sie das hier überstehen?

Reiß dich zusammen, Maggie. Das ist das Abenteuer, das du haben wolltest. Schau nur nach vorne. Es ist ein notwendiges Übel. Einmal angekommen, wartet dein Liebster schon und dann kannst du das alles hier vergessen.

»Alles wird gut, mein Liebling«, sagte sie zu ihrer Tochter, streichelte ihr liebevoll über den Kopf und versuchte dabei zuversichtlich zu lächeln.

~

Ellen war die Letzte, die in den Passagierraum hinabstieg. Sie reichte die kleine Mary an ihren Mann Frank weiter, der sie unten entgegennahm.

»Nun macht schon, wird's bald! Faules Pack!«, raunte der Steward.

Ellen brauchte eine Weile, bis sie sich an die Dunkelheit gewöhnt hatte. Marshall wies ihnen ohne Umwege die erste Koje auf dem Boden zu. Sie lag direkt am Aufstieg zur Luke. Neben ihrer Koje registrierte Ellen einen kleinen Bereich, der mit einem Vorhang abgetrennt war.

Der Steward Marshall lief einmal den Mittelgang auf und ab und zählte dabei die anwesenden Passagiere. Als er fertig war, nickte er zufrieden und stieg die Leiter hoch.

»Die Passagiere sind vollzählig!«, rief er.

∼

Das Schiff legte zur Mittagszeit mit Einsetzen der Ebbe ab und ließ sich zunächst ruhig im Strom ablaufenden Wassers auf dem Fluss Mersey bis zu seiner Mündung in die Irische See treiben. Sie segelten im Anschluss in Sichtweite der Westküste von Wales entlang, bevor sie weiter westwärts der südlichen Küstenlinie von Irland folgten.

Bislang hatte Rhodes kein Wort mit seinem neuen Rudergänger gewechselt. Er erteilte routiniert seine Befehle, Holmes stand routiniert am Steuer. Den Kapitän hatte bislang niemand an Deck gesehen, er schien sich auf Rhodes' Künste zu verlassen.

Die Südküste Irlands war noch an ihrer Steuerbordseite auszumachen, als Rhodes zu Holmes ans Steuerrad trat. Alle Segel waren gesetzt und getrimmt, sie segelten hart am Wind, der ihnen mit erbarmungsloser Kälte ins Gesicht schnitt. Rhodes blickte mit zusammengekniffenen Augen und erhobenem Haupt in Richtung Horizont. Seine Kiefer mahlten hektisch aufeinander, sodass die Wangenmuskulatur zuckte. Wie am Deck festgeschraubt stand er da, rührte sich nicht, blinzelte trotz des Windes und einzelner Gischtfetzen, die ihn im Gesicht trafen, nicht ein einziges Mal. Minutenlang stand er schweigend neben Alexander, der sich nicht traute, den in Gedanken verlorenen Offizier anzusprechen. Schließlich brach Rhodes sein Schweigen.

»Westwärts. Das ist die große Herausforderung. Gegen den Golfstrom. Gegen den strammen Westwind, der hier keinen Deut nachlässt. Immer hart am Wind, bis die Masten knarzen und die Planken schreien. Hier trennt sich Spreu von

Weizen. Klar, wenn du Zeit für einen Törn hast und dir die Eier wärmen möchtest, wählst du die südliche Route durch die Karibik. Nimmst die Azoren mit, machst einen Abstecher über die Kapverdischen und lässt dich schön gemütlich rüber in die Karibik treiben. Dauert nur halt eine halbe Ewigkeit.« Jetzt maßen seine strengen Augen Holmes Statur. Er studierte ihn von Kopf bis Fuß. »Nur wer richtige Eier hat, stellt sich dem blanken Hans und schlägt ihm ein Schnippchen, so wie wir es tun werden. Du bist also unser neuer Rudergänger.«

»Jawoll, Sir. Gestatten, Alexander Holmes. Ist mir eine Ehre, auf diesem Schiff zu dienen, Sir.«

»Du kommst mir bekannt vor. Ich meine, ich hab dich schon mal gesehen.«

»Halten zu Gnaden, Sir, aber ich kann mich nicht entsinnen ...«, antwortete Alexander in unschuldigem Tonfall und ergänzte in Gedanken »... *dir schon einmal auf die Füße getreten zu haben.*«

»Mit dem letzten Rudergänger konnte ich's gut. Du wirst mir doch keine Probleme machen, oder?« Weiter sein Gegenüber studierend, legte Rhodes den Kopf schräg.

Der Offizier erkannte ihn Gott sei Dank nicht wieder, hoffentlich blieb das so. »Ich gebe stets mein Bestes, Mr. Rhodes, Sir. Zum Wohl des Schiffs und der Passagiere«, antwortete Holmes ausweichend, traf damit jedoch nicht ganz den richtigen Ton.

»Pass mal auf, Holmes«, kumpelhaft sah Rhodes ihm in die Augen, »deine Aufgabe hier ist ganz einfach. Du setzt das um, was ich vorgebe, und wir werden ein gutes Auskommen miteinander haben, in Ordnung?«

»Aye, Sir.« Holmes verstand nicht, warum sich der Steuermann in dieser Form anbiederte. Die Ansprache ziemte sich nicht für einen leitenden Offizier. Gehorsamkeit war an Bord eines Schiffes eine Selbstverständlichkeit, mehr noch eine Pflicht. Rhodes musste einen ganz ungewöhnlichen Plan in seinem Hirn haben.

»Dies ist keine gewöhnliche Reise nach Philadelphia. Normalerweise benötigt ein Segelschiff mindestens fünfzig Tage für die Überquerung des Nordatlantiks in westlicher Richtung. Aber das weißt du ja. Wir müssen es diesmal deutlich schneller schaffen. Meine Vorgabe: maximal fünfundvierzig Tage!« Rhodes' Augen fingen an zu leuchten, die Kaumuskulatur zuckte nervös.

»Ist das eine Art Wettbewerb, Sir?«

Diese Geschwindigkeit zu erreichen war unmöglich. Wie wollte er das hinbekommen? Welches Ass versteckte er im Ärmel? Zauberte er einen dritten Mast aus dem Hut, zimmerte er an die bestehenden Masten oben noch eine vierte Rah mit Royals? Alexanders Neugier war geweckt. Wettbewerbe fand er spannend, sofern sein Wissen und Können als Seemann gefragt waren.

»Darf ich fragen, wie Sie das hinbekommen wollen?«

»Erste Voraussetzung ist die äußerste Disziplin der Mannschaft. Meine Matrosen kenne ich, die sind auf Linie. Bei dir bin ich mir noch nicht sicher.« Immer noch schienen seine Blicke ihn zu durchdringen.

»Sie können sich auf mich verlassen, Sir. Ich weiß, was ich tue, hab genug Erfahrung auf See. Mein Vater …«

Rhodes unterbrach ihn. »War Fischer auf See und so weiter, der hat dir alles beigebracht, ich weiß, ich weiß. Ich bin vollkommen im Bilde, was deine Vergangenheit anbelangt, glaub's mir. Man attestiert dir ein überdurchschnittliches seemännisches Wissen. Obwohl deine Statur ja nicht sehr robust aussieht.«

Der Steward Marshall kroch mit dem Latrineneimer am Arm aus der Luke zum Unterdeck. Leicht schwankend stellte er den dampfenden Eimer an Deck ab, bevor er die Luke wieder schloss. Durch das Stampfen und Rollen des Schiffes schwappte der Inhalt über und verteilte sich über die Planken.

»Pass doch auf, du dämlicher alter Bock!«

»Verzeihung, Master«, raunte Marshall und hastete nach achtern, um ihn vollends zu entleeren.

Der Seegang nahm merklich zu, je näher sie dem offenen Atlantik kamen. Der Wind blies ihnen konstant und kräftig aus westlicher Richtung ins Gesicht, immer wieder flog ihnen die Gischt um die Ohren, wenn sie die Wellentäler durchbrachen.

»Wo waren wir stehengeblieben?«, fuhr Rhodes fort, »Ich brauch' hier aber nicht deine Intelligenz und dein Wissen, sondern deine uneingeschränkte Loyalität!«

»Aye, Sir. Sicher«, erwiderte Holmes. Irgendetwas gefiel ihm an dem Gespräch nicht. *Worauf will er hinaus, was verlangt er von mir?* »Sie sind der Erste, Sie haben das Sagen. Und der Captain natürlich.«

»Den Captain können wir jetzt mal außen vor lassen.«

Marshall kam mit dem leeren Eimer zurück, machte einen großen Bogen um Rhodes und verschwand, so schnell es eben ging, wieder in der Luke.

»Wirst einfach alles genau so machen, wie ich es dir jetzt sage. Wenn wir die übliche Handelsroute auf einundvierzig Grad Nord nehmen, kreuzen wir permanent hart am Wind und der Nordatlantikstrom bremst uns zusätzlich noch aus. Mein Plan sieht so aus: Vor der Westküste Irlands dreht der Nordatlantikstrom gegen den Uhrzeigersinn nach Norden ab, biegt dann in westliche Richtung, südlich an Island und Grönland vorbei, bevor er sich wieder vor Labrador und Neufundland südlich hält und mit dem Golfstrom vereint. Das ist schon alles: im Grunde ein simpler Plan!«

Er beabsichtigte also, gegen jede bisherige Regel eine nördlichere Route zu wählen, um bessere Strömungen und Winde auszunutzen. Dann wären sie möglicherweise schneller. Fünf Tage wollte er dadurch sparen und das wäre eine Sensation. Der Plan klang nachvollziehbar, wenn man sich die Seekarte vor Augen führte. Von dieser Route hatte Holmes jedoch noch nie zuvor gehört und dafür musste es

Gründe geben. Ihn beschlich ein vages Gefühl, dass an der Idee etwas faul war.

»Verstehst du? Konkret heißt das: Wenn die Küste Irlands hinter uns liegt, hältst du das Schiff auf nordwestlichem Kurs, bis wir etwa fünfzig Grad Nord erreicht haben. Dann lassen wir uns westwärts treiben und dreihundert Meilen vor Neufundland schlagen wir wieder eine südwestliche Richtung ein.«

»Und was ist mit den Eisbergen, die es im Norden gibt? Scheint mir ein Risiko zu dieser Jahreszeit zu sein.«

»Um die steuerst du einfach rum.« Rhodes lachte laut und künstlich. Seine Augen blieben starr. »Im Ernst, ich habe mich in Liverpool mit den Mannschaften ausgetauscht, die gerade vom Nordatlantik gekommen sind. Die hatten keinerlei Eis-Sichtung. Haben nicht mal einen Eiswürfel schwimmen gesehen. Außerdem, das solltest du eigentlich wissen, treiben die meisten Eisberge weiter westlich mit dem Labradorstrom unweit der Küste nach Süden. Da sind wir längst wieder auf üblichem Kurs in vierzig oder einundvierzig Grad Nord. Alles klar?«

»Aye, Sir«, entgegnete Holmes.

Diese Informationen musste er erstmal in Ruhe verarbeiten. Konnte es so einfach sein? Warum machte es dann sonst keiner? War Rhodes genial, ein Genie oder schlicht größenwahnsinnig? Alexanders Bauchgefühl tendierte eindeutig zu Letzterem. Die nördliche Route stellte eine große Gefahr für das Schiff und damit für das Leben der Passagiere und der Mannschaft dar. Eisberge trieben zu dieser Jahreszeit überall in der Gegend herum. Möglicherweise tat er Rhodes aber unrecht. Er wies reichlich Erfahrung auf, die Nordatlantikroute war sein Revier. Wollte man Großes erreichen, musste man auch groß denken. Wo wäre die Menschheit, wenn es nur solche Zauderer wie ihn gäbe? Alexander war hin- und hergerissen.

Die erste Nacht an Bord war die schlimmste. Ellen lag die ganzen dunklen Stunden wach in ihrer Koje. Sie traute sich nicht, sich zu bewegen, um Frank und Mary nicht zu stören. Mary war ohnehin unruhiger geworden in den letzten Tagen, weinte und wimmerte viel. Musste die Aufregung sein, die sich auf sie übertrug. Oder der Hunger. Oder beides.

Die Gedanken kreisten in ihrem Kopf, sie konnte nicht begreifen, was alles geschehen war, wie viel sie in kurzer Zeit verloren hatten. Zur Ruhe kam sie jedoch auch jetzt in der Nacht nicht.

Da war zunächst der nicht verstummen wollende Lärm um sie herum. Ihr bisheriges Leben in der kleinen Bauernkate war überschaubar gewesen, jeder Tag hatte den gleichen Rhythmus gehabt. Vor allem war es ruhig auf dem Land gewesen, still und langsam.

Hier auf dem Schiff war es alles andere als still. Im gedrungenen Zwischendeck hausten fünfundsechzig Menschen. In den Kojen neben ihnen wälzten sich die Ludens mit ihren zehn Kindern. Je vier Kinder in einer Koje. Sie waren so eingeschüchtert, dass es wenigstens keinen Streit gab.

Den größten Lärm verursachte jedoch das Schiff selbst. Die dicken Eichenbretter, aus denen die Planken gezimmert waren, quietschten und ächzten bei jeder Bewegung des Schiffes in den Wellen. Und im Laufe ihrer erst kurzen Reise war der Seegang immer stärker geworden. Ellen kam es so vor, als schrien die Balken das Echo ihres eigenen Elends zurück.

Marshall hatte ihnen erzählt, dass ein Sturm aufgezogen war. Er hatte sie angewiesen, dass sie solange besser unter Deck bleiben sollten. Dann hatte er den Latrineneimer entleert und ihn wieder hinter den Vorhang zurückgestellt.

Nicht nur Ellen und ihr Mann waren mittlerweile seekrank, auch die meisten der anderen Passagiere. Es gab einen nicht enden wollenden Strom zum Eimer hin und wieder weg von ihm. Manche hatten Marshalls Rat angenommen, den er ihnen mit einer schelmischen Grimasse gegeben hatte. Sie nahmen in alter Seemannstradition ihre Schuhe, um sich darin zu übergeben. Der Eimer stand für viele einfach zu weit weg.

Bislang war Ellen froh gewesen, vorne in der Nähe der Luke zu liegen. Von dort kam in regelmäßigen Abständen ein frischer Luftzug herunter, der die säuerliche Schwere in ihrer Nähe ein wenig verwehte. Weiter hinten beschwerten sich die ersten Passagiere über die verbrauchte Luft, die das Atmen erschwerte. Es mangelte nicht nur an Sauerstoff, die Luft war mittlerweile gesättigt vom Geruch menschlichen Schweißes, vom Gestank des Erbrochenen, der Fäkalien, aber auch von einer salzig-modrigen Komponente, die von den Schiffswänden selbst ausging. Die Balken waren innen schwarz von der Feuchtigkeit. Wenn Ellen mit ihren Fingern über die kalte nasse Wand strich, färbten sie sich grünlich. Moose und Flechten breiteten sich überall auf dem Holz aus. Salz kristallisierte an etwas trockeneren Stellen weißlich aus. Von den Balken ging ein dumpfer Geruch nach Verfall und Leblosigkeit aus. In einem Sarg, tief vergraben in nasser lehmiger Erde, musste es sich genauso anfühlen.

Nachts, wenn der Steward schlief, wurde der Eimer nicht mehr gelehrt. So war er mittlerweile randvoll und schwappte bei den heftigen Schiffsbewegungen über.

~

Die Schiffsglocke schlug acht Glasen, Alexanders Wache war beendet. Er überließ das Ruder einem Matrosen namens James Norton, Rhodes gab das Kommando über das Schiff an den Zweiten Offizier, Walter Parker, weiter. Die Mannschaft war aufgrund ihrer überschaubaren Größe von siebzehn Mann in nur zwei Wachen aufgeteilt. Jetzt hatte Holmes vier Stunden Zeit zum Essen und Schlafen.

Captain Harris ließ sich zum Wachwechsel am Achterdeck kurz blicken, schaute nach dem Rechten und verschwand wieder in der Kajüte. Wahrscheinlich grübelte er dann weiter über seinen Lebenserinnerungen und notierte sie sorgfältig in dem großen Buch, das Holmes aufgeschlagen auf dem Kartentisch gesehen hatte. Das eine und andere Glas Sherry erleichterte ihm den Schreibfluss sicherlich.

Kurz nach dem Verstummen der Schiffsglocke gab Rhodes das von der Mannschaft lang ersehnte Kommando »Besanschott an!«, woraufhin sich alle Matrosen auf dem Achterdeck um das Ruder versammelten. Die William Brown verfügte zwar nicht über einen dritten Mast, den Besanmast, das Ritual war aber das Gleiche wie auf jedem Schiff. In freudiger Erwartung standen alle Matrosen, der Maat und die beiden Offiziere nebeneinander, um sich ihre Tagesration Rum abzuholen. Die steife Atlantikbrise, stets aus westlicher Richtung und mittlerweile zum Sturm angewachsen, wehte ihnen um die Ohren, der kalte Regen prasselte waagerecht in die Gesichter. Die Südwester saßen stramm auf den Köpfen und ohne Ölzeug ging kein Seemann mehr an Deck. Selbst der erfahrenste Matrose kam nicht umhin, das Wetter als hundsmiserabel zu bezeichnen. Dennoch schien Rhodes bester Laune, weshalb es in Kürze einen kleinen Nachtrunk geben würde.

»Wenn wir es schaffen, dem blanken Hans ein Schnippchen zu schlagen und in weniger als fünfundvierzig Tagen in Philadelphia festmachen, spendier' ich jedem hier zwei Schilling Prämie zusätzlich aus meiner eigenen Schatulle und ein Fässchen Rum für die ganze Mannschaft obendrauf.« Rhodes hob den Becher. »Auf die schnellste Überfahrt aller Zeiten! Auf meine Männer! Hipp, hipp ...«

»… Hurray!«, antworteten die Matrosen wie aus einer Kehle.

Holmes schwieg. Rhodes gefiel ihm nicht. Sein Plan gefiel ihm erst recht nicht.

SECHS

WILLIAM BROWN, NORDATLANTIK, 5. APRIL 1841

Der Schock der ersten Tage an Bord legte sich langsam. Obwohl Margret es anfangs nicht für möglich gehalten hatte, schlief sie mittlerweile nachts zumindest zeitweise. An den Gestank unter Deck hatte sie sich inzwischen gewöhnt, sie nahm ihn kaum mehr wahr. Den Mangel an Sauerstoff verkraftete ihr Körper gut, zumal sie sich tagsüber nicht bewegte und somit physisch nicht beansprucht war. Nicht einmal an Deck durften sie kriechen, der Sturm tobte ohne Unterlass und hatte das Schiff voll im Griff. Ein kleiner Ausflug, gar ein Spaziergang an Deck zum Luft schnappen wäre zu gefährlich gewesen. Der Kahn ritt auf den Wellen wie ein nicht zu bändigender Gaul. Oben wären sie nicht nur klatschnass, sondern auch schnell über Bord gespült geworden. Keiner der Passagiere traute sich, weiter zu gehen als die wenigen Schritte zum Eimer hinter dem Vorhang am Ausstieg.

Margret langweilte sich fürchterlich. Der Tagesablauf war äußerst eintönig. Um acht Uhr morgens, die Schiffsglocke schlug vier Doppelschläge, hörte sie den Wachwechsel der Matrosen. Sie polterten entlang der Planken über ihnen, schimpften und fluchten. Ihre Laune schien ebenso übel wie ihre eigene zu sein, denn ein Lachen vernahm sie selten.

Wenig später erschien der Steward mit dem Frühstück. Ein schrecklicher Euphemismus für den Fraß. Leider glich die erste Mahlzeit den anderen des Tages, da er Essen und Trinken nur einmal täglich morgens in einer Portion austeilte und die Passagiere diese dann selbst über den Tag für sich rationierten.

Streng bemessen teilte Marshall jedem Reisenden einen Becher mit Hafermehl, einen Schiffszwieback sowie pro Familie einen kleinen Eimer mit Wasser aus.

Wenn sie das Mehl mit etwas Wasser vermischten, erhielten sie einen Teig, den sie unter normalen Umständen auf dem Vorschiff in einem Ofen zu einer Art Brot hätten backen dürfen. Nun jedoch verhinderte der anhaltende Sturm, dass sie an Deck durften. Der Ofen blieb kalt, und sie hatten daher keine andere Möglichkeit, als das grob gemahlene Hafermehl mit einer größeren Menge an Wasser zu einem klebrigen, geschmacklosen Brei zu verrühren, den sie anschließend mit Mühe hinunterwürgten.

Margret und ihre Tochter hatten noch nie in ihrem Leben etwas Widerlicheres gegessen. Isabella hatte sich anfangs geweigert, die Schüssel überhaupt in die Hand zu nehmen. Als der Hunger im Verlauf immer drängender geworden war, blieb ihr nichts anderes übrig, als den Brei doch langsam, Löffel um Löffel in sich hineinzuzwingen.

»Dadurch füllt sich wenigstens dein Magen und gibt für eine Weile Ruhe«, sagte Margret. Sie versuchte, für ihre Tochter ein Vorbild zu sein.

Etwas besser schmeckten den beiden anfangs die Schiffskekse. Beim Hineinbeißen durchbrachen sie eine knusprige Außenhülle und im Inneren trafen sie auf weichere Stücke, die der Konsistenz eines Pilzes am nächsten kamen.

Geschmacklich erinnerte es Margret an weichgekochtes Fleisch mit einer nussigen Note.

Nach dem Verzehr mehrerer dieser Kekse hatte sie jedoch zunehmend das Gefühl, dass sich die Teile im Inneren bewegten und ihr aus dem Gebäck entgegenkrochen kämen, woraufhin sie den abgebissenen Keks in das trübe, flackernde Licht einer Tranlampe hielt. Aus dem Keks kroch in der Tat eine fette Made heraus und erweckte den Eindruck, als erkundete sie die Außenwelt, indem sie ihre kleinen schwarzen Augen in alle Richtungen bewegte.

»Igittigittigitt!«, schrie Margret, sprang wie angestochen auf, ließ den Rest des Kekses fallen und spuckte den Speichelbrei aus ihrem Mund angewidert auf den Boden. Isabella tat es ihr reflexartig gleich. Sie schien jedoch erst einige Sekunden zu brauchen, um zu realisieren, was genau sie kurz zuvor gekaut hatte. Anfängliches Gelächter, das aus den benachbarten Kojen kam, erstarb schnell, nachdem auch die anderen Reisenden sahen, was die Aufregung verursacht hatte und dass sie alle betroffen waren.

Zu allem Überfluss roch das an Bord in Holzfässern gelagerte Wasser faulig schwefelig, als würde es schon seit Jahren darin vor sich hingammeln. Der Durst zwang sie dennoch zum Trinken, es gab nichts anderes. Und damit schmeckte zu allem Verdruss auch der schleimige Haferbrei modrig. Dank der allzu sparsam an nur wenigen Holzbalken aufgehängten Lampen war es unter Deck zu dunkel, um die Farbe des Wassers genauer zu ergründen. Nichtwissen stellte manches Mal einen Vorteil dar.

Nachdem die erste Mahlzeit des Tages heruntergewürgt war, beschloss Margret, ihre Langeweile zu lindern, indem sie sich einen Überblick über das Zwischendeck und seine Bewohner verschaffte. Der Zeitpunkt schien vielversprechend, die meisten Mitreisenden hatten ausgeschlafen, etwas gegessen und wurden munterer, was am zunehmenden Lärm deutlich wurde. Margret schob sich von der oberen Koje hinunter, stellte sich gebeugt in den schmalen Mittelgang und hielt sich mit beiden Armen an den Balken fest, um durch das Schaukeln des Schiffs nicht auf allen vieren kriechen zu müssen. Ihr war schwindelig und vor ihren Augen funkelte es wie bei einem Feuerwerk am Nachthimmel. Allein diese kleinen Bewegungen waren derart anstrengend, dass sie heftig keuchte, um den letzten Rest Sauerstoff aus dem Raum in ihre Lunge zu pumpen.

Sie begann die Runde gleich in der Koje neben sich. Margret sah dort ein junges hübsches Mädchen mit langen blonden Haaren und ein paar Pickeln auf Stirn und Nase.

»Ich bin Margret Edgar und komme aus Schottland. Das ist meine Tochter Isabella, sie ist jetzt zwölf Jahre alt. Und wie heißt du, junges Fräulein?«

»Ich bin Bridget McGee. Neunzehn Jahre alt. Wir kommen aus Lifford in Nordirland. Das da drüben ist mein Onkel George Duffy.« Sie zeigte auf den Holzverschlag auf der anderen Seite des Gangs.

Bridgets blaue Augen schauten ihr selbstbewusst entgegen. Sie erzählte von ihrer Heimat und auch, dass ihre Mutter vor ein paar Monaten mit einem anderen Mann durchgebrannt war, der mehr Geld für Essen und Kleidung hatte. Onkel George begleitete sie jetzt auf dieser Reise. Zwanzig Kilometer außerhalb von Philadelphia betrieb ihr Vater eine Hufschmiede und George würde dann bei ihnen in den Vereinigten Staaten bleiben.

Margret durchschritt den Gang des Zwischendecks weiter in Richtung Luke. An vielen Kojen hielt sie an und versuchte, mit den Passagieren ins Gespräch zu kommen, sofern sie nicht schliefen. Sie lernte die schüchterne siebzehnjährige Biddy Nugent kennen, die ihrer Mutter nachreiste. Dort führte sie ein Gästehaus, das genug Arbeit machte, weshalb sie die Unterstützung ihrer Tochter brauchte. Wie Bridget McGee reiste sie nicht alleine, sondern mit einem Onkel namens John Nugent.

Die Familie Anderson bestand aus der Mutter mit ihren drei Töchtern, die ihrem Mann nachfolgte, der bereits in Cincinnati Arbeit bei einer Eisenbahngesellschaft gefunden hatte. Dann kam die Bauersfamilie Carr mit ihren fünf Kindern sowie einzelnen Nichten und Neffen aus dem County Tyrone in Irland, wie viele andere auf der Flucht vor dem Hunger und Elend in ihrer Heimat.

Ebenso zahlreich und aus Tyrone kamen die Ludens mit ihren zehn Kindern, die auf drei Kojen aufgeteilt hausten.

Ein junger Mann namens Owen Carr reiste alleine und teilte das Abteil mit den Brüdern Martin und James MacAvoy. Owen war ebenso dürr wie die meisten der Reisenden. Er stand im Gang und das flackernde Licht einer Lampe umspielte sein Gesicht. Es bestand wahrlich nur aus Haut und Knochen, die Kiefermuskeln zuckten sehnig, aber lebhaft und die hohlen Wangen lagen in tiefem Schatten. Er verhielt sich den anderen gegenüber zurückhaltend und schwieg die meiste Zeit, aus den Augen schimmerte jedoch ein gewisser Schalk.

Am Ende des Mittelganges traf Margret auf die drei Askens. Sie erfuhr die traurige Geschichte der letzten Wochen, bevor sie an Bord gekommen waren. Als sie hörte, dass diese Familie erst vor Kurzem alles verloren hatte, was sie besaß, kamen ihr die Tränen. Ellens Mann Frank saß während der Schilderungen seiner Frau ausdruckslos im Holzverschlag. Er stand wohl immer noch unter Schock.

»Darf ich die Kleine mal in den Arm nehmen?«, fragte Margret, die sich und die anderen von der traurigen Geschichte ablenken und das Thema in eine erfreulichere Richtung lenken wollte.

»Sicher. Sie heißt Mary, ist jetzt vier Monate alt. Sie ist unser Sonnenschein. Ich hab aber die Befürchtung, dass sie gar nicht zugenommen hat seit der Geburt. Sie ist immer noch so leicht. Ich gebe wahrscheinlich nicht genug Milch«, antwortete Ellen.

»Ist doch kein Wunder bei der Verpflegung hier auf dem Schiff. Hast du den Steward mal nach einer Extraration für dich und die Kleine gefragt?«

»Ich trau mich nicht. Bis hierher haben uns fast alle behandelt, als wären wir Abschaum. Sind wir wohl auch ... Nichts wert.«

»Niemand auf dieser Erde ist Abschaum oder hat es verdient, als solcher behandelt zu werden! Warte mal, ich kümmere mich drum.«

Margret stieg die Leiter hoch und öffnete als Erste der Passagiere die Luke, um nach draußen auf das Oberdeck zu gelangen. Sofort wurde ihr die Holztür vom Wind aus der Hand gerissen und knallte gegen den Holzverschlag an der Seite. Sie streckte den Kopf hinaus und ein eiskalter Schwall umherfliegender Gischt klatschte auf ihre Wange wie eine Ohrfeige. Haare und Kleidung waren sofort vollkommen durchnässt und eiskalt; sie betrat das Oberdeck und beeilte sich, die Luke wieder zu verschließen, damit nicht zu viel Wasser nach unten schwappte. Es war stockdunkel. Der Sturm zwang sie, sich an allen verfügbaren Tauen und Griffen festzuhalten, um nicht durch die heftigen Schwankungen des Schiffes über Bord geschleudert zu werden. Trotz dieser Widrigkeiten hielt sie kurz inne und sog so viel Sauerstoff in ihre Lungen wie möglich. Sie fühlte sich sofort kraftvoll, wie neu geboren. Die Gefahren hier oben im Wüten des Orkans blendete sie vollkommen aus. Jeder Wellenkamm überspülte das ganze Deck, und es sah aus, als würde das Schiff jeden Moment kentern. Zeitweise ragten nur der obere Teil der Reling und die Masten aus dem Meer, erst beim Besteigen des nächsten Wellenberges rauschten die Fluten nach achtern und seitlich von Bord.

»Ma'am, bitte geh'n Sie sofort wieder runter! Das hier draußen isses Vorfeld zur Hölle, das sag ich Ihnen. Gerade für 'n Landlubber wie Sie«, schrie ein Matrose, der auf sie zu rannte.

»Vergessen Sie es! Erst spreche ich mit Steward Marshall ein ernstes Wort. Vorher bewege ich mich keinen Zoll von der Stelle. Holen Sie ihn her!«

»Aye, Ma'am, aber tun Sie mir einen Gefallen und gehen Sie wieder runter, da sind Sie in Sicherheit. Ich schick ihn hinterher.«

In Sicherheit? Das bezweifelte sie, dennoch gehorchte Margret widerwillig. Der Sturm schien von Minute zu Minute an Intensität zuzunehmen und unten hatte sie ihre Tochter alleine gelassen. Margret kämpfte sich mühsam über die rutschigen Planken des Decks zur Luke zurück, öffnete sie und huschte, so schnell es ging, ins Innere.

Alexander wälzte sich in der wachfreien Zeit in seiner Hängematte im Vorschiff. An Schlaf war nicht zu denken. Der Sturm hatte mittlerweile Orkanstärke erreicht und seine Schlafstätte wurde mit dem jedem Rollen des Schiffes ungemütlich hin und her geschleudert. Außerdem wurde er seit Rhodes' Ansprache einen Gedanken nicht mehr los: Die nördliche, bogenförmige Umschiffung des Golfstromes war nichts anderes als blanker Selbstmord. Der Seeweg zwischen Europa und Nordamerika verlief seit über zwei Jahrhunderten in einem recht engen Korridor. Und das hatte triftige Gründe. Holmes kannte vorsichtig denkende Kommandanten, die im Winter eine deutlich südlichere Route einschlugen, um den Eisbergen auszuweichen, die zu dieser Jahreszeit überall auf der Strecke lauern konnten. Weiter im Norden musste das Risiko noch viel größer sein.

Dazu kam noch etwas anderes: Trotz des heftigen Sturmes ließ Rhodes seiner Meinung nach zu viele Segel setzen. Die Masten knarzten mittlerweile abscheulich. Dass bisher keiner zu Bruch gegangen war, grenzte im Grunde an unverschämtes Glück. Es war nur eine Frage der Zeit. Das Quietschen,

Pfeifen und Knacken des Holzes klang immer bedrohlicher und dies war bei Weitem nicht Alexanders erster Orkan.

Eines musste man dem abgebrühten Offizier lassen: Bis jetzt gab ihm der Erfolg fraglos Recht, die William Brown schnitt in atemberaubend hohem Tempo durch die Wellen. Holmes schätzte, dass sie zehn, vielleicht sogar elf Knoten machte.

Je länger Alexander über die Frage nach der Route grübelte, desto stärker reifte in ihm die Erkenntnis, dass die von Rhodes geforderte nördliche Umgehung des Golfstroms ein einziger Wahnsinn war. Sie glich einem teuflischen Glücksspiel, bei dem es um nichts weniger ging als um das Leben der Passagiere und der Mannschaft. Im Vergleich zu einem Würfelspiel wie Craps war der Einsatz hier weitaus höher und die Gewinnchance geradezu beschissen. Alexander beschloss, das Schicksal selbst in die Hand zu nehmen. An den Kapitän durfte sich Alexander nicht direkt wenden. Auf Schiffen gab es eine sehr strenge Befehlsfolge und Rhodes war nun einmal sein unmittelbarer Vorgesetzter. Außerdem war davon auszugehen, dass Harris die Pläne seines Steuermannes gebilligt hatte, zumal, wenn es sich um ein solches Himmelfahrtskommando handelte.

Wäre es möglich, auf eigene Faust irgendetwas dagegen zu unternehmen? Konnte er das Schiff alleine in weniger gefährliche Breiten steuern, ohne dass es Rhodes oder Harris auffiel? Eine offene Konfrontation galt es zu vermeiden, sie wäre aussichtslos und ebenso blanker Selbstmord wie die nördliche Eisbergroute. Befehlsverweigerung wurde immer noch konsequent und hart bestraft. Auf Kielholen, die neunschwänzige Katze oder an der Rah aufgehängt werden, konnte er verzichten.

Alexander dachte über den Versuch nach, Rhodes behutsam umzustimmen und an seine Vernunft zu appellieren. Machte er den Eindruck, als ließe er mit sich reden, als könnten ihn die Eingebungen eines Maates beeinflussen?

Eher nicht. Rhodes trug das Selbstwertgefühl eines eitlen Pfaus zur Schau. Mit stolz geschwellter Brust stolzierte er den ganzen Tag über das Achterdeck. Und wie hatte er gerade erst in der letzten Wache den armen Norton zusammengeschissen, weil dieser ein Tau nicht akkurat aufgerollt hatte? Rhodes' Gesicht war richtig blau geworden, so hatte er sich in Rage geschrien. Der Tobsuchtsanfall war erst langsam abgeflaut, als der Sturm immer stärker blies und ihn ablenkte. Alexander würde weiter nachdenken müssen, bis ihm ein sinnvoller Plan einfiel.

Jack kam triefend von draußen herein, er hatte sich dort wohl erleichtert.

»Schon praktisch, wenn man keine Haare mehr aufer Platte hat. Können dann schoma nicht nass werden«, prustete Isaac Freeman, ein anderer Matrose, lachend.

»Halt's Maul, Isaac, bist'n lausiger Grünschnabel. Bei dir wachsen noch nich mal Haare am Pimmel. Da fühlen sich noch nich mal Sackratten wohl.«

Allgemeines Gelächter erfüllte den niedrigen Raum im Vorschiff. Jack kratzte sich am Sack, spuckte auf den Boden und setzte sich an den Tisch in der Messe.

»Hey Jack, hör mal. Ich wollt dich neulich schon mal was fragen. Wo issn das Ende von der Ankerkette, die man da am Hals sieht?«, fragte Alexander und spielte damit auf die Tätowierung an, die der andere trug.

»Sag' ich dir erst, wenn wir zusammen dem Tod seine hässliche Fratze gesehn ham und jetz piss mich nich auch noch an«, erwiderte er.

»Woll, Sir. Aber was andres. Was hältst du denn vom Plan des Ersten, in unter fünfundvierzig Tagen rübergeschippert zu sein?«

»Geht mich nix an, der iss doch der Erste. Das muss der wissen und nich ich. Immerhin springt was für uns raus.«

»Findst das nicht glatten Selbstmord?«

»Drauf geschissen. Der blanke Hans holt uns sowieso früher oder später. Mich eher früher. Bin dem Tod so oft von der Schippe gesprungen. Meine sieben Leben sind längst aufgebraucht. Du bist jung, musst dir noch Gedanken drüber machen. Ich zum Glück nich mehr.«

Alexander kletterte aus der Hängematte und setzte sich neben Jack an den schmalen Tisch.

»Red kein Unsinn«, antwortete er und brach einen Schiffskeks in zwei Teile. »So alt bist du doch noch gar nich. Höchstens fuffzig.«

»Einundvierzig.« Jack hob eine Augenbraue.

»Wie meinste das mit den sieben Leben? Ich dachte, das gibt's nur bei Katzen?«

»Es gibt zwei Sorten Mensch«, sagte Jack. »Auf die einen scheint immer die Sonne. Oben rein und aus'm Arsch wieder raus. Zumindest für eine Weile iss das so. Denen passiert halt nix. Ich gehör zu der Sorte und ich könnt mir vorstellen, du auch. Und dann sinn da die armen Schweine. Die ziehn das Unglück magnetisch an. Ich erinner mich an so 'nen Tollpatsch, der Matrose werden wollt. Der hatte schon vorher irgendwo 'n paar Finger verloren, was weiß ich, wieso. Und als er das erste Mal auf'n Großmast geklettert iss, fiel er runter aufs Deck und das war's für ihn.«

Alexander legte die Keksstücke nachdenklich auf den Tisch und ein kleines Bröckchen gepökelten Fisch dazwischen. »Egal, wie. Ich muss den Ersten dazu bringen, den Kurs zu ändern. Wir müssen südlicher fahren.« Er beobachtete immer wieder mit schaurigem Ekel, wie sich aus den Bruchkanten der Kekse mehrere kleine Maden ins Freie wanden und über das Stück Pökelfisch hermachten. Er erntete sie davon ab wie überreife Pflaumen von einem Baum, warf sie auf den Boden und trat sie mit verzogenem Gesicht platt.

»Hast zwei Möglichkeiten, mein Freund«, sagte Jack und

knabberte an seinen dreckigen Fingernägeln. »Entweder biste gegen Rhodes und er schickt dich auf deine letzte große Fahrt, das sag' ich dir wie's Amen in der Kirche. Oder du machst, was er befiehlt, und behältst den Kurs bei. Dann haste wenigstens 'ne kleine Chance, drüben anzukommen.«

Marshall polterte wutentbrannt den Niedergang zur Mannschaft runter. »So'n Scheißpack da unten! Jetz hamse so 'ne Edelfrau aufgetan, die Mitleid hat und die Schnauze aufreißt für die elenden Schweine. Bloß weil eine geworfen hat, soll se mehr zum Fressen kriegen. Die hohen Herrschaften wollen, dass ich beim Proviant spar und die andern kriegens Maul nich voll. So läuft das nich! Nich mit mir! Ich bin immer das Arschloch bei dem Spiel.« Wütend wie eine Ratte, der man auf den Schwanz getreten hatte, lief er planlos hin und her.

»Woll, Master Steward«, sagte Alexander. »Gut gesprochen. Und jetz beruhig dich, sei nicht so hartherzig und rück noch was raus. Dann hast du Ruhe in der Kiste.«

Die Passagiere. Über die hatte Alexander bisher nicht viel nachgedacht, dabei standen sie im Grunde im Mittelpunkt ihrer Reise. Es war die Aufgabe des Kapitäns und der ganzen Mannschaft, dafür zu sorgen, dass sie die Überfahrt in erster Linie sicher überstanden. War es den Menschen im Zwischendeck wichtig, ob sie wenige Tage schneller ankamen? Sicherlich waren sie froh, wenn sie das Schiff in Philadelphia endlich verlassen durften, aber ihr Leben wollten sie dafür bestimmt nicht aufs Spiel setzen. Alexander wurde immer wütender, wenn er an Rhodes und dessen selbstgefälliges Himmelfahrtskommando dachte.

∽

Margret wiegte das leichte Bündel mit dem schlafenden Säugling sanft hin und her, als der Steward wutentbrannt und klatschnass den Niedergang zum Zwischendeck herunter polterte. Er warf Ellen einen halben gepökelten Fisch und zwei weitere Schiffskekse zu.

»Unn jetz will ich kein Gemaule mehr hören«, blaffte er und verschwand umgehend wieder, bevor noch jemand Sonderwünsche äußerte.

Ellen aß den Fisch und die Kekse gierig auf. Ihr schien es egal zu sein, ob Maden in dem Gebäck hausten oder nicht.

Margret fühlte sich müde und erschöpft. Als der Steward die Luke geöffnet hatte, hatte sie den unverändert trüben, grau verhangenen Himmel gesehen. Sie konnte nicht unterscheiden, ob es spätnachmittags oder abends war, und kroch zurück in die Koje, wo sie ihre Tochter schlafend vorfand. Sofort fiel auch sie in einen traumlosen Schlaf.

Mitten in der Nacht wurde Margret von einem ungeheuren Krach geweckt. Mit lautem Knall flog die Luke zum Oberdeck auf. Als sie sich in der Koje aufrichtete, sah sie nicht enden wollende Wassermassen, die sich wie auf einem Mühlrad schäumend die Holztreppe herunter zu ihnen ins Zwischendeck ergossen.

Die Passagiere in den ersten Kojen schrien laut auf, als sie innerhalb einer Sekunde klatschnass von dem kalten Nordatlantikwasser wurden, als hätte jemand einem Besinnungslosen einen Eimer Wasser ins Gesicht geschüttet. Panisch rollten sie sich zur Seite.

Mit einem Schlag kam Margret die Gewissheit: Das war es. Der Untergang, ihr Ende. Das Schiff sank! Sie würden niemals in Philadelphia ankommen, weil sie vorher ertranken.

Die Luke fiel wieder zu und kurz darauf ebbte der Zustrom an Wasser ab. Margret stand auf und eilte nach hinten. Sie wollte sich ein genaueres Bild verschaffen.

Die Familie Asken war am schlimmsten betroffen, da sie in unmittelbarer Nähe zur Luke und der Holztreppe schliefen. Reflexartig riss Ellen ihr Kind an sich, bevor es weggespült werden konnte. Sie krochen, so schnell es ging, aus ihrer Koje, als der Wasserstrom schon wieder versiegte. An allen troff das Wasser herab und versickerte zwischen ihren Füßen in den Planken. Frank zerrte die vollgesogene Strohmatratze aus dem Holzgestell. Auf dem Boden der Koje stand das Wasser mehrere Zoll hoch. Kopfschüttelnd wartete er mit ein paar nassen Mitgliedern der Familie Luden im Gang, sie sahen sich gegenseitig verwundert an, starrten zur wieder geschlossenen Luke und fingen an zu zittern.

»Los Kinder, raus aus den nassen Klamotten! Was steht ihr da rum?«, durchbrach Margret die Stille.

Dankbar für jemanden, der in dieser Lage das Kommando übernahm, rissen sich alle Betroffenen die Kleider vom Leib. Aus den hinteren Abteilungen des Decks lugten neugierige Augen über die Ränder der Kojen. Zwar las sie Mitleid in ihnen, in erster Linie jedoch Erleichterung, dass ihnen dieser Schrecken erspart geblieben war.

»Ihr müsst zuerst die Kleine trockenlegen und dann zieht ihr euch selbst was Trockenes an«, riet Margret.

»Tschuldigung, Ma'am. Wir haben doch nur das dabei, was wir tragen. Sie haben alles verbrannt, was wir hatten«, entgegnete Ellen traurig und senkte beschämt den Kopf.

»Ihr armen Tröpfe! Wartet mal, ich werde sehen, ob ich euch etwas borgen kann.«

Kurze Zeit später kam Margret zurück und überreichte Ellen eines ihrer Kleider. Für Mary hatte sie einen breiten Schal gefunden, in den Ellen den Säugling einwickelte. Frank wurde von Robert, dem Onkel von Bridget McGee mit Ersatzkleidung versorgt. Margret hatte ihn aus der Koje gescheucht und ihn um Unterstützung gebeten.

. . .

Nachdem alle wieder in trockener Kleidung steckten, benutzten die Askens und Ludens ihre nassen Lumpen zum Trockenlegen ihrer Kojen. Die Matratzen hatten sich mit Wasser komplett vollgesogen und waren somit unbrauchbar geworden. Die Männer schleppten sie nach achtern und lehnten sie dort an die Schiffswand.

Es blieb den Familien in der Nähe der Luke nichts anderes übrig, als auf ihre leeren und klammen, harten Holzpritschen zu kriechen, um den Rest der Nacht in einen nunmehr unruhigen Schlaf zu fallen oder auch nicht.

Ellen legte ihre Tochter zum Stillen an die Brust, Mary rührte sich jedoch nicht und war längst eingeschlafen.

Kleine Kinder hatten es doch gut. Sie machten sich keine Sorgen. Hauptsache, die Mutter war bei ihnen, sie waren satt und frei von Pein. Gott sei Dank kannten sie die ganzen anderen komplizierten Dinge im Leben noch nicht.

Seit Beginn der Reise durfte Alexander Holmes als Maat zusammen mit den Offizieren speisen, da er zum Unteroffizier befördert worden war. Drei Mahlzeiten servierte Marshall in der Messe am Heck des Schiffes. Morgens gab es Eier mit Speck, mittags oft Pökelfisch in Eintopf mit Bohnen und abends Pökelfleisch mit Kartoffeln. Abends genehmigten sie sich gerne auch eine oder mehrere Flasche Wein.

Zu viert saßen sie beisammen, Kapitän George Harris, der Erste Offizier Francis Rhodes, der Zweite Offizier Walter Parker und er selbst. Zunächst war er schüchtern gewesen und hatte den Gesprächen nur gelauscht, wie es sich für seinen niederen Rang geziemte.

Am meisten sprach Rhodes. Er hörte sich gern reden und kümmerte sich nicht darum, dass es im Grunde die Aufgabe des Kommandanten war, das Tischgespräch zu führen.

»Kapitän Harris, meinen Sie nicht, die Segelschifffahrt ist

in wenigen Jahren obsolet, wenn sie von den Dampfschiffen ersetzt wird?«

»Mein lieber Rhodes«, erwiderte der Kapitän. »So lange ich denken kann, wurde die Segelei ständig weiterentwickelt und verbessert. Sehen Sie sich unsere modernen Schiffe heute an, wozu brauchen wir diese Dampfschiffe überhaupt? Der Frachtraum ist zu einer Hälfte zugestopft mit Kohle zum Befeuern der Maschinen und zur anderen Hälfte mit den riesigen Dampfturbinen für den Antrieb. Sie benötigen dutzende Maschinisten, die den lieben langen Tag nur das gefräßige Maul der Kammern stopfen! Was für ein Aufwand und eine Verschwendung. So ein Unfug. Und teuer sind die Tickets auch noch, das ist höchstens was für die Upper Class.«

»Es ist doch nur der Anfang«, erwiderte Rhodes und füllte sein Glas mit Rotwein nach. »Ich wette, dass wir schon in Bälde dutzende hochseetaugliche Dampfschiffe haben werden. Schiffe wie die *Great Western*, die unsere Reise in weit weniger als drei Wochen bewältigen.«

»Mr. Rhodes, Sir. Verzeihen Sie meine Frage, aber warum ist denn einzig die Geschwindigkeit wichtig? Es gibt noch so viele andere Dinge, die man verbessern könnte«, traute sich Holmes erstmals, das Wort zu ergreifen.

»Unsinn! Das passt sonst alles. Hätten wir aber größere und schnellere Schiffe, könnten wir mehr transportieren. Lebende und andere Fracht. Das ist Mathematik, Holmes. Ich versuche mal, es Ihnen mit einfachen Worten zu erklären. Doppelt so großes Schiff bedeutet, nur einmal fahren, statt zweimal. Doppelt so schnell bedeutet darüber hinaus, zweimal fahren können, statt einmal. Und alles zusammengenommen bedeutet es, dass man insgesamt nur ein einziges Schiff braucht, statt vier! So geht wirtschaftliches Denken, Maat! Ich bin mir nicht sicher, ob Ihnen ein solches überhaupt gegeben ist. Und ich mache Ihnen wahrlich keinen Vorwurf, Holmes. Es ist auch eine Frage der Herkunft und der nötigen Bildung. Nicht jedem wurden diese Gaben in die Wiege gelegt ...«

Der Zweite Offizier Walter Parker nickte pflichtschuldig und hielt sein Maul. Recht hatte er wohl. Alexander saß mit hängenden Schultern da. Hätte er besser auch seinen Mund gehalten. Er hatte schon vorher geahnt, dass er bei solchen Diskussionen nicht gewinnen konnte. Rhodes war kein Mann, der anderen zuhörte und schon gar nicht die Meinungen anderer akzeptierte, wenn sie von seinen abwichen.

»Mir ist das einerlei, Gentlemen. Ich bin zu alt für solche Gedankenspiele. Das müsst ihr, die jüngere Generation, unter euch ausmachen«, schloss Kapitän Harris die Diskussion.

Die Unterhaltung war für diesen Abend beendet, die Offiziere standen auf und jeder ging seiner Wege. Holmes hatte noch eine Stunde Zeit bis zur nächsten Schicht und zog sich in den Mannschaftsraum im Bug zurück in die Hängematte.

Wollte er den Kurs der William Brown in seinem Sinn beeinflussen, blieb nicht mehr viel Zeit, bevor sie die übliche Handelsroute zu weit in Richtung Norden verlassen hatten.

SIEBEN

WILLIAM BROWN, NORDATLANTIK, 16. APRIL 1841, VORMITTAGS

Ellen wachte am nächsten Morgen erst spät auf. Es musste die Erschöpfung gewesen sein, die sie in einen langen Schlaf gezwungen hatte.

Sie bemerkte, dass Mary sie nicht wie üblich geweckt hatte, als sie Hunger bekam. Mit Panik und leicht schlaftrunken suchte sie nach dem gut in Lumpen einpackten Bündel in ihrer Koje. Frank schlief noch neben ihr, Mary lag regungslos zwischen ihren Füßen.

Wilde Panik stieg in Ellen auf, die Müdigkeit war sofort vollständig verflogen. Sie schreckte hoch, packte ihr Kind und wickelte es aus den Tüchern. Mary lebte. Doch mit jedem Heben des Brustkorbs gab sie ein pfeifendes Geräusch von sich und die Atmung schien schnell und flach zu sein. Ellen wickelte den Säugling weiter aus und spürte, dass er vor Fieber glühte wie eine Wärmflasche, die man frisch vom Ofen nahm. Das Gesicht war jedoch nicht gerötet, wie sie das von Erwachsenen mit fiebrigen Erkrankungen kannte. Bei Mary glänzte die Haut aschgrau. Beim Überprüfen der Windel bemerkte Ellen zudem den geblähten Bauch, der sich hart anfühlte.

Rasend vor Angst schüttelte sie das Kind behutsam. Marys Augen blieben jedoch geschlossen, sie wimmerte leicht, ihr Körper lag schlaff und kraftlos vor Ellen.

Sie weckte ihren Mann. »Frank! Es ist was mit Mary, sie gefällt mir gar nicht!«

Er rieb sich die Augen und betrachtete seine Tochter. »Sie hat Fieber und macht 'n ganz schlappen Eindruck. Hat sie getrunken?«

»Nein, heut noch nicht«, antwortete Ellen und packte ihre Brust aus, um den Säugling anzulegen. Beim Hochheben war der Körper weiterhin schlapp, der Kopf fiel nach hinten in den Nacken, Arme und Beine hingen hinunter. Ellen stützte den Kopf und führte ihn zart an ihre pralle Brustwarze. Marys Mund blieb jedoch geschlossen, ebenso die Augen. Das Pfeifen des Atems wurde schneller und der aus der Nase laufende Rotz warf Blasen.

»Was sollen wir tun? Sie war gestern noch ganz normal.«

»Frag doch mal die Frau, die sich mit dem Steward angelegt hat«, schlug Frank vor. »Die kennt sich bestimmt auch mit sowas aus.«

»Geh du nach vorn und bitte sie, nach Mary zu sehen«, sagte Ellen. »Ich möchte die Kleine keine Sekunde allein lassen.« Sie drückte das Kind sanft an sich und schaukelte es langsam hin und her.

Nach wenigen Minuten kehrte Frank mit Margret zurück. Sie musste schon wach gewesen sein, denn sie machte einen frischen, energischen Eindruck. Ihre braunen Haare waren glattgekämmt und streng im Nacken zusammengebunden. Mit einem ernsten Gesichtsausdruck stand sie vor der Koje der Askens.

»Gibst du sie mir mal?«, fragte sie Ellen, die das Kind schützend an ihren Körper presste.

Ellen reichte ihre Tochter behutsam an Margret weiter, die sich hinkniete und die Untersuchung wiederholte.

»Sieht aus, als hätte sie hohes Fieber. Sie atmet schnell und schwer und pfeift dabei. Schlimmstenfalls hat sie einen Lungenkatarrh. Das wäre eine ernste Sache. Wartet mal, mir kommt eine Idee.«

Margret stand auf und stellte sich breitbeinig in den Mittelgang. »Hört alle mal her! Ist unter uns vielleicht ein Arzt oder eine Krankenschwester?«, brüllte sie vernehmlich ins Zwischendeck.

Keiner der Mitreisenden rührte sich. Die einen blickten verschämt nach unten, andere schauten Ellen in die Augen und schüttelten mitleidig die Köpfe.

»Ich geh noch mal an Deck und sehe, was ich dort in Bewegung setzen kann«, sagte Margret und wandte sich zur Treppe.

Die Ruhe und Kraft, die Margret ausstrahlte, beruhigten Ellen etwas. Sie fühlte sich zumindest nicht ganz so hilflos.

∼

Margret öffnete die Luke zum Oberdeck und der nasse Sturm peitschte ihr erneut ins Gesicht. Sie steuerte auf den ersten Seemann zu, den sie sah.

»Halten Sie sich gut fest! An allem, was Sie greifen können! Besser gehn Sie wieder runter, Mylady«, rief er ihr zu.

»Danke, ich weiß, aber ich bin auf der Suche nach dem Schiffsarzt! Es ist sehr dringend!«, schrie sie gegen den Wind zurück.

Der Mann lachte zunächst auf, wurde aber sofort ernst, als er merkte, dass Margret nicht scherzte. »Einen Schiffsarzt gibt's bei uns nicht, Mylady. Was ist denn passiert?«

»Ein Säugling unten ist ernstlich erkrankt, er hat hohes

Fieber. Ich fürchte, ohne Hilfe wird er es nicht schaffen«, antwortete Margret.

»Mit Krankheiten kennen wir uns hier nicht so gut aus, Ma'am. Ich bin nur der Maat, Alexander Holmes ist mein Name. Aber wir haben irgendwo an Bord 'ne Kiste mit Medikamenten. Ich werd sie suchen und komm gleich zu Ihnen runter. Bitte gehn Sie schon vor, da sind Sie in Sicherheit. Hier draußen holen Sie sich am Ende selbst noch den Tod!«

∽

Nach einer halben Stunde öffnete Alexander die Luke und ging mit dem Steward im Schlepptau den Niedergang zum Zwischendeck hinunter.

Es war das erste Mal während dieser Reise, dass er den Raum der Passagiere betrat. Ihm war, als liefe er geradewegs gegen eine Wand aus vollkommen verbrauchter Luft. Es stank nach altem, feuchtem Schweiß, Pisse und anderen Ausscheidungen. Die wenigen Ölfunzeln warfen nur ein fahles Licht in die Düsternis, und er war froh, eine eigene Lampe mitgenommen zu haben. Marschall hinter ihm hatte sich die kleine schwarze Holzkiste unter den Arm geklemmt, die ringsum bestoßen war und am Deckel mehrere Risse aufwies.

»Das ist die Arzneikiste. Alles, was wir an Medizin an Bord haben. Ich weiß nicht, was drin ist, aber wir sehn am besten einmal nach, ob es was Brauchbares gibt«, sagte Holmes mit einem aufmunternden Lächeln und nahm dem Steward die Kiste ab. Er stellte sie auf den Boden vor der Koje. »Wo ist denn der kleine Patient?«

Margret zeigte auf Mary, wieder eingewickelt und in den Armen der weinenden Mutter.

»Was haben wir da alles?« Holmes öffnete die Holzkiste und holte eine braune Flasche nach der anderen hervor, wobei er vorlas, was auf den vergilbten Etiketten in ordentlicher, schnörkeliger Schrift geschrieben stand.

»Rizinusöl ... Epsomsalz ... Laudanum, drei Flaschen sogar ... Salmiakgeist ... kenn ich alles nicht ... Moment, da ist ein kleiner Zettel an der Seite.«

Er hob ihn auf und entfaltete ihn vorsichtig, wobei das Papier am Falz riss. Er las vor, was darauf ebenso sorgfältig wie schnörkelig geschrieben stand. Es handelte sich um eine Art kurzer Gebrauchsanweisung, wahrscheinlich von dem Apotheker verfasst, der die Arzneien in die Flaschen gefüllt hatte.

»Rizinusöl (Oleum Castoris): Zur forcierten Ausleitung giftiger Sedimente oder Gallensäfte aus dem Darm sowie zur Beschleunigung des Geburtsvorganges. Nicht mehr als einen Esslöffel täglich verabreichen.« Holmes räusperte sich. »Scheint mir für die Kleine nicht passend zu sein«, konstatierte er und las weiter: »Epsomsalz: leberreinigend, bei Herzschmerzen oder Verengung der Atemwege. Vorsicht: Wirkt stark abführend.« Er schüttelte den Kopf und strich sich über das Kinn. »Klingt nicht schlecht, die Kleine pfeift beim Luftholen. Vielleicht hilft es. Mal sehen, was wir noch haben ... Salmiakgeist: flüchtiges, durchdringendes, belebendes Riechmittel bei tiefer Ohnmacht und Scheintod. Lebensrettend bei der asphyktischen Form orientalischer Cholera. Alle fünfzehn Minuten einflößen, bis allgemeine Wärme, Röte des Gesichtes und Schweiß eintreten. Das ist auch nicht das Richtige. Drei Flaschen sind noch übrig.«

Er griff eine weitere heraus.

»Laudanum (Tinctura opii): Universaltonicum. Lindert alle Arten von Schmerzen, besänftigt strapazierte Nerven und unruhige Kinder. Wirkt stimmungsaufhellend und appetitanregend.«

»Das hört sich doch gut an, das Laudanum scheint mir passend zu sein. Ich kenne es von meinem Mann, der ist Zahnarzt. Das gibt er seinen Patienten häufig. Sollen wir Mary davon ein wenig in den Mund träufeln?«, schlug Margret vor. »Was Besseres haben wir wohl nicht, aber vielleicht hilft es ja. Ich glaube, der Mutter würde es auch nicht schaden«, flüsterte sie von Ellen abgewandt in Holmes' Richtung.

»Ich denke auch, dass wir es versuchen sollten. Es scheint ja auch für Kinder geeignet zu sein. Sind Sie einverstanden?«, fragte er die Mutter und den Vater des Kindes. Als diese nickten, schickte er den Steward los, um einen kleinen Löffel zu holen.

Alexander überließ es ein paar Minuten später Margret, das Laudanum auf den Löffel zu geben und an den Mund des Säuglings zu führen. Er beobachtete, wie Margret mit der einen Hand die Unterlippe von Mary nach unten schob, woraufhin sich der Mund ein wenig öffnete. Dann träufelte sie die Flüssigkeit langsam vom Löffel in den Mund, schloss die Unterlippe und hob den Kopf leicht an. Das Kind schluckte reflexartig.

»Ich denke, Sie legen sich jetzt wieder in Ihre Koje und geben dem Kind ein wenig Ruhe nach der Aufregung«, sagte Margret. »Der Steward holt bestimmt ein feuchtes Tuch, mit dem Sie die heiße Stirn kühlen können.«

Alexander nickte Marshall zu und dieser setzte sich mit einem abfälligen Grunzen in Bewegung.

»Dann gibt's vorläufig für mich nichts weiter zu tun. Ich wünsch eine gute Besserung«, sagte Alexander und ging wieder auf seinen Posten an Deck.

Der Anblick der armen Schweine in ihren Kojen, die Umstände, unter denen sie dort hausten, und letztlich der Zustand des Säuglings versetzten Alexander in eine niedergeschlagene Stimmung. Er erinnerte sich an das Tischgespräch mit Rhodes in der Messe zurück. In seinem Denken waren die Passagiere offenbar wie Tiere, nur eine Ware, die es möglichst schnell wieder loszuwerden galt. Hatte sich Rhodes jemals das Elend im Zwischendeck mit eigenen Augen angesehen? Wohl kaum.

Als der Steward mit einem Stofffetzen und einem kleinen Eimer Wasser zurückkehrte, kam Margret ein spontaner Einfall.

»Habt ihr Mary schon taufen lassen?«

Ellens Gesicht wurde kreidebleich. »Nein, sie ist doch erst drei Monate alt. Das wollte der Pfarrer erst später im Frühjahr machen. Wie kommst du denn darauf?«

»Als ich den Eimer mit Wasser sah, erinnerte mich das an eine Taufe.« Dass es ihrer Meinung nach fraglich war, ob Mary den Katarrh überlebt, verschwieg Margret.

Nach einer Pause sprach sie weiter. »Wenn ihr einverstanden seid, übernehme ich das jetzt fürs Erste. Später lasst ihr die Taufe einfach noch einmal beim Priester in der Kirche wiederholen, wenn wir in den Vereinigten Staaten sind. Dann mit allem Drum und Dran.«

Die Askens waren einverstanden und schienen dankbar zu sein. Margret schöpfte mit ihrer Hand ein wenig Wasser aus dem Eimer, beträufelte damit den Kopf des Kindes und sprach: »Mary, ich taufe dich im Namen des Vaters, des Sohnes und des Heiligen Geistes. Amen.«

Das Laudanum schien Mary rasch zu helfen. Ihre zuvor schnelle, angestrengte Atmung beruhigte sich und das Wimmern hörte auf. Auch Ellen entspannte sich. Sie schloss die Augen. Im Wegdämmern sah sie ihr brennendes kleines Cottage in Irland, davor die Fratzen der Schergen. Sie erinnerte sich daran, dass Frank fünf Sovereigns in seinen Mantel eingenäht hatte. Es war das Erbe der Familie, ihr ganzer Besitz. Beim Besteigen des Karrens hatte er den Stoff an der Stelle befühlt, geprüft, ob das Geld noch da war. Warum hatte es Frank nicht den Banditen gegeben? Zum Begleichen der Pachtschuld hätte es nicht gereicht, aber möglicherweise als Pfand dafür, in Ruhe gelassen zu werden. Es wäre zumindest ein Aufschub gewesen. Es hätte ihnen diese Fahrt in die Hölle ersparen können.

ACHT

WILLIAM BROWN, NORDATLANTIK, 16. APRIL 1841, MITTAGS

Die Schiffsglocke läutete acht Glasen, was den Wachwechsel ankündigte. Um zwölf Uhr mittags begann Alexanders Wache am Steuer der William Brown. Zu dieser Uhrzeit erfolgte traditionell die Positionsbestimmung des Schiffes durch den wachhabenden Offizier. Der Sturm tobte weiterhin unerbittlich und ohne Pause, zerrte an den bis zum Zerreißen gespannten Segeln, forderte den Masten und der Mannschaft alles ab. Die William Brown gab sich erstaunlich gutmütig, robust trotzte sie dem Wetter und der schonungslosen Behandlung des Steuermanns. Alexander hätte unter diesen Umständen längst den Befehl zur Verkleinerung der Segelfläche gegeben.

Rhodes betrat im Stechschritt das Achterdeck, den Sextanten in der Hand. In seinen Gesichtszügen ließ sich wie immer keine Regung ablesen. Die Lippen waren aufeinandergepresst, und die Kaumuskeln zuckten hektisch an den Wangen, was Alexander als Zeichen der Anspannung interpretierte.

Die Bestimmung der Schiffsposition gestaltete sich bei dem anhaltend miserablen Wetter äußerst schwierig. Die Wolkendecke war, seit sie den Hafen in Liverpool verlassen hatten, nicht ein Mal aufgerissen. Für seine Berechnungen konnte sich der Offizier weder an der Sonne, dem Mond noch nachts an den Sternen orientieren. Er verließ sich auf Einträge in der Seekarte, die Strömungen und Tiefen verrieten, auf die regelmäßige Bestimmung der Geschwindigkeit des Schiffes sowie auf den Kompass. Das alles machte die Positionsbestimmung jedoch unpräzise. Unpräzise ...

Diese letzte Erkenntnis blitzte in Alexanders Gehirn genau in dem Moment auf, als er beobachtete, wie Rhodes erneut aufgab, den Stand der Sonne anzupeilen.

Mit einem gepressten »Scheiße« entfernte er sich im Stechschritt wieder vom Achterdeck und verschwand in seiner Kajüte.

In diesem Moment fasste Alexander einen Entschluss. Die richtige Zeit zu handeln, war lange gekommen. Wenn er weiterhin nichts unternahm, steuerten sie geradewegs in die Eisfelder hinein und das mit maximaler Geschwindigkeit.

Laut Kompass segelten sie in exakt westliche Richtung. Sie hatten mittlerweile - seinen eigenen Schätzungen zufolge – die nördliche Breite erreicht, die Rhodes angeordnet hatte.

Mach es, Alexander! Er drehte das Steuerrad eigenmächtig behutsam nach backbord, um einen südwestlichen Kurs einzuschlagen. Dieser sollte das Schiff zurück oder zumindest in die Nähe des wärmeren Golfstromes und der üblichen Handelsroute führen, was die Gefahr einer Begegnung mit Eisfeldern seiner Meinung nach deutlich reduzierte.

Er ließ die Männer die Segel neu ausrichten und trimmen. Dabei achtete er darauf, die Kursänderungen schrittweise und behutsam im Einklang mit ohnehin erforderlichen Korrekturen vorzunehmen. Seine Kameraden, auch sein Freund Jack, sollten nichts oder wenn, dann so spät wie möglich merken. Alexander war sich bewusst, dass die meisten Matrosen auf Rhodes Seite standen, sie schienen ihn zu achten. Oder sie waren nur scharf auf die ausgelobte Prämie. Andererseits beabsichtigte er, nur sich selbst der Gefahr der Bestrafung auszusetzen und andere nicht mit hineinzuziehen.

Er achtete auf kleine Abweichungen des Windes und nutzte jede Notwendigkeit der ohnehin erforderlichen neuen Trimmung für weitere geringfügige Änderungen des Kurses. Ihm war klar, dass Rhodes sich wenig um die seemännischen Einzelheiten der Navigation kümmerte. Diese Nachlässigkeit nutzte Alexander aus.

Zu den Zeiten der Positionsbestimmung trug er stets Sorge, dass die Kompassnadel in die richtige Richtung wies, genau nach Westen. Das Ruder drehte er danach ein ums andere Mal nur wenig, eine harte Wende würde jeder versierte Seemann bemerken. Diese zahlreichen kleinen Manöver führte er während seiner vierstündigen Wachen und den kurzen zweistündigen Hundewachen aus. Nach der Ablösung fand sein Kamerad jedes Mal die Kompassnadel wieder exakt nach Westen gerichtet vor.

Soweit der Plan. Würde die Positionsverfehlung irgendwann auffallen? Sicherlich. Rhodes war nicht dumm, lange konnte man ihm bestimmt nichts vormachen. Es galt, so raffiniert wie möglich vorzugehen, um genügend Zeit zu schinden. Was passierte, wenn er erwischt würde?

Darüber machte er sich im Augenblick keine Gedanken. Eine Zukunft auf der William Brown würde er nach dieser Reise kaum haben. Drauf geschissen! Besser eine Zeit lang ohne Heuer, als abgesoffen im eisigen Atlantik mit den Fischen schwimmen.

∽

Ellen erwachte am Nachmittag und ihr Kind war tot.

Mary atmete nicht mehr, die Haut war komplett blaugrau. Der Rotz an der Nase eingetrocknet. Ihre Gesichtszüge entspannt, als hätte man sie von einer schweren Qual erlöst. Ihre stumpfen Augen waren nun geöffnet, starrten aber seelenlos ins Nichts.

Ellen fing an, bitterlich zu weinen. Sie presste ihr totes Kind an die Brust und küsste es liebevoll. Unter ihren Füßen öffnete sich ein bodenloser Schlund, heiße und kalte Schauer durchschüttelten ihren Körper und sie fiel hinab, schwer wie Blei, immer schneller und es brach ihr das Herz.

Frank nahm sie in den Arm. Ihm liefen die Tränen an den Wangen herunter, doch er blieb stumm.

Margret kam herbeigeeilt, die Nachricht über das gestorbene Kind hatte sich offenbar rasend schnell verbreitet. Sie umarmte Ellen, Frank und ihre Tochter.

»Es tut mir unendlich leid. Das ist das Schlimmste, was uns Eltern jemals passieren kann. Ich weiß gar nicht, was ich sagen kann, um euch zu trösten«, brachte Margret weinend hervor.

»Jetzt haben wir gar nichts mehr. Mary war unser größter Schatz! Wofür hat das Leben nun noch einen Sinn?«, entgegnete Ellen.

Margret blieb stumm. Sie saß noch eine ganze Weile bei ihnen in der Koje.

Ellen fühlte sich benommen, konnte keine klaren Gedanken mehr fassen. Alles kam ihr unwirklich vor, die ganze Reise, der Verlust von Mary. Es war, als stünde sie neben sich, als beobachtete sie die Szene von außen, ihren Körper, nur noch eine Hülle. Dann flutete die Trauer sie wieder mit unermesslicher Macht, sie war zurück in ihrem Körper und schluchzte und weinte.

∽

Margret löste sich behutsam aus Ellens Umarmung. Die Askens waren mit den Ereignissen vollkommen überfordert.

Sie schämte sich für den Gedanken, dass sie froh war, dass ihre eigene Familie von solch einem grausamen Schicksal verschont geblieben war. Sie erfreute sich an einer gesunden und robusten Tochter und an einem liebevollen Ehemann, der auf sie wartete. Und finanziell abgesichert waren sie darüber hinaus auch. Deshalb fühlte sie sich verpflichtet, dieser bedauernswerten Familie zu helfen, so gut sie es vermochte.

Erneut erklomm sie die steile Treppe neben der Koje der Askens und öffnete die Luke. Langsam bekam sie Routine auf diesem schwankenden Schiff.

Ein Mann stand am Steuerrad und sie erkannte Mr. Holmes. Er schien Margret der Angenehmste von der ganzen Mannschaft zu sein, zumindest von denen, die sie bisher kennengelernt hatte.

»Mr. Holmes, ich komme mit schlechten Nachrichten. Unsere Bemühungen um das kleine Mädchen heute Morgen waren leider vergebens. Sie ist gestorben.«

Holmes sah ihr mitfühlend in die Augen. »Das sind wahrlich schlechte Nachrichten«, entgegnete er. »Ich werde den Captain davon in Kenntnis setzen.«

Margret verschwand wieder vom Oberdeck und kehrte zurück zu der trauernden Familie.

Es war die armseligste Bestattung, der Alexander in seinem Leben jemals beigewohnt hatte. Die britische Flagge war auf halbmast gesetzt, die Schiffsglocke schlug acht Glasen. Diesmal nicht, um die Uhrzeit oder den Wachwechsel anzugeben. Acht Glasen symbolisierte das Ende des Lebens und den nachfolgenden Neubeginn. Eine Wache ging, eine andere kam. Wie Ebbe und Flut. Der Zyklus des Lebens, ein fortwährendes Kommen und Gehen.

Zur Pflicht des Kapitäns gehörte es, eine Seebestattung zu

leiten, und es war heute eines der wenigen Male, dass man Harris als Kommandant des Schiffes an Deck sah. Viele Trauergäste waren ohnehin nicht anwesend. Auch von den wachhabenden Matrosen keiner, sie sahen nur ab und zu unbeteiligt herüber. Die Offiziere Rhodes und Parker fehlten ebenso. Auf Seiten der Passagiere waren neben den Eltern des Kindes nur Margret und ihre Tochter Isabella gekommen. Allen anderen Reisenden war die Teilnahme an der Zeremonie untersagt worden, da der tobende Orkan den Aufenthalt an Deck noch immer zu einer lebensgefährlichen Angelegenheit machte.

Der Steward stand steif an der Bahre, hielt sie mit einer Hand fest und umklammerte mit der anderen die Reling, um nicht weggespült zu werden. Er würde später wieder schimpfen, dass er es immer war, der an Bord die Drecksarbeit zu verrichten hätte. Er hatte zuvor der trauernden Mutter den Leichnam aus den Händen reißen müssen und ihn anschließend in das Segeltuch eingenäht. Jetzt lag die tote Mary auf einem Holzbrett an der Reling.

»Und somit übergeben wir die sterblichen Überreste der kleinen ... Wie hieß sie? ... Mary Asken der See«, sagte Harris. Immerhin hatte er trotz des Regens seinen Hut abgenommen. »Will sonst noch jemand das Wort ergreifen?«

Zunächst blieben alle stumm. Nur der Sturm blies durch die Takelage und ließ die Masten knarzen. Eine einzelne, allzu stramm gespannte Leine an der Bramrah schrie das Elend gegen den Wind wie die hohe Saite einer ungestimmten Geige.

»Ja, ich möchte noch etwas sagen«, übertönte Margret das Geräusch. »Ich möchte ein paar Zeilen aus der Bibel vorlesen: Denn wir wissen, dass, wenn unser irdisches Haus, die Hütte, zerstört wird, wir einen Bau von Gott haben; ein Haus nicht mit Händen gemacht, ein ewiges in dem Himmel. Der Herr ist mit mir, darum fürchte ich mich nicht. Amen.«

»Amen«, erwiderten alle, auch der Kapitän und sogar Marshall.

Auf ein Nicken von Harris hob der Steward die Bahre hinten an. In diesem Augenblick erklomm das Schiff einen Wellenberg und vollführte dabei eine ausladende Rollbewegung zur Seite. Marshall verlor das Gleichgewicht, rutschte aus und fiel auf die nassen Planken. Das kleine Bündel stürzte daraufhin von der Bahre und wurde von einem Schwall Meerwasser, das über die Reling schwappte, quer über das Deck gespült. Margret schrie entsetzt auf. Der Steward rappelte sich mühsam auf die Beine, sammelte den Leichnam hektisch ein und warf ihn über die Reling. Die tote Mary fiel hinab in die Fluten.

Ellen schluchzte laut auf und wurde von ihrem Mann gestützt. Der Kapitän setzte seine Kopfbedeckung wieder auf und schüttelte den Eltern wortlos die Hände, bevor er sich rasch abwandte und verschwand. Alexander tat es ihm gleich und entfernte sich ebenfalls, ohne einen Blick zurück auf das Meer zu werfen. Er wollte den Leichnam nicht noch einmal sehen, denn das brachte Unglück.

Die Flagge wurde wieder gehisst. Die Reise ging weiter.

Die ohnehin schlechte Laune von Francis sank von Tag zu Tag. Sein von Euphorie angetriebener Tatendrang zu Beginn der Reise war buchstäblich vom Winde verweht worden. Der ohne Unterlass tobende Sturm brachte zwar ihren Segeln guten Vortrieb, die Wolkendecke war jedoch komplett dicht und das fehlende Licht drückte langsam auf die Stimmung. Als schlimmer empfand er die Schwierigkeiten bei der Positionsbestimmung. Er war nun einmal ein Freund der Präzision und Akkuratesse, ein Mann der Wissenschaft. So sah er sich.

Für eine präzise Bestimmung der Position benötigte der Sextant wenigstens einen Himmelskörper – nachts die Sterne und den Mond, tags die Sonne. Seit über hundert Jahren war diese Navigationsmethode gebräuchlich, Isaac Newton hatte sie sogar um siebzehnhundert schon erwähnt. Und was half die Kunst jetzt? Nichts. Sie navigierten wie ihre Vorfahren in der Zeit vor Newton. Und das war hochgradig ungenau, was er hasste. Als wichtigstes Instrument blieb nur der Kompass übrig – immerhin. Jedesmal, wenn er in den letzten Tagen einen Blick auf das große Gerät neben dem Ruder geworfen hatte, war ein sauberer Westkurs angezeigt worden. Soweit alles korrekt, doch sein feines Gespür – dank der langjährigen Erfahrung als Seemann – ließ ihn hin und wieder kleine Scherbewegungen nach backbord wahrnehmen. Schwer zu sagen bei dem Wetter. Möglicherweise gab es eine Abweichung oder einen Defekt des Kompasses. Oder der Rudergänger taugte einfach nichts. In seiner persönlichen Seekiste lag noch ein kleiner Taschenkompass, den Eleanora ihm zu Beginn ihrer Beziehung geschenkt hatte. »Damit du immer wieder zu mir zurückfindest«, hatte sie damals gesagt. Den würde er für einen Abgleich zu Rate ziehen.

Dann hingen noch die impertinenten Worte von Holmes in seinem Hirn fest, obwohl er sich immer wieder zwang, sie zu verdrängen.

Aber Sir, was ist mit den Eisbergen in dieser Jahreszeit? Gefahr, Gefahr! Und wozu die hohe Geschwindigkeit?

Was für ein Feigling! Für wen hielt sich dieser Zwerg? Mit der Diskussion über die Route hatte er sich weit aus dem Fenster gelehnt, und Francis fragte sich manchmal, ob er die Impertinenz nicht hätte gleich bestrafen sollen. In seiner anfänglichen guten Laune zu Beginn der Fahrt war er einfach zu nachsichtig gewesen. Das durfte sich nicht wiederholen. Bei nächster Gelegenheit würde er Holmes zurechtstutzen.

Er grinste, als er über die verschiedenen Bedeutungen des Wortes *stutzen* nachdachte. Da blieb – wörtlich genommen – hinterher nicht mehr viel von Holmes übrig.

Wenigstens hatte er seinen Humor nicht verloren.

Francis stand abwartend am Achterdeck. Es war kurz vor zwölf Uhr, gleich würde die Schiffsglocke acht Glasen schlagen. Wachwechsel und erneuter Versuch einer Positionsbestimmung.

Bei den Glockenschlägen dachte er unweigerlich an die gestrige Seebestattung. Gut, dass er ferngeblieben war. Eine solche Bagatelle erforderte wahrlich nicht seine Anwesenheit. Er war schließlich noch kein Kapitän. Harris hingegen sollte den Hintern ruhig mal aus seiner behaglichen Kajüte bewegen. Lange würde es nicht mehr dauern, dann wäre er, Francis Rhodes, selbst Kommandant eines Schiffes. Er würde dann versuchen, solch unerbauliche und nichtige Aufgaben an seinen Ersten Offizier zu delegieren.

Auf jeden Fall gut, dass die Passagiere ihre Reise im Voraus zahlten. Wenn sie dann auf der Fahrt krepierten, entstand wenigstens kein finanzieller Schaden. Im Gegenteil. Durch den reduzierten Verbrauch an Proviant sparten sie sogar Geld. Wie viel könnte man sparen, wenn man einfach alle über Bord warf? Er lachte bei dem absurden Gedanken. Er sollte dennoch mal eine genaue Berechnung durchführen. Francis hatte von Epidemien auf Schiffen gehört, die mehr als die Hälfte der Passagiere hinweggerafft hatten. Dazu kamen noch die Todesopfer bei der eigenen Besatzung, was wiederum eine Ersparnis bei der Auszahlung der Heuer ergab. Ein weiterer Pluspunkt. Solange er sich selbst nicht ansteckte. Er wies eine körperliche und geistige Hochform auf und bemühte sich bislang erfolgreich, dem siechen Pack fernzubleiben.

Nachteilig wäre eine solche Konstellation nur für das Renommee der Reederei, wenn kaum ein Passagier die Überfahrt überlebte und am Ziel ankam. Er rieb sich mit der linken Hand über die Stirn und wischte diese Gedankenspiele beiseite.

In der rechten Hand hielt er den Sextanten und heute sollte ihm das Glück holt sein. Es war der erste Tag ihrer

Reise, an dem die vormals schwere durchgehend dunkelblaue Wolkendecke Konturen zeigte. Der Wind blies immer noch gewaltig, und wiederkehrende heftige, meist horizontale Regengüsse prasselten auf das Schiff nieder.

Die Schiffsglocke schlug acht Glasen. Die Sonne war heute erstmals schemenhaft durch die Wolkendecke zu sehen. Sie stand um diese Uhrzeit in ihrem Zenit und dennoch zu dieser Jahreszeit nicht hoch am Himmel. Das sollte zumindest für eine grobe Positionsbestimmung ausreichen.

»Mr. Holmes, bitte halten Sie meine Uhr und notieren Sie die Zeiten, die ich gleich durchgebe.«

Francis stand breitbeinig an der Reling und hielt den Sextanten an sein rechtes Auge. Er schaute durch die Öffnung und richtete das Gerät auf den Horizont unterhalb der Sonne. Dann drückte er die Sperrklinke, löste damit die Alhidade und schob sie so lange hin und her, bis er meinte, den unteren Rand der Sonne auf den Horizont heruntergeholt zu haben. Abschließend prüfte er die exakte vertikale Ausrichtung des Sextanten und las den Winkel ab.

Unter diesen widrigen Umständen, nicht nur durch die eingeschränkte Sichtbarkeit der Sonne, sondern auch durch das Schaukeln des Schiffes in den hohen Wellen, konnte er froh sein, nur eine Abweichung von etwa fünf Bogenminuten hinzubekommen. Er beabsichtigte, abschließend einige Korrekturfaktoren in die Berechnung einfließen zu lassen, und zog sich in seine Kajüte zur großen Seekarte zurück.

Wasser lief in Strömen an Alexanders Stirn und Wangen herunter. Er war sich nicht sicher, ob es Regen, Gischt oder Angstschweiß war. Vermutlich eine Mischung.

Jetzt musste Rhodes feststellen, dass sie meilenweit von seinem angestrebten nördlichen Kurs entfernt waren. Ungenauigkeiten unter diesen schwierigen Umständen hin oder her. Aber wie wollte Rhodes nachweisen, dass er, Alexander, die Verantwortung dafür trug? Sie waren eben vom Kurs abgekommen. Kein Wunder bei dem Seegang, dem andauernden Sturm und der Unmöglichkeit, genaue Positionsbestimmungen durchzuführen. Er war ja nur der Rudergänger und auch nicht immer selbst am Steuerrad ...

In Zukunft würde er noch behutsamer vorgehen müssen, die Kursänderungen noch sanfter durchführen. Er war selbst gespannt, inwieweit er es geschafft hatte, das Schiff mit den zahlreichen kleinen Schritten und wiederholt über die letzten Tage verteilt in eine südlichere Bahn zu lenken. Hatte er sein Ziel womöglich schon erreicht?

Rhodes kam mit versteinerter Miene aus der Kajüte zurück. Breitbeinig stellte er sich mitten auf das Achterdeck, streckte die Nase gerade aus und fixierte mit seinen Geieraugen bewegungslos den Horizont voraus. Die Kaumuskulatur zuckte erneut, er schien trotz der äußerlich zur Schau gestellten Regungslosigkeit und Kälte angespannt zu sein. Er holte tief Luft und wandte sich dem Zweiten Offizier zu.

»Mr. Parker, hätten Sie bitte die Freundlichkeit, die gesamte Mannschaft achtern zu versammeln?«

Alexander hielt sich mit beiden Händen am Ruder fest. Er wurde keines Blickes gewürdigt.

Scheiße. Er hat's gemerkt. War klar, früher oder später. Er spürte schnell pulsierende Adern im Hals pochen und hörte ein rhythmisches Rauschen in den Ohren.

Wenige Minuten, nachdem der Zweite Offizier in seine Signalpfeife geblasen hatte, standen alle siebzehn Crewmitglieder auf dem Achterdeck zusammen. Einzig Kapitän Harris fehlte.

»Männer! Zwei Dinge. Eine gute und eine schlechte Nachricht«, begann Francis seine Ansprache. »Zunächst die gute. Nach achtundzwanzig Tagen auf See nähern wir uns

Neufundland. Dank der vortrefflichen Winde kommen wir rasch voran und können unser Ziel, Philadelphia in unter fünfundvierzig Tagen zu erreichen, noch schaffen.«

Die Gesichter der Seemänner hellten sich auf und einzelne riefen dem Ersten Offizier ein »Hurray« zu.

»Und jetzt zur schlechten Nachricht. Wir haben einen Verräter unter uns, der unseren ehrgeizigen Plan zunichtemachen wollte.« Francis unterbrach die Rede. Es war offenkundig, dass er beabsichtigte, das Drama genüsslich zu inszenieren.

Alexander krallte sich am Ruder fest, seine Fingerknöchel traten blutleer hervor.

»Wir befahren heute deutlich südlichere Breiten, als ich unserem Rudergänger, Mr. Alexander Holmes, angeordnet hatte. Er war angewiesen, das Schiff auf fünfzig Grad nördlicher Breite zu halten, und wir befinden uns nach meinen heutigen Berechnungen in etwa bei dreiundvierzig Grad Nord.«

Die Männer sahen sich gegenseitig an. Alexander beobachtete vereinzelte verständnislose Blicke, andere starrten ihn böse an und pressten einen Buhruf hervor und dann sah er in Jacks Gesicht. Er schaute ihn direkt an und schüttelte leicht den Kopf. Alexander meinte, Mitleid oder Bedauern darin abzulesen, andererseits aber auch ein *Ich hab's Dir doch gleich gesagt.*

»Mr. Holmes trägt für diesen groben nautischen Fehler die volle Verantwortung. Ob er es mit Absicht getan hat, weiß ich nicht. Ich nehme es an, denn er hat schon zu Beginn der Reise versucht, mich zu einer Kurskorrektur zu bewegen. Aber selbst wenn es keine Absicht war, ist seine miserable Leistung als Rudergänger auf das Schärfste zu missbilligen. Das weitere Vorgehen habe ich mit dem Kommandanten George Harris abgesprochen und er hat mir für das Procedere freie Hand gelassen.«

Nüchtern betrachtet, war Alexanders nautische Leistung

als Rudergänger sogar hervorragend. Er hatte sein eigenes Ziel nahezu erreicht. Ohne dass es von anderen bemerkt worden war, hatte er den Kurs des Schiffes behutsam in weniger gefährliche südliche Breiten gelenkt. Sie waren keinem Eisfeld zu nahe gekommen und offensichtlich trotz seiner Manipulationen flott unterwegs. Doch was half ihm das jetzt in dieser Lage?

Ließ ihn Rhodes als Nächstes auspeitschen oder kielholen? Hatte er schon lange nicht mehr erlebt.

Er hat sich in jedem Fall etwas Boshaftes überlegt.

»Und nun verkünde ich die Strafe für Mr. Holmes«, fuhr Rhodes fort. »Mr. Holmes wird mit sofortiger Wirkung seiner Stellung als Maat enthoben und zum einfachen Matrosen der William Brown degradiert. Er wird der ersten Wache zugeordnet.«

Das geht ja noch. Alles halb so wild.

»James Norton wird zum Maat befördert und ersetzt Holmes als Rudergänger. Und nun freue ich mich, dem Matrosen Holmes eine andere wichtige Aufgabe zu erteilen, die sofort auszuführen ist. Schließlich schätzen wir – trotz aller bedauernswerter Umstände – seinen tatkräftigen Einsatz auf diesem Schiff und sind nicht nachtragend. Er hat uns immer wieder dankenswerterweise auf die vermeintlich große Gefahr lauernder Eisfelder auf unserer Route hingewiesen«, plauderte Francis pathetisch und mit ausladenden Gesten. Dabei grinste er wie der Teufel persönlich. »Deshalb habe ich beschlossen, sicherheitshalber eine Eiswache einzusetzen und diese verantwortungsvolle Aufgabe Mr. Holmes zu überantworten.«

Die Männer sahen sich fragend an. Eine Eiswache wurde normalerweise nur bei konkreter Gefahr und bei langsamer Durchfahrt gesichteter oder gemeldeter Eisfelder eingerichtet. Dabei stand ein Seemann ganz vorne am Bugspriet und hielt Ausschau nach Eisbergen in unmittelbarer Nähe. Für solche gab es aber derzeit keinerlei Hinweise.

»Um eine weitere Sicht und damit einen besseren Überblick zu bekommen, wird Mr. Holmes jetzt den Fockmast besteigen, hinauf bis zur obersten Bramrah. Dort wird er für die nächsten vier Stunden – eine ganze Wache lang – Ausguck halten und uns vor den von ihm erwarteten Gefahren warnen. Ach ja, bevor ich es vergesse: Er ist Manns genug, alleine, also ohne eure Unterstützung dort oben bis zum Ende der Wache auszuhalten. Ich möchte also niemanden sehen, der ihm vor dem Ende der Wache zu Hilfe eilt. Wagt es dennoch jemand, wird er derjenige sein, der Holmes ablöst und eine Eiswache hält. Und jetzt: an die Arbeit, Männer! Volle Fahrt bis Philadelphia! Wir sind dicht dran, unser ehrgeiziges Ziel zu erreichen.«

Die Mannschaft zerstreute sich, zurück blieben James Norton, der mit roten Wangen eilfertig das Steuerrad übernahm, ein verdutzter Alexander Holmes, der vollkommen überrumpelt neben dem Steuerrad stand, und Francis Rhodes, der sichtlich zufrieden grinste.

Dieser schlaue Fuchs! Natürlich hatte er den richtigen Riecher gehabt. Alexander versuchte, seine Gedanken zu sortieren und zu begreifen, welche Konsequenzen die kommende Strafe nach sich zog. Langsam sickerte bei ihm die Erkenntnis durch, dass die unsinnige Eiswache auf dem Fockmast nichts anderers als den sicheren Tod für ihn bedeutete. Seine Beine wurden schlagartig schwer und ihm wurde speiübel.

»Na los, du ehrgeiziger, stets besorgter Matrose Holmes! An die Arbeit, rauf auf den Fockmast und nach Eisbergen Ausschau halten! Aber immer schön aufpassen bei der steifen Brise. Dass du mir ja nicht runterfällst!« Über beide Backen lachend, scheuchte Rhodes Alexander in Richtung des vordersten Masts vor sich her.

Gut festhalten, das war der Knackpunkt. Ganz rauf auf den Masttopp, das war nicht das Problem. Schwindelfrei war er seit der Kindheit. Der Aufenthalt an der Mastspitze war jedoch schon unter normalen Bedingungen gefährlich und bei dem erbarmungslosen Wind stets lebensbedrohlich. Jeder Matrose versuchte, den Aufenthalt in dieser luftigen Höhe so kurz wie möglich zu halten. Wenn man sehr vorsichtig und konzentriert vorging und seine ganze Kraft aufwandte, konnte man dort schon eine oder zwei Minuten aushalten. Eine ganze Wache lang, vier Stunden, war es der sichere Tod. Und das war ganz offenkundig der Zweck der Übung. Eine Art Todesstrafe für sein Vergehen, bei der niemand persönlich Hand anlegte, eine saubere Sache. Raffiniert von Rhodes eingefädelt, denn der würde sich die Finger nicht schmutzig machen. Er würde ihn nicht selbst hinunterstoßen müssen. Früher oder später würde Alexander die Kraft verlieren und von alleine herunterfallen. Mit hoher Wahrscheinlichkeit würde er gleich ins offene Meer geschleudert werden und auf seine letzte große Fahrt hinaustreiben. Andernfalls schlug er unten auf dem Deck auf. Das würde eine Riesensauerei geben.

Rhodes sah ihn immer noch auffordernd an. Jetzt galt es, Haltung zu zeigen und keine feigen Gedanken zuzulassen. Die Befriedigung, einen Jammerlappen vor sich zu haben, gönnte er seinem Widersacher nicht.

Mit erhobenem Haupt schritt Alexander das Schiff entlang nach vorne zu den an der Reling breiten Wanten des Fockmastes. Alexander drehte sich nicht mehr um, die selbstgefällige Fresse von Rhodes sollte nicht das Letzte sein, was er in seinem Leben sah.

Unmittelbar bevor er die strickleiterartigen Webeleinen bestieg, kam ihm scheinbar zufällig Jack entgegen.

Er rempelte ihn im Vorbeigehen an, und es sah aus, als wollte er ihm damit seine Abneigung zeigen. In diesem kurzen Augenblick steckte er ihm eine zusammengerollte Leine zu. Jack musste sich noch während Rhodes' Rede weggeschlichen haben, um sie rasch zu besorgen. Alexander fackelte nicht lange und schob sie von Rhodes unbemerkt unter seine Öljacke.

Dann schwang er sich routiniert auf die Reling und kletterte wie ein Affe die Webeleinen am Untermast hinauf, der das Focksegel hielt. An der Marssaling, einer Art kleinem Holzpodest, wechselte er in die Wanten der Marsstenge. Das war der mittlere Teil, der das Marssegel trug.

Der auf dem Deck herrschende mächtige Wind nahm nun mit jedem Zoll Höhe merklich zu. Er kletterte langsam weiter, ohne Hast. Zeit genug hatte er.

An der Bramsaling, die das Bramsegel trug, endete die Kletterei. Hier war ein noch schmaleres kurzes Holzbrett in der Mitte des höchsten Mastabschnittes befestigt. Es war lediglich so breit wie sein Fuß. Alexander klammerte sich mit beiden Armen um die Bramstenge. Ihr Umfang entsprach dem seines Oberarms.

Als er das Gefühl hatte, ausreichende Standfestigkeit zu haben, hob er den Kopf, um auf das Meer zu sehen. In diesem Moment realisierte er mit eigenen Augen, was für ein Bullshit eine Eiswache hier oben war. Das Bramsegel war voll entfaltet und verhinderte den freien Blick nach vorne, zumindest nach steuerbord. Einen Eisberg voraus auf dieser Seite des Schiffes zu erspähen, war somit unmöglich.

Unbändige Wut stieg in ihm auf, als er feststellte, mit welcher Kaltblütigkeit ihn Rhodes ausschalten wollte.

Die William Brown stampfte durch die wütende See. Beim Besteigen eines Wellengipfels neigte sich der Mast weit nach achtern und Alexander sah dann nur noch den wolkengesättigten graublauen Himmel. Die Sonne war längst schon wieder verschwunden, entsprechend düster offenbarte sich ihm die Kulisse. Beim Überqueren des Wellenhügels fiel das Schiff nach vorne und Alexander wurde mit einer unvermittelt einsetzenden Schleuderbewegung in die gleiche Richtung und nach unten an den Mast gepresst. Jetzt sah er nur noch das schäumende Meer in einigem Abstand zu seinen Füßen.

Durch das Rollen des Schiffes fügten sich heftige Scherbewegungen zu den Seiten hinzu. Diese ständig wiederkehrenden Lageänderungen vereinigten sich zu einer kreiselartigen Schwingung, die sämtliche Muskeln maximal beanspruchten.

Ihm wurde speiübel. Das war ihm zuletzt beim ersten richtigen Sturm passiert, den er auf dem Fischerboot seines Vaters erlebt hatte. Seitdem hielt er sich für immun, hartgesotten. Zuerst floss der Speichel in Strömen im Mund zusammen. Er schluckte in immer kürzeren Abständen. Er widerstand dem Drang der strapazierten Magennerven nicht länger und der Wind wehte einen Sprühnebel aus Mageninhalt nach achtern davon. Ein Moment der Erleichterung. Wieder und wieder krampften jedoch seine Eingeweide, bis der Magen komplett leer war.

Die Muskeln fingen an zu schmerzen und zu zittern, er merkte, dass er sich diesem Reißen an den Gliedern nicht ewig würde widersetzen können. Wann läutete die Schiffsglocke endlich und zeigte an, dass wenigstens eine halbe Stunde vorüber war? Würde er sie hier oben überhaupt hören, bei dem lauten Pfeifen des Windes in der Takelage, dem Schlagen der Segel und dem Stöhnen der Masten?

Wie belastbar war ein Mensch? Was war er imstande auszuhalten? Wann genau kam der Moment, in dem er sich aufgab und losließ, um zu sterben? War es eine rein körperliche Angelegenheit? Wenn die Knochen brachen, die Sehnen rissen und der Schmerz übermenschlich wurde? Oder war es letztlich eine Frage des Willens, des geistigen Widerstands? Wie viel dieser Willenskraft hatte er selbst?

Er dachte an Lucky Joe, der mit einer Kugel im Hirn wochenlang im Koma gelegen hatte und wieder aufgestanden war. *Der Mensch ist verdammt zäh, ich schaff das auch. Ich muss es schaffen. Er darf nicht gewinnen. Nur so kann ich's dem Tyrannen heimzahlen.*

Alexanders Muskeln wurden immer kälter, die Knochen immer schwerer. Der erste Krampf erwischte ihn in der Schulter. Der zweite im Unterschenkel. Der dritte in der Hand. Hatte man da überhaupt Muskeln? Die Kräfte schwanden. Nicht langsam, sondern mit rasender Geschwindigkeit, mit einer Wucht wie einbrechende Dämme. *Soll ich doch einfach loslassen? Die Erlösung käme sofort, der Schmerz wäre weg, für immer ...*

Das Tauwerk von Jack! Reiß' dich zusammen, Alexander!

Mit eisigen, gefühllosen Fingern friemelte er es aus seiner Jacke hervor. Er ließ sich am Mast auf den Boden der schmalen Bramsaling herabsinken und umklammerte ihn mit den Beinen. Die Leine band er unterhalb seiner Arme um den Mast herum und zog sie mit einem Knoten am Brustkorb fest.

Das Tauwerk nahm ihm zumindest vorübergehend den Zwang, die Muskeln mit äußerster Kraft anzuspannen. Es gab ein wenig Entlastung und Sicherheit ... *Danke, Jack!*

Alexander war vollkommen am Ende. Nicht nur die Muskeln ermüdeten, auch das ständige Vorausdenken auf die kommenden Bewegungen des Schiffes strapazierte sein Hirn. Er war durchgefroren und wurde schläfrig. Regen setzte wieder schauerartig ein. Nach wenigen Minuten war er durchnässt bis auf die Haut, fror, zitterte ... *Reiß dich zusammen, Alexander!*

Der Wind legte sich. Das Schwanken des Schiffes ließ allmählich nach, ebenso die lauten Geräusche um ihn herum. Er fror nicht mehr, das Zittern hörte auf. Wärme stieg von einem tief im Innern des Körpers verborgenen Punkt auf und breitete sich im ganzen Leib aus. Alexander entspannte sich.

Dann löste er sich von seiner Hülle. Er schwebte auf den Masttopp zu, hielt dort inne und sah am Schiff hinab, sein

Rumpf festgezurrt am Mast direkt unter ihm. Er hob den Kopf und sah sich von einem strahlend blauen Himmel umgeben. Alle Wolken waren verschwunden. Die Sonne wärmte ihm das Gesicht, ein seichtes Lüftchen wehte heran, es roch nach Seetang wie im Hafen seiner schwedischen Heimat. Am Horizont tauchte ein kleines Segelboot auf. Es war sein Wunsch, dorthin zu fliegen. Warum auch nicht? Das konnte er schließlich jetzt. Er fühlte kein Gewicht mehr an sich, er war frei.

Alexander flog zu dem Boot. Ein kleines Fischerboot, er erkannte es sofort wieder. Ein alter Mann am Steuer.

Darf ich das Netz einholen, Vater?

NEUN

WILLIAM BROWN, NORDATLANTIK, 19. APRIL 1841, MORGENS

Die Sonne wärmte sein Gesicht, ein Lüftchen wehte über seine Haut. Alexander öffnete die Augen und war von der gleißenden Helligkeit so geblendet, dass er sie sofort wieder schloss. Er hörte eine Stimme und das Poltern von Füßen auf dem Holzdeck.

»Alexander!«, rief eine Männerstimme.

»Vater?«, antwortete er benommen. »Darf ich's Netz einholen?«

Das tiefe, polternde Lachen eines Mannes näherte sich seinem Ohr. »Scheiße, bist echt 'n zäher Hund! Sowas hab ich noch nich gesehn«, sagte er.

Alexander öffnete die Augen erneut und hob den Kopf ein wenig, um sich zu orientieren.

Verdammt, er war noch immer auf der William Brown. Die Reise entwickelte sich zu einem Albtraum. Immerhin waren sie bald am Ziel. Hier auf diesem Schiff würde er nicht bleiben. Es bot ihm keine Heimat. Das frühere Bauchgefühl hatte ihn treffsicher gewarnt. *Und jetzt reiß dich zusammen, Alexander. Nur noch wenige Tage …*

»Holmes, mein Freund! Willkommen zurück! Hätte nicht gedacht, dass du es lebend runterschaffst. Na, was soll's. Heute ist ein guter Tag. Hast du wenigstens Eisfelder gesehen? Nein? Macht auch nichts. Warst halt besorgt, das ehrt dich. Du hast wirklich alles gegeben … und doch verloren. Schwamm drüber! Und jetzt an die Arbeit! Deine Wache hat schon begonnen und du liegst faul auf 'm Deck, als hättest du den Kater deines Lebens. Auf die Füße, los geht's!«

Rhodes stand breitbeinig über ihm und grinste bösartig. Seine blauen Augen blieben dabei vollkommen regungslos. Kein Lidschlag. Sie durchdrangen ihn, stachen ihn. Peinigten mehr als die körperlichen Schmerzen, die in ihn zurückkrochen.

Du Teufel, jetzt hast du deine hässliche Fratze entblößt.

Alexander versuchte aufzustehen und spürte dabei jeden kleinen Muskel seines Körpers, jede Faser, jeden Knochen. Er brauchte drei Anläufe und Jacks Hilfe, bis er auf die Füße kam. Mit schmerzverzerrtem Gesicht stand er auf dem Deck. Traute sich nicht, sich weiter zu bewegen, und schwankte benommen.

»Mann, wie ein Besoffener!«, rief ihm Rhodes nochmal zu, bevor er sich umdrehte und nach achtern stapfte.

Jack hielt ihn weiterhin am Arm fest. »Wir helfen dir, biste wieder aufm Damm bist. Ich hab's mit den andern schon geregelt. Die fanden die Strafe auch zu heftig und bewundern dich wegen deim Durchhaltevermögen. Bleib jetz einfach hier oben und tu so, als wärste da. Uns lässte die Arbeit machen. Hier haste was zu essen und trinken. Nimm mal 'n großen Schluck, 's hilft.« Er reichte ihm einen Schlauch mit Wasser, einen Beutel Zwieback und ein wenig Räucherspeck.

»Danke«, war das Einzige, was Alexander heiser hervorbrachte. Er senkte den Kopf und nickte leicht.

∼

Zuerst zwängten sich Margret und ihre Tochter Isabella aus der Luke und atmeten die frische Luft tief in ihre Lungen. Der Sturm hatte sich merklich beruhigt, zum ersten Mal seit Antritt der Reise. Der Wind blies noch immer mit großer Kraft, die Segel blähten sich wie ein Ballon kurz vor dem Platzen mit stramm gespannten Tauen. Dennoch lag das Schiff ruhig im Wasser, die ausladenden Schaukelbewegungen hatten endlich aufgehört.

Der Himmel war zu allen Seiten des Horizontes aufgerissen und die Sonne strahlte ihnen freundlich entgegen. Warm konnte man die Temperatur zwar nicht nennen, die Strahlen wärmten jedoch Gemüter und Kleidung gleichermaßen.

Nach und nach folgten ihnen die meisten Mitreisenden, die jetzt zum ersten Mal während der Reise das Deck betraten. Margret sah in eine Menge verhärmter, kreidebleicher Gesichter. Dazu die unzähligen Varianten an Grau- und Brauntönen ihrer ärmlichen Kleidung, die selbst in der Sonne nicht strahlten. In Lumpen gekleidet, mit dünnen Armen und Beinen und eingefallenen alabasterfarbenen Gesichtern taumelten sie über das Deck wie Leichen, die gerade aus ihrem Totenbett wieder auferstanden waren.

Doch auch ihre Gemüter schienen sich langsam aufzuhellen. Nach wenigen Minuten wurden ihre Bewegungen sicherer und in den Mienen zeichnete sich Entspannung ab.

Margret beschloss, sich über den Fortschritt der Reise zu erkundigen, und machte sich auf den Weg nach hinten. Mit ihrer Tochter im Schlepptau stieg sie die wenigen Stufen hoch zum Achterdeck und schritt auf den Matrosen am Steuerrad zu, den sie nicht kannte. Der nette Mann, mit dem sie sich um die kranke Mary gekümmert hatte, schien nicht im Dienst zu sein.

»Los, verschwinden Sie sofort vom Achterdeck! Passagieren ist es verboten, sich hier aufzuhalten!«, schrie ihr der Matrose entgegen.

»Ich wollte mich nur erkundigen, wann wir mit der Ankunft in Philadelphia zu rechnen haben«, entgegnete sie.

Von der Seite trat ein gut aussehender Mann in ordentlicher Uniform heran, den sie als Offizier identifizierte. »Ich begleite Sie zurück auf das Hauptdeck und beantworte selbstverständlich gerne alle Ihre Fragen, Mylady«, sagte er. »Gestatten, Francis Rhodes, mein Name. Ich bin der Erste Offizier und trage neben dem Kapitän die Verantwortung auf dem Schiff.« Galant half er ihr die Stufen vom Achterdeck hinunter, indem er ihren Unterarm stützte.

»Mrs. Edgar«, antwortete sie betont nüchtern.

»Wir liegen sehr gut in der Zeit, Madam, das kann ich Ihnen versichern. Wir befinden uns weniger als dreihundert Seemeilen von Neufundland entfernt, das genau vor uns hinter dem Horizont liegt«, sagte er und zeigte mit dem ausgestreckten Arm geradeaus über den Bug des Schiffes hinweg. »Wenn uns das Glück hold bleibt, werden wir sogar einen Rekord bei der Atlantiküberquerung mit alleiniger Segelkraft aufstellen. Und Sie sind mit dabei!«

»Ehrlich gesagt, bin ich in jedem Fall froh, wenn diese Reise vorüber ist. Der Aufenthalt unter Deck ist menschenunwürdig. Die Sicherheit der Passage und die Art der Unterbringung sind für mich wichtiger als die reine Geschwindigkeit.«

»Darf ich fragen, wo die werte Dame und das junge Fräulein den Ausgang Ihrer Reise nahmen?«

»Wir stammen aus Schottland.«

»Aus Schottland. Das dachte ich mir. Ein wahrlich stolzes Volk. Ich garantiere Ihnen jedenfalls, dass die Sicherheit an Bord unter meiner Führung stets gewährleistet ist. Sie brauchen sich keine Sorgen zu machen. Was die Unterbringung anbelangt, verstehe ich Sie durchaus. Sie und Ihre werte Tochter sind distinguierte Menschen aus gutem Hause, das kann ich erkennen. Und dann müssen Sie zusammen mit diesen stinkenden, hässlichen und debilen irischen *Crétins* reisen«, er senkte dabei vertraulich die Stimme, »das stelle ich mir auch ... nahezu unerträglich vor.« Er verzerrte sein Gesicht zu einer angeekelten Grimasse. »Sie haben dafür mein aufrichtiges Mitgefühl.«

Was war das nur für ein arroganter Zieraffe? Es ging ihr doch gar nicht um die Mitreisenden, ganz egal, wo sie herkamen. Der Mief, die Enge, der Dreck, der eklige Fraß auf seinem Schiff – für all das hatte der geleckte Offizier keinen Blick, das wurde Margret bewusst. Und ihn darauf anzusprechen, erschien ihr sinnlos.

»Danke für die Auskunft, Mr. Rhodes. Ab hier kommen wir alleine zurecht.«

Weiter vorne sah sie aus einem Kasten Rauch aufsteigen. Sie erkannte einen kleinen gusseisernen Ofen, der im Windschatten des Fockmastes fest auf die Planken geschraubt war. Der Steward schaufelte Kohlen in eine untere Brennkammer.

»Wenn der Ofen schön heiß iss, können se später Brot backen«, rief er ihnen entgegen. »Guter Tag heut, nich wahr?« Selbst der verhärmte Gnom schien eine ausgezeichnete Laune zu haben.

Vielleicht ist das der Wendepunkt der Reise und sie findet noch einen versöhnlichen Ausgang.

Die frische Seeluft und der Spaziergang an Deck belebten sie. Ihre Tochter ließ sie mit anderen Kindern spielen, sie sollten sich nach den endlosen Tagen, die sie regungslos im Bauch des Schiffes verbracht hatten, endlich im Freien austoben. Margret suchte sich einen etwas ruhigeren Platz an der Reling, setzte sich auf die Planken und schloss die Augen, ihr Gesicht der Sonne zugewandt.

Jetzt richtete sie ihre Gedanken in die Zukunft. Sie freute sich darauf, ihren Mann endlich wiederzusehen. Hoffentlich hatte er sich nicht in eine andere verguckt. Es war an der Zeit, wieder an seiner Seite zu stehen. Auch Isabella sehnte sich nach ihrem Vater. Sie kam jetzt in ein schwieriges Alter. Die Widerworte Margret gegenüber nahmen von Woche zu Woche zu. Da war es zuträglich, die liebevolle, aber strenge Unterstützung ihres Mannes zu erhalten.

Ein Schatten huschte über ihr Gesicht, verbunden mit mühsam schlurfenden Schritten. Sie öffnete ihre Augen und glaubte den Matrosen - hieß er nicht Mr. Holmes? – zu erkennen, der ihr mit Mary geholfen hatte. Er stand sonst immer am Steuer. Mit verzerrtem Gesicht, als hätte er Schmerzen, stolperte er an ihr vorbei.

»Guten Morgen, Sir«, sagte Margret zu ihm. »Sie sehen miserabel aus. Gibt es hier einen Tiger an Bord, mit dem Sie einen Kampf ausgetragen haben?«

»Treffender kann man's nicht sagen«, erwiderte der Matrose. »Und der Tiger hat gewonnen, wie Sie richtig erkannt haben.« Er versuchte sich in einem Lächeln.

»Ja, das sieht man, Mister ...« Margret stand auf und inspizierte ihn. Er schien zwar äußerlich unverletzt zu sein, sah aber dennoch krank aus, vollkommen fertig. Seine Gesichtsfarbe war violett, mit ledrigen Falten durchzogen und dunkle Ringe umrahmten die geröteten Augen.

»Mein Name ist Alexander Holmes. Vor dem Kampf mit dem Tiger Maat und Rudergänger, jetzt einfacher Matrose des Schiffes.«

»Wir kennen uns, Sie erinnern sich vielleicht. Haben Sie Schmerzen?«

»Ja, Ma'am. Ich muss es leider zugeben.«

»Soll ich Ihnen die Flasche mit dem Laudanum holen? Das hilft vortrefflich, sagt mein Mann. Und der muss es wissen, denn er ist Zahnarzt und nimmt es selbst gerne. Auch wenn er nur Kopfschmerzen hat.«

Erneut huschte ein Lächeln über sein Gesicht. »Besser nicht. Dieses sogenannte Universaltonicum habe ich seit der Sache mit dem Säugling nicht mehr in guter Erinnerung. Der Schmerz erinnert mich immerhin daran, dass ich lebe und an den Kampf, den ich weiter austragen muss. Außerdem nehm ich an, dass die Plage demnächst wieder nachlässt. Es sind nur Muskelzerrungen und Verkrampfungen. Es wird schon gehen.«

Ungläubig sah sie ihn an und hob die Augenbrauen. »Sie müssen es wissen.«

»Danke für Ihre Fürsorge, Ma'am. Genießen Sie den schönen Tag. Das Wetter ist unstet in diesen Breiten.« Er schlurfte an ihr vorbei.

Vom Ofen am Vorderdeck drang mittlerweile ein unwiderstehlicher Duft von Backaromen zu Margret herüber, der sie zwang, wieder aufzustehen und ihm zu folgen.

Mehrere Reisende standen entspannt um die heiße Backröhre versammelt und unterhielten sich, während sie darauf warteten, dass ihre Brote – eher Fladen – fertig gebacken waren. Hier und dort vernahm sie ein zaghaftes Lachen und die gute Laune breitete sich auch in Margret aus.

Drei Schritte entfernt entdeckte sie Isabella mit anderen Kindern. Sie umringten einen verschrobenen glatzköpfigen Seebären mit Vollbart, riesigen exotischen Ohrringen und einem tätowierten Anker am Hals, der sich ihr als Jack vorstellte. In einer dunklen Gasse ihrer Heimatstadt Edinburgh mochte sie ihm lieber nicht begegnen. Hier jedoch beobachteten die Kinder ihn aufmerksam und mit großen Augen, sie hingen regelrecht an seinen Lippen.

Er brach einen Schiffszwieback in zwei Teile und legte beide in einen neben ihnen stehenden Eimer mit Wasser. Die Brocken schwammen zunächst an der Oberfläche, bevor sie sich vollsogen und dann versanken. Margret und die Kinder rückten näher an das Geschehen heran und sahen, wie aus dem Zwieback mehrere fette glasige Maden oder Würmer krochen. Sie flohen aus ihrer Behausung vor den eindringenden Fluten! Man sagte doch, Ratten verließen das sinkende Schiff. Hier verließen die Maden den sinkenden Keks ...

»Das Beste kommt jetzt, wartet's mal ab«, dozierte Jack vergnügt und hob belehrend den Zeigefinger. Die Mädchen und Buben hatten ihn gern, das war offensichtlich. Die für einen Erwachsenen abschreckende Erscheinung und Statur des Seebären wirkte auf sie unübersehbar anziehend. Kinder durchschauten instinktiv und treffsicher das wahre Wesen eines Menschen, davon war Margret überzeugt. Sie ließen sich nicht so leicht von Äußerlichkeiten blenden.

»Igitt!«, schrien die Kinder wie aus einem Mund, als Jack die labberigen Zwiebackstücke und die fetten Maden aus dem Wasser fischte und Letztere in ein kleines Kästchen gab.

»Die brauchen wir später noch«, sagte er mit rätselhafter Stimme.

Die durchweichten Kekse legte er sorgfältig oben auf den heißen gusseisernen Ofen, was zunächst ein lautes Zischen hervorrief. Schon nach wenigen Sekunden verbreitete sich ein angenehmes süßes Aroma, woraufhin er die Kekse mit einem großen Messer wendete, das an seinem Gürtel hing. Alleine die Länge der Klinge rief allgemeine Bewunderung bei den Kindern hervor. Er war ihr Held.

»Wer möcht denn diesen wunderbaren knusprigen Keks ohne Fleischeinlage als Erster probieren?«, fragte er in die Runde.

Die Kinder schrien um die Wette und er teilte gerecht, gab jedem ein Bröckchen ab. Es schien ihnen gut zu schmecken, ihre Augen leuchteten glücklich.

»Später zeig ich euch, wie wertvoll die Maden sind, und wenn ihr möchtet, erzähl ich 'ne alte Geschichte von den Geheimnissen des tiefen Meeres.«

Margret setzte ihren Spaziergang über das Deck fort. Überall standen Grüppchen zusammen und unterhielten sich. Andere lagen behaglich in der Sonne und entspannten sich. Nirgendwo entdeckte sie Ellen und Frank. Sie beschloss, unten im Zwischendeck nach ihnen zu sehen.

Die Luke stand offen und Margret stieg hinab. Unmittelbar tauchte sie wieder in diese schwere, stickige Luft ein. Der Kontrast wirkte besonders groß, wenn man von der frischen Luft draußen kam. Wie hatten sie das hier unten so lange ausgehalten? Die Antwort kam ihr sofort: Weil ihnen nichts anderes übrigblieb.

Alle Kojen waren leer, außer der ersten, in der Ellen und Frank Arm in Arm versunken dasaßen und mit ausdruckslosen Gesichtern vor sich hinstarrten.

»Wollt ihr mit mir kommen, hoch an die frische Luft? Es würde euch sicherlich guttun«, begann Margret das Gespräch. Marys Tod und die Beerdigung waren erst drei Tage her. Die Trauer musste unvorstellbar groß sein.

»Nein, danke«, antwortete Ellen leise mit gesenktem Kopf.

Margret setzte sich neben sie und umarmte beide fest. »Kommt schon. Oben scheint die Sonne, das Meer hat sich beruhigt. Ehrlich gesagt, dulde ich keine Widerrede.« Sie packte Ellen am Arm und zog sie sanft aus der Koje. Frank signalisierte sie mit ihrem Kopf das Gleiche. »Nehmt das Hafermehl mit, dann könnt ihr daraus ein Brot backen. Der Ofen ist schon bereit.«

Schwerfällig, aber ohne weitere Widerrede folgten die beiden nach oben.

Die Kinder standen mittlerweile versammelt an der Reling und umzingelten Jack immer noch. Neugierig trat Margret hinzu.

Er nahm aus dem kleinen Kistchen von vorhin eine fette Made und spießte sie auf einen Angelhaken. Sie zappelte dabei so verführerisch, als wäre sie eine Tänzerin auf der

Suche nach einem Bräutigam. Er warf die Angel mit einer weit ausholenden Bewegung aus.

»Könnt ihr den Makrelenschwarm sehen, der neben unserem Schiff folgt? Da sollt's mit dem Teufel zugehen, wenn wir uns nich das eine oder andere leckere Fischchen rausholen und nachher braten.«

Er grinste über beide Backen. Es machte ihm offensichtlich Freude, die Kinder um sich zu haben. Ein Glücksfall, dass er frei hatte.

»Und wer von euch möcht jetz die Geschichte hören?«

»Ich!«, schrien die Kleinen unisono.

»Wer von euch weiß denn, wieso das Meer so salzig ist?«

Die Kinder schwiegen, sahen sich gegenseitig an und zuckten bloß mit den Schultern.

»In den Meeren wohnt bis zum heutigen Tag«, fuhr Jack fort, »der Meeresgott Ekke Nekkepenn mit seiner Frau Rahn. Als diese eines Tages auf dem Meeresgrund der Nordsee in den Wehen lag, um ihr erstes Kind zur Welt zu bringen, wurde Ekke Nekkepenn sehr nervös. Das war etwas, was seine Macht weit überstieg, er war ja nur der Gott des Meeres. Direkt über ihnen fuhr das Kaufmannsschiff von Kapitän Petersen, der seine Frau dabei hatte. Ekke Nekkepenn ließ einen gewaltigen Sturm aufkommen, der sie über Bord spülte. Er nahm die Frau des Kapitäns mit zu seiner eigenen Frau Rahn, die immer noch in den Wehen lag. Wenn sie ihnen half, das Kind gesund zur Welt zu bringen, wollte er sie mit Gold und allen Schätzen der Erde überhäufen und sie wieder wohlbehalten zu ihrem Mann zurückbringen. Seine Schatzkammer quoll ohnehin über, er sammelte nämlich die Reichtümer von sämtlichen untergegangenen Schiffen der Meere. Er war ihr Gott.

Die Geburt verlief reibungslos und Ekke Nekkepenn überhäufte die Frau des Kapitäns mit so vielen Juwelen und Goldstücken, wie sie nur tragen konnte. Kapitän Petersen war überglücklich, seine Frau lebend wiederzusehen. Durch den großen Reichtum, den sie jetzt besaßen, ließen sie sich an der nordfriesischen Küste nieder und genossen ein unbeschwertes Leben.

Jahre später war Ekke Nekkepenns Ehefrau Rahn alt und hässlich geworden. Sie saß stumpf und griesgrämig auf dem Meeresgrund und malte ein wenig Salz, wenn Ekke Nekkepenn ihr die Mühle gab. Gerade so viel davon, wie sie für sich selbst und ihre Speisen zum Pökeln brauchten. Er wusste jedoch, dass Kapitän Petersen und seine Frau mittlerweile eine wunderschöne Tochter namens Inge bekommen hatten. Sie lebten zusammen auf einer kleinen grünen Insel in Nordfriesland.

Ekke Nekkepenn ging zu Inge an den Strand und steckte ihr an jeden Finger einen dicken Goldring und um ihren Hals legte er eine prachtvolle Kette mit taubeneigroßen bunten Diamanten. Er forderte sie auf, mit ihm in sein Reich auf den Meeresgrund zu kommen und seine neue Frau zu werden. Inge wehrte sich, sie hatte keine Lust, von ihrer schönen Insel weggehen, trotz der versprochenen Reichtümer. ›Also gut‹, sagte der Meerkönig. ›Wenn du mich bis heute Abend bei meinem Namen nennst, lasse ich dich in Ruhe und komme nie wieder. Ansonsten musst du mitkommen und mich heiraten.‹

Niemand kannte auf der Insel den Namen des Meereskönigs. Inge war verzweifelt und kurz vor dem Aufgeben, da sah sie den kleinen Meergott am Strand einsam tanzen und vor sich hinsingen:

>*Heute soll ich das Meer aufbrausen*
>*Morgen will ich zu dessen Grunde sausen*
>*Übermorgen will ich mich vermählen*
>*Die schöne Inge werde ich wählen*
>*Niemandem kommt in den Sinn,*
>*Dass ich Ekke Nekkepenn bin.*

Als er dann am Abend zu Inge kam, verriet sie ihm den richtigen Namen, den sie zuvor von ihm gehört hatte. Rasend vor Wut stürzte er sich in die Fluten und verschwand. Er wurde von den Menschen nie wieder gesehen.

Seine alte Frau Rahn jedoch bekam Wind von den Hochzeitsplänen ihres Mannes und wurde wahnsinnig vor Eifersucht. Als Rache klaute sie die Salzmühle und verließ Ekke Nekkepenn. In ihrem neuen Versteck an einem Ort im Meer, den übrigens bis heute niemand kennt, schwor sie, bis an ihr Lebensende ohne Unterlass die Mühle zu drehen. Damit machte sie das Meer immer salziger. So sehr, dass es für die Menschen nicht mehr trinkbar war. Und dort, irgendwo auf dem tiefen Grund des weiten Ozeans dreht sie noch heute die Salzmühle in ihrem Gram und das Meer wird jeden Tag immer salziger.«

Die Kinder lagen zunächst sprachlos um Jack herum auf den Planken des Decks. Ihre Augen leuchteten und die Münder standen offen. Margret war froh, dass sie jemanden gefunden hatten, der sie von den Strapazen der Reise ablenkte.

Später am Nachmittag rekelten sich die Passagiere immer noch an Deck, etwas abseits von ihnen lehnten Ellen und Frank an der Reling. Die einen backten Haferbrote, andere garten Makrelen in dem Ofen. Matrosen kamen hinzu, sie hatten ihre Angeln ebenso wie Jack ausgeworfen und freuten sich über einen guten Fang in dem Makrelenschwarm. Da sie Fische im Überfluss gefangen hatten, teilten sie diese mit den Passagieren.

Ein Matrose packte eine Mundharmonika aus und Besatzung und Reisende sangen zusammen.

*Stehender Wind! Stehender Wind ohne End
Vom Morgen bis zum Abend, vom Abend bis
zum Morgen
Wer hat seine Dirn wohl nicht bezahlt?*

Ein paar Matrosen waren forsch und forderten die Frauen zum Tanz auf. Das Treiben wurde immer bunter, lauter und ausgelassener. Jemand zauberte eine Flasche hervor, in der sich Hochprozentiges befand. Er ließ sie unter allen Anwesenden kreisen, was die Stimmung weiter anheizte und Mannschaft und Passagiere miteinander vereinte.

Langsam setzte die Dämmerung ein und Margret sah die Sonne im endlosen Ozean im versinken.

»Schluss jetzt! Sofort!«, schrie Rhodes, der stampfend von achtern anmarschierte. »Was ist denn das für eine Orgie hier? Alle Passagiere wieder unter Deck! Die Matrosen der Wache an die Arbeit! Die anderen verziehen sich ebenfalls unter Deck! Ich will hier nichts mehr hören und niemanden sehen, der auf dem Schiff nicht arbeitet.«

Margret zuckte erschrocken zusammen. *Wie der sich aufführt!* Es war zu erwarten gewesen, dass er sich an dem fröhlichen Treiben auf seinem Schiff nicht beteiligte, das geziemte sich nicht für einen Offizier. Er hätte es jedoch zumindest tolerieren oder übersehen können.

Die Mannschaft nahm die Rüge gelassen hin, sie schlich leise und demütig in alle Richtungen davon.

Margret kletterte als eine der Letzten durch die Luke zum Zwischendeck. Vor dem Abtauchen unter Deck sog sie noch einmal die frische Luft ein und schloss dabei die Augen. Sie stieg hinunter und hinter ihr wurde die Luke zugeschlagen.

Jetzt war sie wieder in ihrem düsteren Gefängnis. Gut, dass die Reise nicht mehr lange dauern würde.

Unten angekommen, sah sie Ellen und Frank in ihrer Koje liegen, eng aneinandergeschmiegt. Auch die anderen Passagiere hatten sich bereits in ihre Kojen zurückgezogen, sie sahen erschöpft aus nach den ersten Stunden der Reise, die sie an Deck verbringen durften. Manche unterhielten sich noch leise, andere schliefen bereits. Margret schlich durch den Mittelgang zu ihrem Abteil. Die Schaukelbewegungen des Schiffes konnte sie mittlerweile gut ausgleichen, ihre Schritte waren in den letzten Wochen sicherer geworden.

Sie kroch in die obere Koje, nahm Isabellas Kopf und legte ihn in ihren Schoß, strich ihr dabei zärtlich durch das volle weiche Haar.

Bridget McGee neben ihnen schlief offenbar tief und fest, ihre Gesichtszüge sahen entspannt aus. Allerdings war die ursprüngliche irische Blässe einem krebsroten Hautton gewichen, den Margret selbst im matten Licht der Funzel nebenan wahrnahm. Die erste Sonne nach dem trüben Winter in der Heimat und der langen Zeit hier unten forderte ihren Tribut.

»Mama, sind wir wirklich bald in Philadelphia?«, fragte Isabella mit schläfriger Stimme. »Ich will Papa endlich wiedersehen. Ich freue mich so auf ihn.«

»Der Offizier, mit dem ich vorhin gesprochen habe, war sehr zuversichtlich. Er meinte, es gehe flott voran und wir müssten es in den nächsten sieben Tagen schaffen«, sagte Margret. »Das Schlimmste haben wir sicherlich überstanden.«

»Na hoffentlich. Ich kann es nicht mehr erwarten, das Schiff endlich zu verlassen.«

ZEHN

WILLIAM BROWN, NORDATLANTIK, 19. APRIL 1841, 20 UHR

Die Sonne verschwand hinter dem Horizont, der Himmel war immer noch klar, die Sterne leuchteten und spendeten dem Schiff Licht.

Auch wenn der unselige Sturm, die Wolkenberge, der hohe Wellengang und die sintflutartigen Regengüsse der letzten drei Wochen verschwunden waren, blies der Wind noch kräftig. Niemand beschwerte sich, denn dieser trieb die William Brown Meile um Meile ihrem ersehnten Ziel entgegen.

Die Segel wölbten sich stramm im Wind, und mit einer Geschwindigkeit von zehn Knoten schnitten sie durch die See in südwestliche Richtung, nur noch gut dreihundert Meilen von Neufundland entfernt.

Die Männer der Hundewache, die um acht Uhr abends begann, waren erschöpft. Das Leidige dieser Wache war die nur kurze, zweistündige Ruhephase vorher und nachher. Sie sorgte dafür, dass es eine tägliche Rotation der Wachzeiten gab, und das bedeutete, dass die zwei Wachen nicht jeden Tag zu den gleichen Uhrzeiten arbeiten mussten.

Alexander regenerierte noch immer seine Kräfte nach der knapp überlebten Strafe auf dem Fockmast drei Tage zuvor. Er hatte sich dem Todesurteil von Rhodes widersetzt und das fühlte sich wie ein Etappensieg an. Seine Knochen und Muskeln waren dennoch schwer und müde. Er hielt sich an das Angebot von Jack und den Kameraden, nur Präsenz an Deck zu zeigen und ihnen die anstrengende Arbeit zu überlassen. In den wachfreien Phasen schlief er tief und traumlos.

Die körperlichen Kräfte seiner Kameraden kannten ebenfalls Grenzen, und er war sich sicher, dass auch sie froh waren, diese Reise bald zu beenden. Der dreiwöchige Orkan hatte sie permanent auf Trab gehalten. Das Arbeiten in der Takelage und auf Deck unter diesen Umständen ermüdete noch mehr als ohnehin üblich.

Ausgerechnet Rhodes war an diesem Abend der wachhabende Offizier an Deck. Alexander ging ihm seit seiner Degradierung aus dem Weg, soweit es sich einrichten ließ. Den ganzen Tag gab Rhodes Order, die vom Sturm angerichteten Schäden am Schiff zu reparieren. Der heutige Tag ohne den hohen Wellengang und den Regen erwies sich dafür als Geschenk des Himmels. Die erforderlichen Aufgaben zur Instandhaltung arbeitete die Mannschaft unter diesen Umständen zügig ab. Niemand wusste, wie viel Zeit ihnen blieb, bevor ein neues Unwetter aufzog. Der Wechsel der Jahreszeiten zwischen Winter und Frühjahr brachte in diesen Breiten oftmals unberechenbare Wetterkapriolen mit sich. Zerfetzte Segel mussten wieder zusammengenäht, gerissenes Tauwerk gesplissen und lose Beschläge an Deck befestigt werden. Und immer noch war genug Arbeit übrig geblieben, die sie tagsüber nicht geschafft hatten und die sie jetzt bei Nacht fortführten.

Alexander betrachtete den Nachthimmel. Noch spendeten die Sterne ein zumindest spärliches Licht. Die Dunkelheit zwang ihn, das eingeschränkte Sehvermögen durch andere Sinne zu ersetzen. Ein scharfes Gehör stand jetzt an erster Stelle. Dabei zählten nicht nur die Worte der Kameraden und Offiziere, sondern vielmehr die Geräusche, die das Meer und das Schiff aussandten, die lauten ebenso wie die leisen. Er achtete auf das bedrohliche Knarzen überforderter Masten, das rhythmische Schlagen oder schrille Pfeifen des Tauwerks, je nachdem, ob es locker oder fest saß, das Flattern loser Segel, die neu getrimmt werden mussten, wenn der Wind leicht drehte.

Alexander und Jack suchten die Nähe einer Lampe am Bug, um lose Tauenden wieder zusammenzufügen.

»Hab ich mich eigentlich dafür bedankt, dass du mir neulich geholfen hast? Hättst du mir nicht die Leine zugesteckt, wär ich nach kurzer Zeit abgerauscht«, sagte Alexander.

»Yo. Iss in Ordnung. Das iss jetzt schon dein zweites Leben, kleines Stehaufmännchen. Stimmt doch, oder?«

»Jawoll. Oft will ich das Schicksal aber auch nicht mehr herausfordern.«

»Dann leg dich in Zukunft nich mit 'n hohen Herren an. Siehst ja, was hinterher rauskommt. Hast schon 'n verdammten Dickschädel in dem Alter. Rotzfrech biste.«

»Wenn du es sagst. Ich kann mein Maul halt nicht halten, wenn jemand Scheiße verzapft.« Alexander grinste.

Zuerst bildete sich nur ein Hauch von Dunst. Kaum wahrnehmbar. Ein paar unbedeutende Schleier krochen über das Wasser. Dazu gesellte sich eine durchdringende Kälte. Sie breitete sich von Minute zu Minute aus. Die Art von metallischer Kälte, die nicht der Wind in einen hineinpresste, sondern die sich langsam und mit beinahe schneidender Präzision jede Ritze im Stoff selbst suchte und zielstrebig eindrang, bis sie am Ende die nackte Haut fand.

Alexander bekam Gänsehaut und schüttelte sich, um die

Kälte abzustreifen; das Wetter drehte zweifelsohne erneut. Es konnte nur wieder schlechter werden.

»Ist dir nicht auch arschkalt?«, fragte er in Jacks Richtung.

»Yo. Das iss in der Gegend die scheißkalte Brise ausser Arktis. Musste dir halt warme Gedanken machen. Oder dir 'n Hochkaräter genehmigen.«

Alexander stellte den Kragen seiner Jacke hoch und zog das Halstuch enger. Dann spleißten sie weiter.

Die Dunstschleier verdichteten sich, die Sterne, zuvor noch scharf umrissen, verblassten zunehmend und verschwanden schließlich ganz in einer zähen Suppe aus Nebel. Alexander konnte das Achterdeck nicht mehr ausmachen, selbst der Hauptmast verlor seine Konturen. Feinste Wassertropfen setzten sich auf Kleidung und Haut.

Schschsch Schschschhhhhhhhhhhh

»Hast du das auch gehört?«, fragte Alexander.

»Nee. Weiß nich, wasde meinst.«

»Hat sich angehört wie ein Ruderboot, wenn's über Sand gezogen wird.«

Schschschschhhhhhhhhhhh

»Jetzt noch mal. Genau unter uns.«

»Jau, hast recht. Wie 'n Schiff, wenns bei Ebbe über Grund schleift. Gibt's hier Untiefen oder sowas? Du bist doch von uns beiden der Schlaukopf. Kennst die Seekarte bestimmt auswendig. Warst schließlich auf dem Kahn hier mal am Ruder.«

»So'n Bullshit! Wir sind viel zu weit vom Ufer weg, unter uns ist meilenweit nur Wasser … Verflixte Kacke, das isses! Wasser, aber gefrorenes! Eis, verstehst du? Das muss 'ne Eisscholle gewesen sein. Scheiße! Weißt du, was das bedeutet?«

»Jetz mal langsam. Ich seh hier weit und breit keine Eisbrocken schwimmen. War vielleicht nur 'n vorlauter Wal oder sowas.«

Für Alexander gab es keine Ausflüchte. Sein Instinkt

schlug Alarm, und wenn er eins wusste, dann, dass er den Instinkten vertrauen konnte.

Er rannte nach achtern, wo er Rhodes unbekümmert neben dem Steuer stehend vorfand.

»Na, Holmes, wieder einen Eisberg gesehen?«, scherzte er.

»Halten zu Gnaden, Sir, haben Sie das Rauschen am Schiffsrumpf vor wenigen Sekunden nicht gehört? Zweimal war es da!«, sagte Alexander.

»Ach Holmes, nicht schon wieder. Dir sind die Gehörgänge oben auf dem Mast eingefroren von dem kalten Wind, das ist alles. Da rauscht's dann im Hirn, wie wenn man zu viel gesoffen hat. Hast du doch nicht etwa, oder? Bei deiner Statur verträgt man nämlich nichts.«

»Mr. Rhodes, Sir, Jack hat es auch gehört. Es kann nur eine Eisscholle unter Wasser gewesen sein, über die wir geschlittert sind. Und falls es Eis war, dann ist da noch viel mehr von! Wenn wir in dem Tempo weitersegeln … Wir müssen die Segel einholen! Langsame Fahrt machen, auf Sicht fahren, Sie wissen, was ich meine … Bitte hören Sie auf mich, nur dieses eine Mal …«

»Leck mich doch am Arsch, Holmes«, schrie Rhodes mit hochrotem Kopf. Der Geifer flog wie Gischtfetzen aus seinem Maul. »Wie kann man nur so verdammt stur sein? Du gehst mir auf den Sack mit deinen verdammten Eisbergen. Dir haben doch die Engel oben auf'm Mast ins Hirn geschissen, das ist alles! Verpiss dich, geh zurück an die Arbeit oder ich reiß dich hier und jetzt eigenhändig in Stücke und verfütter dich an die Fische!«

Wie Rhodes dastand, schrie und mit den Armen herumfuchtelte, erinnerte er Alexander an Ekke Nekkepenn, das Rumpelstilzchen des Meeres aus Jacks Geschichte. Joseph Stetson, der neben den beiden am Steuer stand, drehte sich schweigend zur Seite. Er sah bemüht aus, die Szene zu ignorieren.

Es hatte keinen Zweck. Mit dem Mann konnte Alexander

nicht vernünftig reden, es war komplett sinnlos. Rhodes war so stur und unbewegt wie ein hoffnungslos verkeiltes Ruderblatt, und das befeuerte Alexanders Wut, die er jedoch nicht offen zeigen durfte. Diese Ohnmacht machte ihn unendlich müde.

Vollkommen konsterniert schlurfte Alexander zurück zu Jack, der am Bug weiterhin mit der Spleißarbeit beschäftigt war.

»Lebst ja noch«, sagte Jack mit einem spöttischen Grinsen. »Oder schickt er dich wieder rauf auf'n Mast?«

»Der hört überhaupt nicht zu. Der hat nur eins im Kopf. Sein Hirn arbeitet mit Volldampf nur in eine Richtung. Und der geht über Leichen, damit er sein Ziel erreicht. Er behauptet, gar nichts bemerkt zu haben«, entgegnete Alexander.

»Vielleicht war ja auch nix. Die andern mucksen sich auch nich, also haben se auch nix gehört. Fehlalarm. Und jetzt beruhig dich erstmal.«

Alexander schnappte sich das Tauende und das Spleißwerkzeug und nahm die Arbeit wieder auf. Der Aufenthalt oben im Fockmast hatte ihm offenbar mehr zugesetzt, als er sich eingestand. Er war dünnhäutig geworden, hatte an Gelassenheit eingebüßt, ebenso den Glauben an das Gute. Das ärgerte ihn. Wo war der zuversichtliche Alexander Holmes, der gerne nach vorne schaute? Der versuchte, mit Witz und freundlichen Worten das Leben zu meistern?

Er sah in sich heute eher eine altersschwache Qualle, die sich im Meer hin- und hertreiben ließ und auf Gedeih und Verderb darauf angewiesen war, was die Strömung mit ihr anstellte oder ihr zutrieb.

Er fragte sich mittlerweile, ob er für die Seefahrt überhaupt geeignet war. Es war das erste Mal in seinem Leben, dass er daran zweifelte.

∽

Francis stand wie festgeschraubt auf dem Achterdeck und atmete fünf Mal tief ein und aus. Stetson klammerte sich verkrampft am Steuerrad fest und schien sich weiterhin redlich zu bemühen, von dem Vorfall nichts bemerkt zu haben.

Genug der frischen Luft, er musste erst einmal runterkommen, ins Lot finden, und deshalb zog er sich in seine Kajüte zurück. Er entledigte sich der Stiefel und ließ sich mit Schwung in die Koje fallen. Im Regal daneben wartete Francis' Privatration an erstklassigem philippinischen Rum, abgefüllt in einer silbernen Trinkflasche mit fein ziselierten Mustern und einer persönlichen Gravur. Der Rum war zehn Jahre im Fass gereift, umschmeichelte weich und rund den Gaumen und verabschiedete sich im Abgang mit einer warmen Vanillenote. Francis bediente sich großzügig.

Er ärgerte sich über zweierlei. Erstens über diesen impertinenten Unruhestifter, der es mit seiner sturen Art schon wieder geschafft hatte, ihn aus einer gerade verlaufenden Bahn zu bringen. Francis kam sich dank Holmes vor wie ein Pendel, das ursprünglich beherrscht vor- und zurückschwingt und dann einen Drall von der Seite versetzt bekommt und erstmal eine Weile schlingert, bevor sich ein neues Gleichgewicht einstellt.

Warum war der Zwerg nicht einfach von der Rah gefallen, verdammt noch mal? Ein zäher Hund war das. Als Kapitän hätte er ihn ohne Umwege offiziell an eben jener Rah aufhängen lassen. Wäre ein vortreffliches Exempel für die Mannschaft gewesen.

Aber Kapitän Harris' Hoheitsgewalt verhinderte solche Pläne. Von den Vorfällen hatte der schließlich nichts mitbekommen. Und das war gut so.

Das Zweite, über das er sich mindestens genauso ärgerte, war die Figur, die er selbst abgab. War er denn nicht Manns genug, den Kerl an sich abprallen zu lassen? Warum regte er sich überhaupt auf? Es gab objektiv betrachtet keinen Grund.

Alles lief bestens. Jeder Fetzen Segel war gesetzt und stramm getrimmt, das Schiff sprintete mit Höchstgeschwindigkeit durch die Wellen. Der Wind stand günstig und sein ambitioniertes Ziel war zu schaffen, trotz der Kurskapriolen, die Holmes ausgelöst hatte.

Alles war vortrefflich und exakt so, wie es sein sollte. Francis musste sich auf die Fakten und erreichten Etappenziele konzentrieren, sich beruhigen und den Blick nach vorne richten. Darauf kam es an. Das Ziel nicht aus den Augen zu verlieren.

Eleanora kam ihm in den Sinn. Er ertappte sich dabei, wie er immer wieder an dieses Weib in Liverpool dachte. Wurde er jetzt langsam alt und sentimental? Er gestand sich ein, eine gewisse Zuneigung zu ihr zu empfinden. Liebe konnte es nicht sein. Das war ein Begriff, der von den Schreiberlingen oder Romanciers, wie sie sich nannten, erfunden worden war, um ihre Storys in den Zeitungen und Büchern besser verkaufen zu können.

Er empfand Zuneigung zu ihr. Das war fürs Erste ausreichend und eine Eheschließung wäre durchaus vernünftig. Ihr Vater, der Priester, verfügte über einen gewissen Einfluss in Liverpool. Seine Gemeinde war groß und er kannte eine Menge Leute, auch aus der Schifffahrtsbranche. Das könnte nützlich sein. Und manche Freiheiten hätte er weiterhin, auch als verheirateter Mann. Als Kapitän war man zumeist auf See, zuweilen über ein Jahr am Stück. Zu Hause wäre er somit ohnehin nur selten. Wie sein Vater damals. Sie würde sich in dieser Zeit um die Kinder und den Haushalt kümmern und ihm einen gebührenden Empfang bieten, wenn er doch mal nach Hause kam.

Er bettete seinen Kopf in das Kissen und genehmigte sich ein kurzes Schläfchen.

ELF

WILLIAM BROWN, NORDATLANTIK, 19. APRIL
1841, 21 UHR

Der ungeheure Krach, der vom Bug des Schiffes ausging, war vergleichbar mit einer dicken alten Eiche, die vom Blitz getroffen wurde und in der Mitte auseinanderbrach.

Die Druckwelle schüttelte die William Brown wie ein fatales Erdbeben bis in die kleinsten Holzfasern der Deckplanken und Masten.

Alexander und alle Matrosen, die an Deck standen, wurden durch den Stoß von den Füßen gerissen und über die Planken zum Bug katapultiert. *Verdammte Scheiße, also doch,* war das Erste, was Alexander durch den Kopf schoss, bevor er reflexartig eine Leine griff und sich an ihr festkrallte. Ein heißer Schmerz fraß sich durch seine Haut an den Händen, als hätte er ein glühendes Eisen angefasst. Alles, was an Deck nicht befestigt war, schoss nach vorne wie von einem Katapult geschleudert und verfing sich dort in der Reling oder dem Tauwerk. Der Rest flog in hohem Bogen ins Meer. Einzelne Leinen der Takelage rissen mit einem Peitschenschlag und regneten auf das Deck wie vom Himmel fallende Schlangen.

Endete ihre Reise hier, mitten im eiskalten Nordatlantik, hunderte Meilen entfernt vom rettenden Festland, vollkommen hoffnungslos? Todesangst ergriff Alexander, stärker noch als oben am Masttop vor wenigen Tagen. Diesmal gab es keine rettende Leine, die ihnen jemand noch schnell zusteckte.

Jack, der kurz zuvor neben ihm gestanden hatte, knallte mit seinem Schädel voran gegen die Reling und blieb regungslos liegen.

Innerhalb eines Wimpernschlages war das Schiff aus voller Fahrt zum Stehen gekommen.

Eine vollkommene Ruhe, eine übernatürliche Lautlosigkeit senkte sich über sie. Alexander setzte sich aufrecht auf die Planken und ließ die Leine los, die er noch verkrampft in der Hand hielt. Vor seinen Augen drehte sich das ganze Schiff, er fühlte sie wie betäubt. Das Herz raste und er zwang sich, ein paar Mal hintereinander ruhig tief ein- und auszuatmen. Es kam ihm vor, als verharrte die Welt für endlose Sekunden in andächtiger Totenstille. Er hörte kein Schlagen und Rauschen der Wellen, kein Pfeifen des Windes in der Takelage, kein Knarzen des Holzes. Die Segel hingen schlaff an den Masten herab, als hätten auch sie die Orientierung verloren.

Keiner der Kameraden sagte ein Wort.

Aus einer Platzwunde an der linken Stirn quoll Blut hervor und rann über Alexanders Gesicht, er spürte keinen Schmerz. Er schöpfte mit beiden Händen Eissplitter und Eisbrocken, die überall um ihn herum auf dem Deck verstreut lagen, und ließ sie ungläubig vor seinen Augen wieder auf die Planken fallen.

Ich hab's doch geahnt, ich hab's doch gesagt und das verbohrte Arschloch hat's nicht glauben wollen!

Wut packte Alexander, unsägliche Wut. Auf Rhodes, der ihm nicht hatte zuhören wollen, auf die Fehleinschätzung vom Captain, der seinem Steuermann blind vertraut hatte, sich anscheinend nicht mehr für das Schiff interessierte, und zuletzt auf ihn selbst, weil er nicht noch mehr unternommen hatte, als er die ersten Warnsignale wahrgenommen hatte. Das war gerade erst eine halbe Stunde her, könnte er doch nur die Zeit zurückdrehen!

Rhodes kam von achtern herangerannt, wobei er sich fuchtelnd seinen Mantel anzog.

»Mitkommen!«, befahl er Alexander im Lauf.

Sie stiegen durch die vordere Luke hinunter, die zu dem kleinen Raum in der Bugspitze führte, der der Mannschaft als Schlaf- und Essenraum diente. Hier regierte das Chaos. Die schlafenden Matrosen waren aus ihren Hängematten geschleudert worden, sie rieben sich verwundert die Augen oder hielten sich geprellte Glieder. Taschen, Kisten, Teller, Becher, Besteck, Flaschen, deren Scherben und der ganze andere Kram lagen wahllos verteilt auf dem Boden.

Rhodes schnappte sich im Vorbeigehen eine Handlampe und öffnete eine weitere schmale Klappe, die in den Boden eingelassen war und zum Frachtraum ganz unten im Schiff führte. Nacheinander kletterten sie hinunter.

An zwei mannshohen Rissen war die Rumpfhaut am Bug sowohl backbord als auch steuerbord eingedrückt und stellenweise geborsten. Das todbringende Verhängnis schoss direkt auf sie zu und sammelte sich in dem Hohlraum.

Bis an die Knöchel reichte ihnen das Wasser bereits. Somit war klar, dass die Bilge darunter, der tiefste Punkt des Schiffes, bereits vollgelaufen sein musste. Bei der Geschwindigkeit, in der das Schiff volllief, fragte sich Alexander, ob es überhaupt zu retten war. Übelkeit übermannte ihn, drohte ihn zu lähmen. Schlaff und stumm stand er neben Rhodes, bevor ein Gedanke in ihm keimte, rasch wuchs, von ihm Besitz ergriff und ihm eine ungeahnte Kraft verlieh: *Ich will nicht sterben! Nicht hier auf diesem gottverfluchten Schiff!*

»Holmes, ran an die Pumpen, ich hol Verstärkung!«, rief Rhodes.

Alexander zögerte keine Sekunde und stürzte sich, getragen von der neuen Kraft, auf die ihm am nächsten gelegene Lenzpumpe.

Es war ein ausladender, plumper Apparat von der Bauart eines einfachen Blasebalges. Zwei Holzbretter waren über eine zwischen ihnen liegende Lederblase verbunden. Er stellte sich auf das untere Brett, das zu seinen Füßen an den Planken verschraubt war. Mit beiden Händen packte er eine Stange, die das obere Brett auf und ab bewegen sollte.

Alexander presste sein ganzes Gewicht auf die Stange, um den Mechanismus in Gang zu setzen, dennoch rührte sie sich keinen Zoll. Er rüttelte an ihr, sprang mehrfach auf sie drauf, und dann endlich, nach einem Dutzend vergeblichen Versuchen, bewegte sich das obere Brett. Zunächst nur ganz langsam und unter maximaler Kraftanstrengung. Er alleine würde nicht in der Lage sein, die Prozedur eine längere Zeit durchzuhalten.

Der Schmerz meldete sich in seinen strapazierten Knochen und Muskeln zurück. Sie waren seit dem Ausflug auf den Mast noch nicht vollständig wiederhergestellt. Die neu anflutende Kraft im Blut drängte den Schmerz jedoch erfolgreich zurück und trieb ihn zur Höchstleistung an.

Wenige Minuten später war er außer Atem und schwitzte, als vier Kameraden die Leiter heruntersprangen. Das Wasser reichte ihm mittlerweile trotz seiner Anstrengungen über die Knöchel hinaus.

Die Matrosen Isaac Freeman und William Miller übernahmen die andere Lenzpumpe auf der Backbordseite. Zu zweit gestaltete sich das kraftzehrende Pumpen deutlich leichter und schneller.

Charles Smith und Joseph Stetson, der das Ruder verlassen hatte, traten an ihn heran.

»Iss gut, Alexander, wir machen weiter«, sagte Joseph.

Alexander war froh, diese Hölle verlassen zu können, und gleichzeitig beruhigt, dass jetzt vier kräftige Männer die Pumpen übernahmen. Das sollte ihnen Zeit verschaffen.

Er durchquerte das Mannschaftsdeck, in dem es wie nach einer verlorenen Schlacht aussah. Die Jungs waren mittlerweile alle an Deck. Er stieg die Holztreppe weiter hoch, durch die Luke ins Freie und zurück in die kalte neblig-feuchte Nacht.

Jack saß noch immer an die Reling gelehnt, er presste einen blutigen Lumpen an den Kopf.

»Hörstes auch?«, murmelte er vor sich hin, ohne ihn direkt anzusehen.

»Was denn?«, fragte Alexander.

»Das Schiff ... alle Geräusche sind weg, 's iss vollkommen still.«

»Klar, Mann. Der Scheiß-Eisberg hat uns komplett gestoppt. Wir machen kein Zoll Fahrt mehr.«

»Das mein ich nich. Das Holz! Im Schiff selbst, im Rumpf ... in den Masten. Nix. Stille. Kein Mucks. Da iss kein Klopfen oder Hobeln mehr! Verstehste?«

»Yo, Jack. Beruhig dich mal, die Lage ist ernst, klar, aber wir kriegen's schon wieder hin.«

»Ich hab ihn grad gesehn, leibhaftig. Mit eignen Augen. Scheiße, zum ersten Mal in meim Leben. Ich, 'n einfacher Matrose. Verstehste, was das heißt? Der kam da aus der Luke, wo du auch grad rausgekommen bist, der war doch vor dir – haste'n nich gesehn? Er hatt 'ne Seemannskiste in der einen Hand und 'nen Hammer in der anderen. Im Mund die Pfeife. Genau, wie's immer erzählt wird. Es stimmt alles! Rote Haare und grüne Zähne hatter auch gehabt, verstehste? Es stimmt alles!«

»Der Klabauter? Jack, was für ein Bullshit! Du bist mit der Birne aufgeschlagen. Dir sind die Lichter eben ausgegangen.«

»Er weiß es genau. Lange vor uns.«

»Was denn?«

»Dass es vorbei iss. Dass es an der Zeit iss, das Schiff zu verlassen ... dann geht er von Bord. Als Erster!«

Alexander legte die Stirn in Falten und glotzte ihn ungläubig mit offenem Mund an. Offenbar resigniert winkte Jack ab, ließ die Hände in den Schoß fallen und senkte den Kopf.

Die Bootsmannspfeife schrie glasklar, hell und unüberhörbar durch die Nacht und zitierte alle verfügbaren Männer an Deck.

Kapitän Harris stand in voller Montur auf dem Achterdeck. Die Ansage war ruhig und klar. Einen späteren Zeitpunkt zur Ausübung seines Kommandos hätte er wahrlich nicht wählen können.

»Miller-zwo, wählen Sie fünf Mann, sofort rauf auf die Masten und alle Segel einholen, wir dürfen keine Fahrt mehr machen. Norton, Sie übernehmen das Steuer und drehen das Schiff bei. Marshall, Sie gehen runter zu den Passagieren. Sagen Sie ihnen, dass alles in Ordnung ist und dass wir die Lage im Griff haben. Und kein Wort zu viel! Die Leute haben unten in ihren Kojen zu bleiben und sich ruhig zu verhalten. Sie sorgen dafür, dass keine Panik ausbricht, verstanden? Parker, Sie kontrollieren die Arbeiten an Deck und übernehmen die Verantwortung hier oben, während Rhodes und ich den Schaden begutachten. Holmes, Sie kommen auch mit.«

Ohne die Bestätigung seiner Anweisungen abzuwarten, setzte er sich in Bewegung, Rhodes und Alexander folgten ihm zum Bug. Die Matrosen schwärmten aus und befolgten ihre Befehle.

Bevor Harris erschienen war, hatte an Deck eine konfuse und unproduktive Wirrnis geherrscht, was Alexanders Angst verstärkt hatte. Jetzt gab es endlich klare Ansagen von einem erfahrenen Mann. *Der alte Hase weiß genau, was zu tun ist.*

Das spendete ihm Mut und setzte weitere Kräfte frei. Er hoffte, dass es ausreichte, dass es nicht schon zu spät war.

∼

Bei der ungeheuerlichen Erschütterung des Schiffes waren die meisten Passagiere aus den Kojen geschleudert worden und zwei oder drei Abteile weiter bugwärts gelandet. Margret und Isabella hatten insofern Glück gehabt, als dass sie nur heftig gegen die benachbarte Holzwand des Zwischendecks geprallt waren.

Schreie hallten durch den Raum, es krachte und knallte. Leiber und Gepäck schossen über den Boden. Die Lampen, die ohnehin nur ein spärliches Licht spendeten, fielen aus ihren Halterungen. Glücklicherweise verloschen sie sofort, ohne die Holzplanken in Brand zu stecken. Es war jetzt stockdunkel hier unten, was das Gehör noch verschärfte. Nachdem der Krach durch geborstenes Holz, die Schreie und das Gepolter herumfliegender Gegenstände verstummt war, breitete sich eine beklemmende Stille in der Düsternis aus, die Margret als ebenso furchteinflößend empfand wie den Lärm.

»Was war da los, Mama?«, flüsterte Isabella.

»Keine Ahnung. Klang wie eine Kollision, vielleicht sind wir mit einem anderen Schiff zusammengestoßen. Warte hier, ich seh mal nach«, sagte Margret betont ruhig, sie bemühte sich, ihre eigene Angst vor der Tochter nicht preiszugeben.

Sie zog hastig Mantel und Schuhe an. Eine beklemmende Panik schnürte ihren Brustkorb zu, sie versuchte energisch, gegen dieses Korsett anzuatmen, dann stand sie auf und tastete sich den Mittelgang entlang in Richtung Ausgang. Unter ihren Sohlen knirschten Glasscherben. Sie stolperte über mehrere Menschen, die auf dem Boden lagen. Je näher sie dem Ausstieg kam, umso beißender verspürte sie den stechenden Ammoniakgeruch, der sich von den Fäkalien des umgestürzten Latrineneimers ausbreitete.

Margret stieg die Stufen hoch, öffnete vorsichtig die Luke und streckte ihren Kopf hinaus. Sie sah umherhastende Matrosen. Niemand redete, alle schienen beschäftigt, rannten kreuz und quer über Deck wie Karnickel auf der Flucht. Dieser Anblick bestätigte das fürchterliche Gefühl, dass etwas Schreckliches passiert war.

Der Kapitän betrat das Achterdeck. Es war das erste Mal nach der Bestattung von Mary Asken, dass sie ihn in Aktion sah. Margret blickte in sein ernstes Gesicht, das von einer flackernden Deckslaterne angeleuchtet wurde. Harris' Körperhaltung signalisierte Selbstsicherheit. Was er genau rief, konnte sie nur bruchstückhaft hören, es schienen Befehle für die Matrosen zu sein.

Als sie den Steward wenige Augenblicke später auf sich zukommen sah, schloss sie rasch die Luke und kletterte die Stufen wieder hinunter.

Kurz nach ihr folgte Marshall mit einer Lampe in der Hand. Am unteren Absatz des Niedergangs blieb er stehen. Sein Gesicht war kreidebleich und eingefallen, die Körperhaltung gebückter als sonst. Er räusperte sich mehrmals und sprach dennoch mit gebrochener Stimme.

»Der Kapitän lässt Ihnen ausrichten, dass alles in Ordnung ist und Sie sich keine Sorgen machen sollen. Die Mannschaft hat die Lage vollkommen im Griff und Sie sollen in Ihren Kojen bleiben und auf jeden Fall Ruhe bewahren.«

»Was war das eben für ein Krach? Ich dachte schon, das Schiff bricht entzwei«, fragte Bridget.

»Ich darf Ihnen jetzt nich mehr sagen. Es iss alles in Ordnung.«

»So ein Bullshit! Ich glaub ihm kein Wort! Und wenn's eine Kollision war und wir alle absaufen und verrecken?«, fragte George, Bridgets Onkel.

»Dann sag ich's halt nochmal, wenn Sie mir nich glauben,

verdammt noch eins. Der Captain hat gesagt, dass ich sagen soll, dass alles in Ordnung iss und die Mannschaft alles im Griff hat«.

»Gut, dann dürfte es auch kein Problem sein, wenn ich mir jetzt selbst ein Bild mache, mich oben an Deck umsehe und mit dem Kapitän persönlich rede. Treten Sie zur Seite, Steward!«, sagte Margret und schritt resolut auf ihn zu.

Er bewegte sich keinen Deut und blockierte weiterhin den Ausstieg. In Margret kochte es. *Hier ist etwas komplett faul, der will uns nur hinhalten!* In ihrer Wut wollte sie ihn einfach wegschieben, er hatte jedoch mehr Kraft und stieß sie zurück.

»Tut mir leid, Ma'am. Ausdrückliche Anweisung des Captains. Sämtliche Passagiere haben unter Deck zu bleiben, bis es weitere Orders gibt.«

»Ich danke Ihnen vielmals für Ihr ehrliches Verhalten, Steward! Es spiegelt offenkundig exakt das wider, was es ist: den Ernst der Lage. Und die scheint ganz beschissen zu sein, sonst müssten Sie nicht hier den Wachhund spielen«, sagte sie. »Verzeihen Sie bitte meine rüde Ausdrucksweise.«

Margret stampfte zurück zu Isabella. Unterwegs packte jemand kräftig ihren Oberarm und hielt sie fest.

»Miss Edgar, was ist da los? Sie waren doch oben und haben durch die Luke geschaut?«

Sie erkannte die Stimme von Nicholas Carr, der mit seiner Frau und fünf Kindern in der Mitte des Zwischendecks hauste. In seiner Ansprache schwang pure Angst mit.

»Ich konnte nicht viel sehen, dafür war es zu dunkel. Wenn Sie mich nach der Wahrheit fragen ... Ich befürchte das Schlimmste.«

»So 'ne verdammte Scheiße, ich hab's mir gleich gedacht! Männer, wir müssen was unternehmen, wenn die nichts machen und uns hier unten verrecken lassen.«

Margret riss sich los. Sie musste zunächst ihre Gedanken sortieren. In Panik zu geraten, hatte noch niemandem geholfen. Auf dem weiteren Weg zurück kam ihr eine Ratte entgegengelaufen. Sie fiepste und rannte an ihren Füßen vorbei in Richtung Heck.

∼

Schwer schnaufend kam Kapitän Harris mit Rhodes und Alexander im Schlepptau im untersten Deck an. Er hatte sich schon lange nicht mehr so viel und vor allem schnell bewegt. Bedingt durch seine Körperfülle passte er nur mit Mühe durch die schmale Luke zum Frachtraum.

Keuchend standen vier Matrosen an den Pumpen, Schweiß lief ihnen an Stirn und Wangen herunter, das Wasser reichte mittlerweile bis zur Mitte der Unterschenkel. Ein kalter salzig-feuchter Nebel hing in der Luft und das Unheil schoss erbarmungslos aus den zwei gewaltigen Lecks in der Schiffswand.

»Grundgütiger«, war das Einzige, was Harris hervorbrachte. Kopfschüttelnd stand er da und sagte für ein paar Sekunden gar nichts. Leckagen hatte er seit seinen Anfängen als Matrose schon viele gesehen. Nach Kollisionen mit anderen Schiffen, durch das Schrammen des Holzes über versteckte Riffs unter der Wasseroberfläche oder durch minderwertiges Baumaterial, das irgendwann – meist weit draußen auf hoher See – den Geist aufgab. Immer hatten sie die Schäden beseitigen können, immer waren sie dem Schnitter von der Sense gesprungen. Doch jetzt bekam er beim Anblick der gewaltigen Risse zum ersten Mal das beklemmende Gefühl, dass es nicht reichen könnte, dass sie aus der Misere nicht mehr heil rauskamen.

»Wahrhaft, eins dieser Lecks wäre schon eine gewaltige Herausforderung, doch gleich zwei ... Ist denn schon jemand mit einem Reparaturversuch beauftragt, Rhodes?«

»Nein, Sir. Aber unter uns: Macht das überhaupt noch Sinn in Anbetracht dieser ...?«

Unter enormem Druck schoss die See ins Innere, als hätte sie es eilig, sich das Schiff einzuverleiben. Der Lärm der Fontänen durch ihr Spritzen und Zischen war ohrenbetäubend laut und Harris konnte dabei zusehen, wie schnell das Wasser stieg. *Will Rhodes wirklich kampflos aufgeben?* Harris schrie ihm entgegen: »Es macht absolut Sinn, ums beschissene Überleben zu kämpfen, Rhodes! Das ganze Leben ist ein einziger beschissener Kampf und er ist an dieser Stelle noch nicht beendet.« Er sammelte sich und fuhr mit beherrschter Stimme fort: »Ob wir es am Ende schaffen, weiß ich auch nicht. Ich lege aber keinerlei Wert darauf, mich in eine verdammte Nussschale zu zwängen und dann damit abzusaufen. Ich will nicht der Versager sein, der die William Brown verloren hat. Sie etwa, Rhodes? Versuchen wir jetzt, das Schiff zu retten. Holmes, suchen Sie sich alle brauchbaren Männer und stopfen Sie diese verdammten Löcher! Lassen Sie sich was einfallen, alles ist erlaubt! Von außen, von innen, mit kalfatertem Segeltuch. Schaffen Sie Bretter bei und nageln Sie alles zu!« Harris' Aufmerksamkeit richtete sich auf seine Männer an den Lenzpumpen.

»Halten zu Gnaden, Sir, ... bitte schicken Sie uns mehr Männer, die uns an den Pumpen helfen, dann können wir uns abwechseln. Alleine können wir das Tempo hier nicht ewig bringen«, sagte Freeman. Er keuchte und bei jedem Atemzug pfiff es aus seiner Lunge.

»Rhodes, verschwenden wir unsere Matrosen nicht an den Pumpen. Wir brauchen sie dringender an Deck und zur Reparatur des Schiffs. Suchen Sie vier stämmige Männer unter den Passagieren für die Arbeit hier unten aus und bringen sie sie her.«

∽

Die Reparatur der leckgeschlagenen William Brown war eine Tätigkeit, mit der keiner der an Bord befindlichen Matrosen übermäßige Erfahrung hatte. Nur größere Schiffe, insbesondere die der Marine, heuerten einen Zimmermann an, der mit den ihm zugewiesenen Männern alle Arten von Instandsetzungen ausführte. Sei es der Umbau von Kajüten, der Ersatz von im Sturm gebrochenen Masten oder eben die Reparatur größerer und kleinerer Leckagen.

An Bord der William Brown gab es keinen teuren Zimmermann, sie war zu klein und zu unbedeutend, zumal das Unterfangen auf Profit getrimmt war.

Alexander kannte die Reparaturmöglichkeiten nur vom Hörensagen. Seine Kameraden hatten sich die Geschichten anderer Schiffskatastrophen erzählt. Ob sie hier vor Ort ausreichten? Er selbst hatte zuvor nur kleinere, unbedeutendere Ausbesserungen ausgeführt.

Er wusste von wenigstens drei Möglichkeiten, Leckagen zu reparieren. Am elegantesten war es, das Leck von außen zu verschließen, indem man Holzbretter auf den Schiffsrumpf nagelte. Der Druck des Wassers presste die Bretter zusätzlich an den Rumpf und stabilisierte dadurch die Konstruktion. Hierfür brauchte man ein erfahrenes Team, ansonsten war das Hantieren außerhalb des Schiffes ober- und unterhalb der Wasseroberfläche eine gefährliche Angelegenheit. Die nächste Variante war zwar deutlich schneller auszuführen, aber instabiler: das Zunageln des Lecks durch Bretter an der Innenseite. Diese Arbeit konnte man vom Schiffsinneren aus erledigen, solange das Wasser nicht zu hoch gestiegen war. An eine dritte Variante erinnerte sich Alexander aus anderen Schilderungen. Sie klang zwar kurios, jedoch vielversprechend, und Kapitän Harris hatte sie eben kurz erwähnt. Man nahm Segeltuch und tränkte es mit Teer, den man zum Kalfatern nutzte. Er wurde in Fässern auf jedem Schiff mitgeführt. Diese teergetränkten Stoffballen versuchte man mit Seilen von außen in das Leck zu manövrieren. Durch den Sog des eindringenden Wassers wurde der Stoff hineingedrückt und verstopfte das Loch. Auch wenn es behelfsmäßig klang, könnte es ihnen die nötige Zeit einräumen, die sie brauchten, um das nächstgelegene Land - Neufundland - anzusteuern.

»Hey, Jack, bist du wieder zu was zu gebrauchen?«, fragte Holmes. »Ich such noch Leute, die mir helfen, das Schiff zu flicken.«

»Er iss weg, Mann! Da macht's gar keinen Sinn mehr, sich Mühe zu geben ...«, sagte Jack.

»Bullshit! Auf geht's«, erwiderte Alexander und zerrte ihn auf die Füße.

Was für ein verfluchter Mist. Jetzt musste Rhodes auch noch persönlich in das Rattenloch zu den Passagieren hinuntersteigen, er hatte auf die Schnelle keinen freien Mann an Deck gefunden. Alle waren beschäftigt. Es war das erste Mal, dass er sich in diesen Vorhof zur Hölle wagte, aber es handelte sich um einen Notfall. Außergewöhnliche Umstände erfordern eben außergewöhnliche Maßnahmen, das war wie im Krieg.

Er öffnete die Luke mittschiffs und tauchte in den Hades des Zwischendecks ein. Stickiger Mief empfing ihn wie in einem Schweinestall, der nie ausgemistet wurde, und ihm wurde speiübel.

»Mein Name ist Rhodes. Ich bin hier der Erste Offizier der William Brown und ständiger Vertreter des Kapitäns. Ich benötige umgehend vier kräftige Männer zum Betätigen der Lenzpumpen im Frachtraum. Gibt es Freiwillige?«

»Pumpen? Bedeutet das, das Schiff ist leckgeschlagen und geht unter?«, fragte die vorlaute Frau, die sich gestern auf das Achterdeck verlaufen hatte.

Verflucht noch eins. Er musste sich jetzt zusammenreißen und sein Hirn einschalten. Die Schweine wussten nichts von den riesigen Löchern und den Wassermassen, die einströmten.

Die Frau hatte mit ihrer blöden Frage einen kleinen

Tumult ausgelöst. Überhaupt konnte er die Anspannung hier unten beinahe mit Händen greifen. Die ganze Meute drängte nun in Richtung Treppe. Er und Marshall hielten sie nur mit Mühe zurück. Rhodes blies in seine Pfeife, was ihm eine Pause und damit Gehör verschaffte.

»Ladys und Gentlemen! Bitte bewahren Sie Ruhe! Es gab vorhin in der Tat einen als unbedeutend einzustufenden Kontakt mit einem Eisberg und dadurch haben sich einzelne Bretter des Schiffsrumpfes verschoben. Es läuft in der Folge etwas mehr Wasser in die Bilge als gewöhnlich. Zur Entlastung der Matrosen, die mit der Instandhaltung des Schiffes betraut sind, benötigen wir vier tüchtige Männer, die vorübergehend an den besagten Pumpen arbeiten. Ein reiner Routinevorgang, ich sagte es bereits. Unser erfahrener Schiffszimmermann und seine Mannschaft kümmern sich unterdessen um die Einrichtung der verschobenen Planken, damit wir die Reise alsbald fortsetzen können.«

Es kehrte kurz Ruhe ein, nicht nur bei den anderen. Rhodes konnte mit seiner Art überzeugen, wenn es drauf ankam. Sonst hätte er es nicht so weit gebracht. Und würde es künftig nicht so weit bringen. Wie leicht es doch war, der tumben Masse etwas vorzumachen. Auf das richtige Auftreten und die passende Ansprache kam es an. Und das war ihm Gott sei Dank in die Wiege gelegt worden.

»Die Frauen und Kinder begeben sich bitte zurück in ihre Kojen und die Herren treten zu mir vor.«

Rhodes hielt eine Handlampe in die Höhe, um die Qualität der vor ihm stehenden Männer besser einschätzen zu können, und wählte vier von ihnen aus. Sie schienen einerseits von der körperlichen Statur her geeignet, wirkten andererseits auch einfältig genug, um keine Fragen zu stellen.

Der erste Kandidat hatte eine athletische Figur, kräftige rote Wangen und einen gutmütigen Dackelblick. Der zweite war eher stämmig und gedrungen, erinnerte Francis jedoch an einen zähen Jagdhund. Er würde sich an der Pumpe festbeißen, wenn er merkte, dass es um sein Leben, das der Gattin und seiner zahlreichen Kinder ging, die er sehr wahrscheinlich dabeihatte. Der dritte Auserwählte zeigte Rhodes eine wutverzerrte Fratze, spukte demonstrativ auf den Boden und schnaufte verächtlich. Er sah aus wie ein Tiger, der kurz vor dem Sprung darauf lauerte, ihn anzufallen. An der Pumpe wäre er aus dem Verkehr gezogen und würde hier bei den anderen keinen Schabernack anstellen. Der vierte Mann sah aus wie einer von dieser Sorte, die in England oder sonst wo etwas ausgefressen hatten und sich jetzt aus dem Staub machten. Seine Gesichtszüge waren kantig, der Blick finster entschlossen. Rhodes war überzeugt davon, dass er in seinem bisherigen verkorksten Leben einiges wieder gut zu machen hatte, und somit stellte das Pumpen eine vortreffliche, womöglich letzte Chance für ihn dar. Eine Art Abbitte für das vorherige sündige Leben.

»Auf geht's, Männer. Es gibt keine Zeit zu verlieren. Alle anderen bleiben unten, legen sich entspannt in ihre Kojen und rühren sich nicht. Mr. Marshall wird hier an der Treppe stehen bleiben und dafür sorgen, dass meine Regeln befolgt werden.«

Alexander trieb außer Jack nur einen weiteren Matrosen für das Himmelfahrtskommando auf. Zu dritt stellten sie sich der Aufgabe, die beiden riesigen Lecks in der Schiffshaut zu reparieren. Oder zumindest so weit zu verkleinern, dass wenigstens ein Gleichgewicht zwischen eindringendem und gelenztem Wasser entstand. Es ging darum, Zeit zu gewinnen. Zeit war jetzt ihr kostbarstes Gut. Möglich, dass Jack recht hatte und der Klabauter das Schiff schon verlassen hatte. Alexander wollte jedoch nicht aufgeben.

Sie sammelten alle verfügbaren losen Bretter und Segelstoffe samt einer Werkzeugkiste mit Hammer und Nägeln ein. Ein Fass mit Teer fanden sie ebenso in einem Winkel des Frachtraumes, was eine gefühlte Ewigkeit dauerte, denn er war mittlerweile bis zu ihren Knien überflutet. Das Wasser floss von oben in ihre Stiefel.

Die Kameraden an den Pumpen gaben ihr Bestes, dennoch waren ihre Mühen vergeblich. Er konnte zusehen, wie der Pegel im Raum stieg. Noch nicht einmal einen Bruchteil des hereinströmenden Wassers schienen sie wieder nach draußen zu befördern. Sie stöhnten und keuchten dermaßen, dass das Ende ihrer Kräfte nur eine Frage der Zeit war. Sie benötigten dringend Unterstützung oder Ablösung.

Die Herausforderung der Reparaturarbeit bestand nicht nur in der Länge der geborstenen Planken, sondern auch darin, dass es gleich zwei ähnlich verhängnisvolle Schadstellen gab. Sie beschlossen, zuerst mit dem Loch auf der Steuerbordseite anzufangen. Es schien das etwas größere zu sein. Zunächst nagelten sie, am unteren Ende des Risses beginnend, ein Brett über das andere quer auf die defekte Stelle. An den Seiten trieb Alexander sicherheitshalber mehrere Nägel in das Holz. Seine beiden kräftigen Kameraden pressten es mit ihrem ganzen Körpergewicht gegen die mit großem Druck hereinspritzenden Fluten.

Als sie damit fertig waren, stellten sie enttäuscht fest, dass sich der Strom nur geringfügig verlangsamt hatte. Der Druck war immens, er drückte das Wasser jetzt zwischen den schmalen Ritzen der aufgenagelten Bretter hindurch, was zur Folge hatte, dass die Wasserfontänen weit in den Frachtraum und in alle Himmelsrichtungen spritzten. Die Männer an den Pumpen waren klatschnass und fluchten.

»Wartet ab, Leute. Wenn wir erstmal die Risse von außen mit dem Segeltuch abgedichtet haben, wird's bestimmt besser«, sagte Alexander.

Zuvor wollte er sich noch um das zweite Leck an der Backbordseite kümmern, stellte jedoch fest, dass sie nicht mehr genügend Bretter hatten. Sie mussten zuerst weiteres

Holz auf dem Schiff zusammensuchen, und wenn er dafür die Kajüte des Captains eigenhändig auseinandernehmen musste.

»So weit, so gut. Kommt, wir gehen nach oben und machen erstmal von außen mit dem Abdichten weiter. Nehmt den Stoff und das Teerfass mit.«

Im Zwischendeck angelangt, kam ihnen Rhodes mit vier Passagieren entgegen, die die Kameraden an den Pumpen ablösen sollten.

»Ach du heiliger Bimbam! Das hier unten iss ja der Scheiß-Vorhof zur Hölle! Wir saufen ab und du Arschloch erzählst uns das Märchen vonner *Berührung* mit irgendwas!«, hörte Alexander einen der Männer schreien, bevor er das Deck erreichte.

Sie breiteten eine große Bahn Segeltuch auf den Planken aus und öffneten das Teerfass. Darin schwappte eine dunkelbraune, leicht zähe Flüssigkeit, die unmittelbar nach dem Öffnen einen penetranten Geruch nach verbranntem Holz und Rauch verströmte.

Jack klatschte den Teer halbwegs gleichmäßig auf dem Stoff, bis das Fass leer war. »Mann, bei dem Geruch krieg ich immer Hunger. Das Zeugs hier riecht extrem nach Schinken. Mein Großvater hatte in Kanada 'ne Räucherkammer. Da hat er mich manchmal mit reingenommen. Das war der beste Schinken, den ich je gegessen hab«, sagte er, grinste und leckte sich über die Lippen.

Wenn der alte Piratenkopp wieder ans Essen dachte, konnte es ihm nicht mehr so schlecht gehen. Alexander knüllte den mit Teer getränkten Stoff zu einem Bündel zusammen. Er umwickelte es mit einer langen, dünnen Leine, die von losem Tauwerk stammte, das beim Aufprall aus der Takelage gefallen war.

Sie nahmen das Stoffbündel und stellten sich am Bug auf der Steuerbordseite an die Stelle der Reling, wo sie das Leck unter ihnen vermuteten.

»Einer von euch geht runter in den Frachtraum und einer

stellt sich ins Zwischendeck. Ich lass das Bündel langsam runter und wenn's genug abdichtet, ruft der Untere hoch. Der im Zwischendeck sagt's dann an mich weiter. Wie stille Post, nur laut eben«, sagte Alexander.

Jack und der andere Matrose verschwanden und er fierte das Bündel langsam mit der Leine über die Reling. Der geteerte Stoff versank im Meer und nach einer Ewigkeit brüllte Jack das erlösende Signal zu ihm hoch.

»Stopp!«

Alexander fixierte die Leine an der Reling und rannte nach unten in den Frachtraum. Das Wasser spritzte jetzt nicht mehr aus den Fugen, sondern lief nur noch in einem dünnen Rinnsal zwischen den Brettern hindurch.

Geschafft, sie hatten es wirklich geschafft! Wieder etwas Zeit gewonnen. Das Verfahren mit dem teergetränkten Segeltuch hatte sich als effektiv erwiesen und war rückblickend gar nicht mal aufwendig. Alexander war stolz auf die Männer und sich und würde als Nächstes auch bei dem zweiten Leck so vorgehen. Zum ersten Mal seit der verheerenden Kollision mit dem Eisberg keimte Hoffnung in ihm auf. Sie konnten es am Ende möglicherweise doch schaffen und dem Tod von der Schippe springen.

Das Wasser reichte ihm unterdessen bis zum Oberschenkel. Die neuen Männer an den Pumpen keuchten und schwitzten bereits, obwohl sie gerade erst mit der Arbeit angefangen hatten. Das Bewegen der beiden Blasebälge bereitete mittlerweile wesentlich mehr Mühe, weil sie sich unter Wasser befanden, was den Widerstand deutlich erhöhte.

»Wir brauchen mehr Bretter oder anderes Holz für das zweite Loch. Sucht überall auf dem Schiff danach und bringt es her. Ich erstatte dem Captain Bericht und wir treffen uns dann gleich wieder hier«, sagte Alexander zu Jack und den anderen Kameraden.

Kapitän Harris drehte eine Runde über das Deck und versicherte sich, dass alle Befehle ordentlich ausgeführt wurden. Die Segel waren nunmehr vollständig eingeholt, sodass sie keine Fahrt machten. Dies sollte den Druck des frontal einströmenden Wassers vermindern. Das Schiff war beigedreht; es trieb quer zur Strömung, was weiteren Druck vom Bug nehmen sollte. Alle Männer waren beschäftigt, und er beschloss, kurz in seiner Kajüte zu verschwinden.

Er zog sich eine zusätzliche Lage warmer Kleidung unter die Uniform. Er rechnete in jedem Fall mit einer langen Nacht. Ganz gleich, wie die Sache ausging. Das große Buch mit seinen Lebenserinnerungen lag aufgeschlagen auf dem Schreibtisch. Würde er es jemals fertig schreiben können? Und dann an seine Nachfahren weitergeben, wie er es beabsichtigte? Es sah seiner Meinung nach schlecht aus.

Harris schlug es zu, wickelte es sorgfältig in eine Lage aus imprägniertem Leder und verschnürte es wasserfest. Dann griff er zu der Karaffe mit Sherry, füllte ein Glas randvoll und stürzte den Inhalt in einem Zug hinunter. Das würde ihn hoffentlich wärmen und die überdehnten Nerven beruhigen.

Sicherheitshalber goss er noch einmal nach. Die Katastrophe war schrecklich. Sie nüchtern zu ertragen, weitaus schrecklicher. Im Grunde war das nicht der richtige Moment, nach der Ursache für das Unglück zu suchen und sich dessen Konsequenzen auszumalen, doch er kam nicht umhin, genau darüber zu reflektieren. Formal und juristisch betrachtet trug er als Kapitän alleine die Verantwortung. Wenn das Schiff tatsächlich unterging und Menschen starben – schlimmstenfalls er selbst – würde er als Versager in die Geschichte eingehen. *Ein furchtbarer Gedanke!* Was galt ein Kapitän, der sein Schiff verloren hatte? Sollte er die Katastrophe überleben, würde er schwerlich erneut das Kommando über ein anderes Schiff übertragen bekommen. Sein Ruf wäre komplett ruiniert!

Finanziell betrachtet sorgte ihn das nicht. Dies war

ohnehin die letzte Reise für ihn, danach würde er sich mit der Gattin zur Ruhe setzen. Und genau darin lag das Problem: Seine Gedanken waren schon weit weg, zumeist in der Vergangenheit, um die Lebenserinnerungen aufzuschreiben. Er hatte sich vollkommen auf den Ersten Offizier Rhodes verlassen, auf dessen überragende Fähigkeiten, wie ihm der Reeder versichert hatte. *Ein aufstrebender, ehrgeiziger, modern denkender junger Mann, ein Mann, dem die Zukunft zu Füßen liegt.* Und in der Tat hatte Rhodes einen außerordentlich kompetenten Eindruck gemacht. Harris hatte ihn daraufhin ohne jegliche Kontrolle gewähren lassen. Das gestand er sich im Nachhinein als unverzeihlichen Fehler ein. *Die Wahrheit lautet: Rhodes ist ein gefährlicher Blender!* Er steuerte das Schiff ohne jegliche seemännische Sorgfaltspflicht zu dieser Jahreszeit über den Nordatlantik, und er, der Kapitän, trug dafür die Verantwortung und musste versuchen, den Karren aus dem Dreck zu ziehen. *Wenn das überhaupt möglich ist.* Voller Mitleid mit sich selbst stiegen ihm Tränen in die Augen und verzerrten die Sicht auf das Sherryglas, das er noch in der Hand hielt. Er wischte sie mit dem Ärmel seines Mantels ab, füllte das Glas ein drittes Mal und leerte auch dieses in einem Zug.

Es klopfte an der Tür und ohne auf Antwort zu warten, stürmte Holmes herein. Angesichts der widrigen Umstände ignorierte Harris diese Impertinenz.

»Captain, Sir, wir haben das eine Loch fast verschlossen und ziehen jetzt deutlich weniger Wasser! Wir brauchen allerdings viel mehr Bretter für's zweite.«

Harris konnte das Unmögliche kaum glauben und wollte das Wunder mit eigenen Augen sehen. Bei der Größe des Lecks war ihm bei der ersten Inspektion eine Reparatur unmöglich erschienen. Ein zartes Pflänzchen Zuversicht, dass er seinen Hintern doch noch retten könnte, keimte in ihm auf. Und den der Mannschaft. Und den der Passagiere selbstredend auch.

ZWÖLF

WILLIAM BROWN, NORDATLANTIK, 19. APRIL 1841, 22.30 UHR

Alexander zerlegte gerade im Mannschaftsraum mit einer Axt die Holztruhe eines Kameraden, als ein ohrenbetäubender Knall seine Bewegung stoppte. Er hielt inne und lauschte.

Der Knall war von unten gekommen. Er ließ die Axt fallen, rannte zu der kleinen Luke, die ins Unterdeck hinabführte, legte sich flach auf den Boden und streckte den Kopf durch das Loch. Ein schäumendes Rauschen durchbrach genau die Seite, die sie vor wenigen Minuten repariert hatten. Von den Brettern, die sie gerade erst über das Leck genagelt hatten. Im fahlen Licht einer Handlampe, die Harris bei den Männern an den Pumpen gelassen hatte, sah er, dass das mittlere Brett fehlte. Wasser schoss durch die entstandene Lücke vollkommen ungebremst in den Raum.

Ein weiterer Knall folgte, dann noch einer.

Nach und nach wurden die Latten in das Dunkel des Raums gesprengt, gefolgt von einer neuen Flut an Wassermassen. Am Ende sah es aus, als hätte ihr Reparaturversuch nie stattgefunden.

Grundgütiger! Todesangst ließ Alexander für einige Sekunden wie gelähmt auf den Planken verharren. Jetzt war es endgültig aus. Stumm beobachtete er, wie die Männer, die Rhodes aus den Reihen der Passagiere rekrutiert hatte, weiter an den Pumpen schufteten und fluchten, aber nicht aufgaben. Blitzartig durchfuhr neue Energie seinen Körper.

Verdammte Scheiße, dann müssen wir eben wieder von vorne anfangen! Immer wieder von Neuem, bis wir es endlich geschafft haben. Wir haben keine Wahl.

Das Wasser reichte den unermüdlich arbeitenden Passagieren an den Pumpen inzwischen fast bis zur Hüfte.

»Haltet durch, Männer! Wir werden's eben noch mal stopfen!«, schrie Alexander durch die Luke.

»Mir scheint, als wären die Pumpen gar nicht dazu gemacht, diese Hölle aus den zwei beschissenen Löchern hier wieder nach draußen zu schaffen«, rief einer der Männer.

Er hatte recht, aber das traute Alexander sich nicht zu sagen. Sie dienten lediglich dem Zweck, geringe Mengen an Wasser, das durch übliche kleine Ritzen in der Schiffshaut oder bei Sturm von oben in den Rumpf eindrang, aus der Bilge zu entfernen.

»Es ist in jedem Fall besser, als gar nichts zu tun. Ihr verschafft uns damit zumindest wichtige Zeit. Also los Männer, macht weiter! Nur nicht aufgeben!«

Alexander rannte an Deck, um den Kapitän von der neuen Lage zu unterrichten.

Nach dem Rapport winkte Harris seinen Ersten Offizier zu sich und ließ erneut die Besatzung antreten.

»Männer, hört her! Ich habe einen Beschluss gefasst und glaubt mir, er ist mir nicht leichtgefallen: Die zwei Einschläge am Bug des Schiffs sind so katastrophal, dass der Schaden nicht mehr zu beheben ist. Das Schiff wird sinken. Es ist unausweichlich«, sagte Harris.

Bei genauerer Betrachtung meinte Alexander zu sehen, wie der Bug bereits tiefer im Wasser lag.

Kurz zuvor hatte er den Kapitän über das Abplatzen der ausgebesserten Planken und über die neuerlichen Fluten informiert. Harris hatte auf ihn einen gefassten Eindruck gemacht, als hätte er ohnehin mit einem Scheitern der Reparaturbemühungen gerechnet. Alexander hatte ihn daraufhin gefragt, ob sie es noch einmal versuchen sollten, und er hatte nur den Kopf geschüttelt. Er war der Captain, der alte Hase, er musste wissen, ob sich ein zweiter Versuch lohnte.

»Wir geben das Schiff auf. Wir machen die zwei Beiboote klar und verlassen es zügig, jedoch nicht überhastet. Uns bleibt noch ausreichend Zeit für eine sorgfältige Vorbereitung und Evakuierung.« Harris hatte sich nachdenklich über den Bart gestrichen.

Alexander war dennoch sauer. Die Wut überlagerte in diesem Moment sogar seine Angst vor dem Untergang des Schiffes und dem näher rückenden Tod. Er hätte es wenigstens noch einmal versucht, die Idee mit den teergetränkten Tüchern schien aussichtsreich. Es fehlten in der Eile mehr Bretter, vielleicht stärkere Bretter, dann hätte es gelingen können. Stattdessen in die zwei Boote steigen? Diese waren viel zu klein, um alle Passagiere und die Besatzung aufnehmen zu können, ganz zu schweigen von der unbarmherzigen Kälte draußen und dem ständig wechselnden Wetter. Ob andere Schiffe die Nussschalen jemals bemerken würden und sie aufnahmen?

»Murray, du bist stämmig. Hol eine Axt und entferne damit die Reling an dieser Stelle mittschiffs, damit wir die Boote schneller wassern können. Holmes, du machst sie in der Zwischenzeit klar. Da ist viel unnötiger Plunder drin, der ganze Kram vom Koch und was weiß ich nicht alles. Das brauchen wir jetzt nicht mehr. Schmeiß den Ballast raus und gib stattdessen Proviant, Trinkwasser und ein paar Werkzeuge rein. Wir setzen zuerst die Jolle ins Wasser und dann das Langboot. Beide verbindet ihr mit einer langen Leine.«

»Und die Passagiere? Wo sollen die hin? Der Platz reicht sicher nicht für alle«, sagte Alexander.

Das größere Langboot war knapp sieben Meter lang, zwei Meter breit und wurde mit Riemen angetrieben. Es fasste mit gutem Willen zwanzig Menschen. Die kleinere Jolle war zusätzlich mit einem kleinen Behelfssegel ausgestattet und sah nur halb so groß aus, weshalb hier vermutlich höchstens zehn Mann Platz fanden.

Es waren jedoch dreiundachtzig Menschen an Bord der William Brown: achtzehn von der Crew und fünfundsechzig Passagiere.

»Mann, Holmes, bist du einfach leichtgläubig oder bist du dumm? Klar ist nicht genug Platz für alle. Das kann doch jeder sehen und wird jetzt nicht groß breitgetreten«, antwortete Harris. »Daraus folgt eins, Männer. Ab jetzt gilt: Jeder ist auf sich selbst gestellt. An die Arbeit und Gott stehe euch bei!«

Das bedeutete offenbar, dass dem Kapitän das Schicksal der Passagiere vollkommen gleichgültig war. Der Platz in den Booten reichte gerade für die Mannschaft und höchstens für eine Handvoll Passagiere. Die Schnelleren und Stärkeren würden das sinkende Schiff verlassen, der Rest würde in jedem Fall sterben.

Marshall hörte die Pfeife des Offiziers, gefolgt von dem Getrampel seiner Kameraden auf dem Deck. Es ergab sich offenbar was Neues. Mit hoher Wahrscheinlichkeit nichts Gutes.

Er stand immer noch - wie er fand – tapfer mit einer Laterne in der Hand im schummerigen, schwülen Mief des Zwischendecks und hielt die Stellung. Dass der Eimer mit

Scheiße bei der Kollision umgefallen war, setzte der Angelegenheit hier unten die Krone auf. Das schien jedoch nicht ihr größtes Problem zu sein. Das Schiff sank, auch wenn alle so taten, als könnte sich das Blatt noch wenden.

Er schwitzte wie im Fegefeuer, und die Hand, die die Lampe hielt, zitterte. Eine kleine herunterhängende Metallkette erzeugte ein penetrantes Klirren am Glas. Er fühlte sich von seinen Kameraden im Stich gelassen, er erhielt genauso wenige Informationen wie das Pack hier, auf das er aufpassen sollte. Am Ende vergaßen sie ihn hier unten noch.

Oben an Deck erklang ein dröhnendes rhythmisches Schlagen, das sich über die Planken zu ihnen übertrug und dumpf verstärkte. Es hörte sich an, wie wenn jemand Holz hackte. Wahrscheinlich besorgten sie Bretter zur Reparatur des Schiffes. Oder bereiteten sie die Evakuierung vor?

Die vorlaute Lady, Mrs. Edgar, stand unvermittelt vor ihm und riss ihn aus seinen Gedanken. Die Nervensäge hatte ständig Flausen im Kopf.

»Ich verlange sofort eine Erklärung für die unbeschreiblichen Vorgänge auf diesem Schiff! Ich möchte umgehend mit dem Kapitän sprechen. Lassen Sie mich jetzt durch!«, sagte sie.

»Bleiben Sie ruhig, Madam. Ich darf hier niemanden durchlassen, bis ich eine andere Order erhalte.« Er war mittlerweile selbst unruhig und ungeduldig. Wenn das Schiff absoff, wollte er nicht der Letzte sein, der davon erfuhr, und genauso hingehalten werden wie die Passagiere. Ein Plan dämmerte in seinem Schädel. Er hatte zwar nur eine niedere Position auf dem Schiff inne, dumm war er deshalb nicht.

»Ladys und Gentlemen!« Er wandte sich an alle im Raum und versuchte, beherrscht und höflich zu klingen. »Ich versteh Ihre Sorgen voll und ganz. Aus diesem Grund werd ich selbst mal an Deck nachsehen. Ich mach mich schlau und komm sofort wieder. Dann sag ich Ihnen, was los iss. Dafür müssen Sie still in Ihren Kojen bleiben und mir nur ein paar Minuten Zeit geben. Einverstanden, Ma'am?«

Margret murmelte etwas vor sich hin, was er als Zustimmung auffasste. Rasch setzte er sich in Bewegung, bevor jemand auf die Idee kam, zu meutern.

»Bin gleich wieder da!«, rief Marshall über die Schulter und versuchte sich in einem aufmunternden Lächeln. »Ich lass Ihnen auch solange die Lampe hier.« Er drückte sie der Lady in die Hand und stellte dabei fest, dass sich die darin befindliche Kerze leicht zum Boden neigte. Das Schiff lag nicht mehr gerade in der See, so viel Wasser hatte es bereits gezogen. Das bestätigte Marshalls Befürchtungen und er legte einen Zahn zu.

Oben angekommen, atmete er zunächst einmal tief durch. Sein Blick fiel auf seinen Freund Henry, der wie ein Berserker mit einer Axt mittschiffs auf die Reling einschlug und sie zertrümmerte. Ein gutes Stück fehlte bereits. Ein paar Schritte daneben zerrte Holmes an der Plane eines Beibootes. Sie hatten die Boote bislang nur in Hafennähe eingesetzt. Für ihn und den Koch waren sie auf See eine willkommene Möglichkeit, zusätzlichen Proviant und anderen Kram zu verstauen. Ohne Zweifel: Captain Harris hatte die William Brown aufgegeben und den Befehl erteilt, sie zu verlassen. Ob ihm da unten jemand Bescheid gegeben hätte? Wohl kaum. Es gab keinen besseren Zeitpunkt, dem Drecksloch den Rücken zuzukehren.

»Hey, kann mir mal jemand sagen, was los iss?«, schrie er.

Keiner antwortete, alle liefen hektisch über das Deck wie Ameisen in Panik. Sie ignorierten ihn völlig, was zwei Schlussfolgerungen zuließ: Erstens sank das Schiff, und der Captain hatte den Befehl gegeben, es zu verlassen, und zweitens hätte man ihn da unten tatsächlich zusammen mit den Passagieren verrecken lassen.

Doch niemand sollte später behaupten, er wäre ein Seemann, auf den man sich nicht verlassen konnte. Er, Joseph

Marshall, führte die ihm erteilten Orders stets korrekt aus. Und die Order vom Steuermann hatte vorhin klipp und klar gelautet, dafür zu sorgen, dass die Passagiere da blieben, wo sie hingehörten, und zwar unter Deck.

Er suchte sich ein brauchbares Seil und schnitt ein langes Stück davon ab. Sorgsam wickelte er das Tau mehrmals um die Messinggriffe der Lukentür und fixierte es mit einem Knoten. Das sollte ausreichen, die Meute davon abzuhalten, aufs Deck zu stürzen. Eine reine Schutzmaßnahme. Sie verbreiteten hier andernfalls nur Chaos und behinderten eine geordnete Evakuierung, brachten alle in Gefahr. Später, zu passender Gelegenheit, könnte jemand die Luke wieder öffnen und die Passagiere freilassen.

Wenn jemand so blöd ist, wollte er ergänzen, strich diesen Gedanken jedoch sofort aus seinem Hirn. Er glaubte an das Gute im Menschen.

Alexander entfernte die Planen von beiden Booten. Im Inneren befand sich jede Menge nutzloser Kram. Bei den beengten Verhältnissen an Bord waren alle dankbar gewesen für das bisschen zusätzlichen Stauraum. Da lagen teils volle, teils leere Fässer und Eimer, unterschiedlich langes Tauwerk und vielfach nur Unrat. Er schmiss das Unbrauchbare über Bord und entdeckte dabei den Steward, der einen unbeschäftigten Eindruck machte.

»Los, Marshall! Mach dich nützlich und schaff Proviant rauf. Nimm möglichst kleine Fässer mit Wasser, Pökelfisch und dem andren Fraß. Die verteilen wir dann hier auf beide Boote«, rief Alexander ihm zu.

Die beiden Boote waren nicht dazu vorgesehen, bei Schiffbruch Menschen aufzunehmen, sie dienten nicht zu ihrer Rettung. Niemand glaubte daran, dass jemand Schiffbrüchige auf hoher See bergen konnte, bevor sie starben. Der

Platz für mehr Boote wäre Verschwendung gewesen. Außerdem hatte der Reeder in der Regel nur den Verlust des Schiffs versichert, für die Menschen an Bord interessierte sich niemand.

Die kleinere Jolle diente lediglich der Beförderung der Mannschaft, wenn das Schiff nicht an einer Pier im Hafen lag, sondern weiter draußen. Auf See tauschten sie über dieses Boot Nachrichten mit anderen Schiffen aus, dann wurde damit ein Kapitän oder Offizier übergesetzt.

Das Langboot hingegen nutzten sie nur noch selten zum Löschen der Ladung an der Küste. Mehrere Seemänner pullten dann, ein Mann bediente das Steuerruder am Heck und zwischen ihnen lagerte die Fracht.

Damit das Holz der Boote in der langen Zeit, in der sie auf dem Oberdeck vertäut waren, nicht austrocknete, spröde und somit undicht wurde, füllte man sie regelmäßig mit Seewasser. Dieses wurde anschließend über ein Loch im Boden wieder abgelassen, das hinterher mit einem Holzstopfen verschlossen wurde.

Da die Boote nicht oft benutzt wurden, galt die Behandlung mit Seewasser als lästige Tätigkeit, da jedes Mal der Unrat im Inneren entfernt werden musste und die Schlepperei der Eimer mit Meerwasser mühsam war.

Alexander erinnerte sich nicht daran, dass die Boote seit Anbruch der Reise überhaupt gewässert worden waren. Er überprüfte zum Schluss, ob die Stopfen fest in den Löchern saßen.

Seit der Kollision der William Brown mit dem Eisberg waren eineinhalb Stunden vergangen. Das Schiff neigte sich merklich nach vorn, der Bugspriet stand kurz davor, ins Wasser zu tauchen.

Für die Arbeit an den Pumpen interessierte sich niemand mehr. Keiner der Passagiere, die sie zuletzt bedient hatten, war zwischenzeitlich an Deck aufgetaucht, und der Neigung des Vorschiffs nach zu urteilen, mussten sie schon abgesoffen sein. Damit gehörten sie zu den ersten Opfern, die die Katastrophe forderte.

Zur Beschleunigung der Evakuierung war die Reling zwischenzeitlich auf einer Länge von mehreren Metern entfernt worden, die Boote waren vom Tauwerk, das sie an Deck fixierte, befreit und mit Proviant ausgestattet. Zunächst hoben mehrere Männer mit Hilfe einer Talje die kleine Jolle an und manövrierten sie über den Rand des Schiffes.

Zwei Matrosen saßen im Boot und drückten es von der Bordwand ab, damit es nicht zu Schaden kam.

Als es auf dem Wasser aufsetzte, stieg zuerst Kapitän Harris zu den Seeleuten, gefolgt von Walter Parker, dem Zweiten Offizier. War es nicht eine Frage der Ehre, als Kapitän der Letzte zu sein, der ein sinkendes Schiff verließ, fragte sich Alexander. Es handelte sich um einen Codex, der von der Royal Navy stammte, der aber auch von der Handelsschifffahrt übernommen worden war. Dann jedoch fielen ihm die letzten Worte des Captains ein, die die Marschrichtung klipp und klar vorgegeben hatten: *Ab jetzt ist jeder auf sich selbst gestellt!* Und das bedeutete: auf die Ehre geschissen!

Francis Rhodes wollte sich als Nächster über ein Tau in die Jolle hinablassen, als Harris ihm von unten entgegenbrüllte: »Nein, Rhodes! Sie sind der Erste Offizier! Sie übernehmen das Kommando im Langboot.«

»Halten zu Gnaden, Captain, es ist noch genug Platz bei Ihnen und wir bleiben doch ohnehin zusammen, über ein Tau verbunden!«

»Keine Widerrede, Offizier! Ich wiederhole: Sie übernehmen das Langboot!«

Von den Männern, die ungeduldig an Deck drängten und darauf warteten, selbst von Bord gehen zu können, packte einer Rhodes am Kragen und zerrte ihn nach hinten. Vier Matrosen schafften es schnell genug, sich zügig in die Jolle abzuseilen. Sie kappten sofort die Taue, an denen sie herabgelassen worden waren, und stießen sich vom Rumpf ab, um Abstand zu gewinnen. Es sollte offenbar kein weiterer hinein. Eine lange Leine am Heck blieb ihre letzte Verbindung zum Schiff. Diese war für das Langboot vorgesehen.

Mit hysterischem Kreischen rannte von mittschiffs eine Frau heran, nur mit einem Nachthemd bekleidet. In der Eile hatte sie wohl vergessen, sich etwas Warmes anzuziehen. Sie war die Erste, die aus dem Zwischendeck floh, das Überraschungsmoment lag auf ihrer Seite und niemand hielt sie auf.

Sie sprintete über die Planken, sprang an deren Ende ab, ruderte mit ihren Armen und Beinen in der Luft und landete zielsicher in der Jolle.

»Schafft uns vom Schiff weg, Männer! Schnell!«, befahl Kapitän Harris.

Vom Lärmen und Poltern in seinem Rücken aufmerksam geworden, drehte sich Alexander zur Luke um und sah immer mehr Passagiere an Deck strömen. Sie schrien voller Panik, fuchtelten mit den Armen und rannten auf die Mannschaft zu. Kaum einer von ihnen trug warme Kleidung oder war in Decken gehüllt. Die Jolle des Kapitäns entfernte sich rasch vom Mutterschiff, besetzt mit nur acht Menschen.

Schließlich hatten sie es doch geschafft. James und Martin MacAvoy, zwei Brüder aus den schottischen Highlands, hatten in ihrem Gepäck ein langes Messer gefunden, mit dessen Hilfe sie das Tauknäuel durchtrennten, mit dem sie der widerwärtige Steward in ihrem Gefängnis hatte halten wollen. Margret und Isabella gehörten zu den Ersten, die ins Freie hasteten.

Margret entdeckte Holmes im Gewühl mit weiteren

Matrosen am Rand des Schiffes. Er war einer der wenigen Matrosen, die sie namentlich kannte und dem sie halbwegs vertraute. Sie nahm ihre Tochter mit festem Griff an die Hand, zerrte sie hinter sich her und rannte auf den Matrosen zu.

»Das Schiff geht unter, es ist aus, nicht wahr?«, fragte sie atemlos und mit rasendem Herzen.

»Ja, Ma'am, ich bedaure. Jeder ist jetzt auf sich gestellt, das hat zumindest der Captain gesagt. Wir lassen gerade das zweite und letzte Boot zu Wasser. Wenn Sie sich beeilen, werden Sie dort noch mit Ihrer Tochter Platz finden«, antwortete Holmes.

Zwei Stunden nach der Kollision war es höchste Zeit, das Schiff zu verlassen. Die Segel waren aufgegeit, das Steuerrad der William Brown fixiert. Sie machten kaum mehr Fahrt und hielten Kurs. Proviant und Trinkwasser waren auf die beiden Boote verteilt. Die Reling am Bug lag mittlerweile im Wasser. Der Frachtraum musste vollständig überflutet sein, ebenso ein Teil des vorderen Zwischendecks, in dem die Matrosen geschlafen hatten.

Alexanders Aufgaben an Bord der William Brown waren erledigt, es gab hier nichts mehr zu tun. Die Karten lagen offen auf dem Tisch, ihr weiteres Schicksal befand sich nun in Gottes Hand. Er trat an das Langboot heran, das an der Bordwand hinabgelassen wurde.

In ihm saßen James Norton, sein Nachfolger als Rudergänger, und der Matrose Charles Smith. Ihre Aufgabe bestand darin, das Boot beim Fieren vom Schiffsrumpf wegzudrücken, damit es nicht beschädigt wurde.

Zwischen ihnen hockte Francis Rhodes auf einer Ruderbank in der Mitte und beaufsichtigte beide Seemänner, was vollkommen unnötig war. Sie kannten ihr Handwerk genau, auch unter diesen widrigen Umständen arbeiteten sie routiniert und setzen das Boot sicher auf dem Wasser auf. Sicherlich hatte der feige Offizier nur einen Vorwand gesucht, als Erster das Boot besteigen zu können.

Eine junge Frau kletterte an Bord des Langbootes.

»Raus da!«, rief ihr Rhodes entgegen. »Sofort wieder zurück aufs Schiff!«

»Wie bitte? Sind Sie verrückt? Ich bin jetzt drin und werde einen Teufel tun, auf das Schiff zurückzugehen, um dort abzusaufen«, erwiderte die Frau und setzte sich trotzig mitten ins Boot, wo sie sich mit beiden Händen an der Sitzbank festklammerte.

»Holmes, holen Sie das überreizte Weib sofort hier raus!«, rief ihm Rhodes zu, doch sie warf Alexander nur einen wütenden und gleichzeitig unnachgiebigen Blick zu. Unentschlossen stand er an Deck und rührte sich nicht. Er fühlte sich wie ein Zuschauer dieser merkwürdigen Szene. Wozu sollte er sie wieder herausholen? Es blieb ohnehin keine Zeit zum Befolgen des Befehls.

Immer mehr Passagiere und Matrosen drängten schreiend nach der Frau ins Boot und füllten es innerhalb weniger Atemzüge. Ellenbogen wurden ausgefahren und rücksichtslos als Waffen benutzt, in die Flanke der Nachbarn gerammt. Die Masse trampelte über auf dem Boden liegende Körper, jeder wollte der Nächste im Boot sein. Die Zeit wurde knapp, das schien allen bewusst zu sein. Die Neigung der William Brown in Richtung Bug beschleunigte sich. Das Langboot war bereits randvoll, als immer noch mehr Menschen hineindrängten. Es lang nun bedrohlich schaukelnd im Wasser und sah aus, als könnte es jederzeit umkippen. Alexander und Jack kappten die Taue der Taljen, an denen es hinabgelassen worden war, mit schwerem Herzen, denn es waren bei Weitem nicht alle Passagiere im Boot. Doch beim besten Willen: Mehr passten einfach nicht rein. Viele Frauen, Kinder und

Männer standen panisch schreiend an Deck und drängten mit aller Macht nach.

»Madam, das ist Ihre letzte Chance! Springen Sie endlich rein!«, drängte Alexander Margret Edgar zum Handeln. Sie stand merkwürdig stoisch neben ihm.

»Aber ich ...«, setzte sie an, doch Alexander versetzte ihr einen Stoß, woraufhin sie schreiend in das Langboot fiel und dort von zahlreichen Händen aufgefangen wurde.

Alexander, das ist auch deine letzte Chance, jeder ist auf sich gestellt, hat der Captain gesagt!

Er folgte ihr und war der Letzte, der es ins Boot schaffte.

Auf Rhodes' Befehl legten sich die Matrosen in die Riemen, um so schnell wie möglich einige Meter Abstand zu gewinnen. Einerseits war allein die Nähe zum sinkenden Schiff gefährlich, andererseits wollte er sicherlich verhindern, dass noch mehr Passagiere in das Langboot folgten.

Alexander empfand eine ungeheure Erleichterung, als er realisierte, dass er das sinkende Schiff gerade noch rechtzeitig verlassen hatte. Jetzt war er alleine auf dieser Reise dem Tod schon zum zweiten Mal von der Schippe gesprungen. Die See verhielt sich vergleichsweise ruhig, keine hohen Wellen, die die Evakuierung behindert hätten, der Nebel zog träge in einzelnen Fetzen um sie herum und entblößte für wenige Sekunden einen kristallklaren Himmel mit Sternen und dem Mond, der ein silbrig-blaues Licht auf die beiden Boote und die unglückselige William Brown warf. Schlagartig verflog Alexanders Glücksmoment: Es gab ein allzu greifbares Problem.

Das Langboot, in dem er saß, war nicht einfach nur voll. Es war heillos überfüllt. Alexander schätzte, dass sich über vierzig Menschen in ihm zusammenquetschten, drängten, herumstießen. Ausgelegt war es für höchstens zwanzig. Es lag so tief im Wasser, dass der obere Rand nur einen Zoll über dessen Oberfläche herausragte. Und obwohl der Wellengang seicht war, schwappte durch die ständigen Bewegungen der

Insassen Wasser über den Rand. Es war keine Frage, ob das Boot kentern würde, sondern vielmehr, wann.

Er sah hinüber zur kleinen Jolle, mit der sie über eine Leine verbunden waren. Jack hatte er bislang noch nicht im Langboot entdeckt, vielleicht saß er drüben. Fünf Matrosen zusammen mit dem Zweiten Offizier und Kapitän Harris meinte er, dort ausmachen zu können.

Neben der adretten jungen Miss, die als Erste in das Langboot gestiegen war, saß Margret Edgar offenbar alleine. Wo war ihre Tochter? Bei dem trüben Licht konnte Alexander nur wenige Details erkennen, zumal in dem Gedränge viele Passagiere zwischen den Ruderbänken auf dem Boden lagen oder kauerten. Die beiden Askens hatten es auch geschafft, wenigstens in diesem Moment schienen sie vom Glück gesegnet zu sein. Zwei junge Männer in der Nähe knieten seitlich am Dollbord und schaufelten mit ihren Mützen das eindringende Wasser nach außen. Eine ältere Frau lag zitternd in den Armen ihres Mannes, sie teilten sich eine dünne Decke, die sie sich um die Schultern gelegt hatten. Ein anderer Mann drückte den Kopf eines Mädchens an seine Brust. Sie weinte und schluchzte, während er ihren Hinterkopf streichelte und ansonsten ausdruckslos und starr auf der Ruderbank saß. Ein jüngerer Mann kauerte zwischen den schmalen Sitzbänken auf dem nassen Grund, nur sein heller Schopf ragte zwischen mehreren Knien und Händen hervor. Er reckte den Kopf in den Nachthimmel und bewegte seine Lippen, als betete er.

Wo waren die Frauen und Kinder der Männer, die zuletzt die Lenzpumpen bedient hatten? Warteten sie womöglich immer noch drüben auf ihre geliebten Ehepartner und Väter? Vergeblich?

Doch selbst bei der allergrößten christlichen Nächstenliebe: Mehr Passagiere hätten ohnehin nicht in das Boot gepasst. Wer zu langsam oder nicht resolut genug gewesen war, war auf dem sinkenden Schiff geblieben, ohne jede Hoffnung auf Rettung. Alexander hatte einige Passagiere gesehen, die zurück zu ihrer Koje im Zwischendeck gelaufen waren. Vielleicht hatten sie nur wärmere Kleidung holen wollen oder Geld und andere wertvolle Dinge. Es war einfach nicht genug Platz für jeden im Langboot. Es passte definitiv niemand mehr hinein. Was half es, zu viele Menschen in die kleinen Boote aufzunehmen und in der Folge mit Sicherheit zu kentern? Eines war ihm klar: Wenn sie kenterten, war es für alle Insassen aus. Dann soffen alle ab, dann schafften es am Schluss noch nicht einmal wenige. Es war zum Verrücktwerden. Sie hatten viele arme Seelen auf dem sinkenden Schiff zurücklassen müssen, um ihr eigenes Leben zu retten. Doch die Frage lautete: Welcher Körper war der eine zu viel, der das Boot kentern ließ? Das wusste wahrscheinlich niemand.

Gut, dass er nicht hatte entscheiden müssen, wer ins Boot durfte und wer nicht, dass er niemanden hatte abweisen müssen. Der Captain andererseits hätte jedoch sicher noch vier oder fünf weitere Passagiere aufnehmen können, doch er hatte nicht schnell genug in die Jolle klettern und mit den wenigen Matrosen ablegen können. Und das passte gut in das schäbige Bild, das Alexander längst von der ganzen Führungsmannschaft der William Brown hatte.

Der Trost war, dass es immerhin sehr viele ins Langboot geschafft hatten. Jede gerettete Seele zählte. Sie waren in Sicherheit. Zumindest fürs Erste.

DREIZEHN

IM LANGBOOT, NORDATLANTIK, 19. APRIL 1841,
23 UHR

»Wir sinken, wir sinken!«, schrie eine junge Frau mit zunehmender Lautstärke. Sie geriet in Panik und kreischte schließlich in unbeherrschter Hysterie, womit sie ihre Sitznachbarn ebenfalls in Aufregung versetzte. Das Boot fing an zu schaukeln, stoßweise quoll das Wasser über den Rand.

»Miss, jetzt beruhigen Sie sich doch! Und bleiben Sie bloß sitzen, das Boot gerät zu stark ins Wanken«, sagte Alexander, der in ihrer Nähe saß. »Wir kümmern uns um das Problem. Das geht aber nur, wenn Sie ruhig sitzen bleiben.«

Jeder Schwall Wasser erhöhte das Gewicht des Bootes. Der ohnehin geringe Abstand zur Wasseroberfläche verringerte sich zunehmend, es drohte augenblicklich zu kentern. Ein Teufelskreis wurde in Gang gesetzt.

»Ruhig! Alle zusammen! Setzt euch hin und schaukelt nicht rum. Jeder, der was zum Schaufeln hat, schöpft Wasser raus, was das Zeug hält. Benutzt, was ihr findet: Hüte, Stiefel, eure Hände, wenn's sein muss«, sagte Alexander und übertönte das Geschrei der Ängstlichen. »Murray, du sitzt in der

Mitte. Fühl mal nach, ob da ein Stopfen im Boden ist. Und ob er fest drinsitzt.«

»Scheiße, nein! Da iss 'n Riesenloch! Da kommt ganz viel Wasser durch!«, sagte Murray.

»Hilfe! Wir sinken! Wir ...«, schrie die Frau erneut.

»Ruhig, verdammt nochmal!«, brüllte Alexander und schlug ihr kurzerhand ins Gesicht. Er bemühte sich selbst ruhig zu bleiben und sich von der steigenden Panik im Boot nicht anstecken zu lassen. Sie verstummte.

Denk nach Alexander, denk nach!

»Murray, vielleicht schwimmt der Stopfen irgendwo bei dir an den Füßen rum. Ich hab ihn vorhin noch gesehn. Da hab ich ihn ins Loch reingehauen. Wenn du ihn findst, steck ihn wieder rein, so fest's geht!«

Es handelte sich um das Wartungsloch im Boden, durch das das Wasser im Trockenen eigentlich ablaufen sollte. Jetzt war es ein verfluchtes Leck. Und Wasser hatten sie im Boot weiß Gott genug!

»Gefunden! Warte ...«, sagte Murray. »Okay, ich steck ihn rein.« Ein breites Grinsen stand in seinem Gesicht. Er war eindeutig ein besserer Matrose als ein Koch.

Erleichtert sank Alexander auf die Ruderbank nieder und atmete tief durch. Er sah hinüber zur William Brown. Sie soff über ihren Bug ab und das Sinken schien sich beschleunigt zu haben. Das Steuerruder am Heck ragte teilweise aus dem Wasser.

Im Gegensatz zum Captain hatte Alexander die zwei Lecks offenbar vollkommen unterschätzt. Er hatte es für möglich gehalten, die Löcher noch zu reparieren zu können.

An der Reling des Wracks standen mehr als zwei Dutzend Passagiere und schrien und winkten herüber. Sie wirkten vollkommen verzweifelt im Angesicht des bevorstehenden Todes im eiskalten Atlantik. Ihr Schicksal war besiegelt, sie wussten es, er konnte es in ihren Gesichtern lesen. Einer kniete gemeinsam mit seiner Frau an der Hand, sie beteten.

Scheiße, wir hätten doch noch viel mehr in die Boote nehmen sollen.

Alexander konnte den Anblick der armen Seelen kaum ertragen und wollte gerade wegsehen, als er vorne an der Reling die kleine Isabella erspähte.

Was macht die da drüben, gottverdammt noch mal, ich dachte, sie wäre bei ihrer Mutter hier im Boot?

In ihrer Hand hielt sie einen Stoffhasen, winkte damit und weinte.

»Mama, M-A-M-A! ICH BIN H-I-E-R! Nimm mich mit!«, rief sie.

»Isabella! Mein Engel!«, rief Margret zurück. Sie stand auf und an ihrem schmerzverzerrten Gesicht liefen die Tränen hinunter. »Halte durch, mein Liebling! Alles wird gut! Ich komm und hole dich!«

Alexander erhob sich gleichzeitig mit Margret, es war wie ein Reflex. *Ich hol sie rüber, jetzt sofort!* Er musste vollkommen verrückt geworden sein: Suchte er den Tod? Wie oft denn noch? Nur weil er das Kind und ihre Mutter kennengelernt hatte, im Gegensatz zu den anderen Passagieren, die ihm wie eine anonyme Masse erschienen? Weil er Rhodes' himmelschreiender Unfähigkeit etwas entgegensetzen wollte? Und der des Kapitäns? Eine Art Wiedergutmachung?

Ja, alles zusammen! Er fühlte, wie sich eine namenlose, beinahe übermächtige Kraft seines Körpers und seiner Gedanken bemächtigte, er blendete alle Gefahren aus und fühlte sich in diesem Augenblick unbesiegbar.

Er befahl seinen Kameraden an den Riemen, sie wieder näher an das sinkende Schiff heran zu pullen. Er musste Isabella Edgar retten. Es würde gelingen, ein Weg fand sich immer, wenn man nur wollte.

»Holmes, Sie verdammter Idiot!«, schrie Rhodes, als er offenbar bemerkte, dass die Matrosen Alexanders wahnsinnige Ansage befolgten und sich mit wenigen Zügen der sinkenden William Brown wieder näherten, statt sie endlich hinter sich zu lassen. »Wir müssen weg von hier! Wenn wir an den Rumpf knallen ist es aus und vorbei! Oder es reißt uns am Ende mit in die Tiefe!«

Rhodes' Einwurf war ihm scheißegal. Alexander schnappte sich das Tau, mit dem sie das Langboot herabgelassen hatten. Niemand hatte es bislang gekappt, es war die letzte Verbindung zum sterbenden Schiff.

Er zog sich hinauf und kletterte zurück an Bord der halb versunkenen William Brown. Ob die anderen ihn jetzt im Stich ließen und wegpullten, war ihm in diesem Moment egal. *Sie täten gut daran, nicht auf mich zu warten.*

Das Geschrei der übrig gebliebenen Passagiere steigerte sich mit der Erkenntnis, dass Alexander ihre letzte Rettung war.

Eine Frau krallte sich an seinem Kragen fest, zerrte ihn am Oberarm zu sich heran. Ihre Finger gruben sich schmerzhaft tief in sein Fleisch. Er drehte sich um und sah sie an.

»Wenn Sie mich mitnehmen und in einem der Boote unterbringen, zahle ich Ihnen ein volles Jahresgehalt als Belohnung! Mein Mann ist äußerst vermögend, müssen Sie wissen.« Das Gesicht der Frau war verkrampft vor Schmerz oder Verzweiflung, die Augen weit aufgerissen, als würden sie gleich rausfallen.

»Mylady, es geht mir nicht um's Geld. Das spielt hier längst keine Rolle mehr. Jedes Leben ist gleich viel wert. Verzeihen Sie bitte«, antwortete Alexander und riss sich los.

Alexander sah sich kurz auf dem Deck um. Nicht nur der Bug der William Brown war versunken, das ganze Schiff hatte eine solche Schlagseite, dass er sich festhalten musste, um nicht hinzufallen. Es gab keine Zeit zu verlieren.

Beim Kastell des Achterdecks schwankte ein riesiger Kerl aus der Kajüte des Captains. Es war Jack! Jetzt erst fiel Alexander ein, dass er ihn unten im Boot zuvor noch nicht gesehen hatte.

»Du Torfkopp, wo treibst'n du dich rum?«, rief er ihm zu.

»Letzte Gelegenheit im Leben, mal im arschgemütlichen Nest vom Captain die Beine hochzulegen, was'n sonst! An seim Sherry wollt ich auch mal schnuppern. Echt guter Stoff. Iss jetz leer, sorry Mann. Kommst zu spät. Aber iss jetz eh alles scheißegal!«

»Nichts ist scheißegal. Das Leben ist noch nicht vorbei unten im Boot. Und du hast bestimmt noch eins übrig! Jetzt setz mir erst mal das Mädel auf'n Rücken«, sagte Alexander.

Er schnappte Isabella, schob sie zu Jack rüber und griff die Leine, die wieder zurück in das Langboot führte. Die anderen hatten sie tatsächlich noch immer nicht gekappt.

Obwohl der volltrunkene Jack nicht in bester Verfassung war, schaffte er es, Isabella auf Alexanders Rücken zu heben. Sie schlang sofort einen Arm um seinen Hals. Ihre Beine klammerten sich um den Bauch. Die zweite Hand hielt den Stoffhasen.

So schnell es ging, seilte er sich ab und wurde zusammen mit Isabella von seinen Kameraden ins Boot gezogen. *Das hätten wir geschafft! Wie viele Leben bleiben mir noch? Wie oft kann ich das Schicksal noch herausfordern?*

Passagiere und Matrosen reichten Isabella zu ihrer Mutter durch, die weiter vorn im Langboot saß.

»Gütiger Gott, hab Dank! Komm her, Kleines!«, sagte Margret und nahm ihre Tochter schluchzend in die Arme. »Dank auch deinem Retter, Gott segne Sie.«

Alexander quetschte sich unterdessen am Heck in die Nähe des Steuerruders. Kurz nach ihm folgte Jack. Er war nüchtern genug gewesen, seine letzte Chance zu erkennen und zu ergreifen.

Zwei Passagiere versuchten, ihnen nachzufolgen, behinderten sich jedoch gegenseitig, verloren das Gleichgewicht und fielen zappelnd und schreiend ins Wasser, wo sie kurz darauf verstummten. Alexander bemerkte einen weiteren Mann, der jaulend und mit fuchtelnden Armen an ihm vorbei in den eiskalten Atlantik sprang. Es war Marshall. Er war verdammt spät dran. Vielleicht hatte er zuvor noch schnell die Sachen der Passagiere nach Wertvollem durchsucht. Es war dem alten Gauner zuzutrauen. Ein riskantes Spiel, aber zumindest konnte er schwimmen. Marshall passierte unverständlicherweise das nähergelegene Langboot und wählte den längeren Weg. Er hielt geradewegs auf Kapitän Harris' Jolle zu, der Idiot. Bei dem eiskalten Wasser würde es keine drei Minuten dauern und er wäre platt.

Trotz seiner hageren Statur erwies sich Marshall jedoch als ausreichend robust, die Jolle lebend zu erreichen.

Harris schrie Marshall an, fuchtelte energisch mit seinen Armen und scheuchte ihn von der Jolle weg. Er verwies ihn auf das überquellende Langboot mit nunmehr weit über vierzig Menschen an Bord.

Marshall blieb nichts anderes übrig, als zügig dorthin zurückzuschwimmen. Es musste den zähen Hund seine letzten Kräfte kosten.

Dort angekommen, hievten mehrere Arme ein blassblaues steifes Männlein an Bord. Er war gerettet. Vorläufig.

»Pullt weg vom Schiff, schnell! Es reicht jetzt, kappt endlich diese verfluchte Leine, bevor sie uns mit ins Verderben zieht!«, befahl Rhodes.

Alexander nahm eine kleine Axt, die er zuvor mit anderen Werkzeugen im Heck verstaut hatte. Er hieb auf das robuste Tauwerk ein, ihre letzte Verbindung zum sinkenden Schiff. Der Untergang der William Brown beschleunigte sich derart, dass sie mittlerweile sehen konnten, wie sie immer schneller nach vorne wegkippte. Das Heck und mit ihm die lange Leine wurden weit aus dem Wasser gehoben, wobei es das Langboot zum sinkenden Wrack heranzog. Die auf dem Schiff verbliebenen Passagiere klammerten sich in einem Akt der Verzweiflung an herabhängenden Teilen der Takelage fest, an allem, was sie greifen konnten, an den Resten der Reling, und schrien mit Leibeskräften nach Rettung.

Alles vergeblich, Gott sei den armen Seelen gnädig!

Die Männer im Langboot legten sich in die Riemen und pullten mit voller Kraft weg von der William Brown, die unbarmherzige Masse des sterbenden Schiffes behielt jedoch die Oberhand und zog das Boot zu sich heran, ein Tauziehen ungleicher Gegner. Die Hälfte der Leine befand sich längst unter der Wasseroberfläche.

Alexander hieb wie ein Krieger im Blutrausch immer wieder auf das dicke, mehrfach verknotete Tauwerk ein. Durch das Schwanken des Bootes schlug er mehrere Male daneben. Er schwitzte trotz der frostigen Temperaturen, sein Herz raste und er war dem Verzweifeln nahe.

Komm schon, jetzt reiß endlich, du Miststück!

Die Axt war zudem offenbar stumpf, die Leine gab einfach nicht nach. Sie zerfiel lediglich in einzelne Fransen, von Hieb zu Hieb.

Gleich hab ich dich! Er hackte immer schneller, mit der Kraft unbändiger Wut.

Die Fahrt des Bootes beschleunigte sich weiter, allen Bemühungen zum Trotz, allerdings in die falsche Richtung, rückwärts vom sinkenden Schiff gezogen, als hätte sie der Teufel persönlich im Schlepptau.

»Holmes, du Idiot! Jetzt mach das beschissene Tau endlich platt!«, schrie Rhodes.

Immer mehr Fäden lösten sich, am Ende krachte es und das Tau schnellte heulend vom Boot weg. Es flog in einem weiten Bogen durch die Luft. Ein Ruck durchlief das Langboot. Es schwankte bedrohlich hin und her und noch mehr Wasser drang ein.

»Pullt weg, Männer! Legt euch in die Riemen, was das Zeug hält!«, schrie Rhodes.

Sie schafften es, sich ein paar Meter von der William Brown zu entfernen. Das Segelschiff lag vor- und mittschiffs längst unter Wasser, die Masten waren verschwunden. Nur letzte

Reste des Achterdecks und das Ruder ragten heraus, und dort hingen noch immer einzelne verzweifelt schreiende Frauen, Männer und Kinder, die sich an die verbliebene Reling klammerten.

»Hilfe! Rettet uns! Holt uns hier raus! Nehmt uns mit! Ihr könnt uns doch nicht einfach zurücklassen!«

»Arme Seelen! Schreien sinnlos rum, dabei müssten sie sich glücklich schätzen. Gehen doch nur kurz vor uns unter«, sagte Rhodes. »Unsere Qualen sind hingegen nur verlängert.«

Damit wurde offenkundig, was er von ihrem eigenen weiteren Schicksal hielt: Rhodes schien nicht nur die Passagiere auf dem sinkenden Schiff aufgegeben zu haben, sondern auch alle in den Booten, sich selbst eingeschlossen.

Es ging jetzt sehr schnell. Die Geräusche, mit denen die William Brown versank, drangen tief in Alexanders Gehirn ein und würden es zeitlebens nicht verlassen. Er hörte das Knarzen, Quietschen und Bersten des überstrapazierten Holzes, das Schmatzen, Zischen und Pfeifen der entweichenden Luft aus verborgenen Kammern des Schiffsbauches. Er spürte, wie es sich gegen den Untergang wehrte. Sich ein letztes Mal aufbäumte wie ein sterbender Wal. Das Meer schäumte, dann verschwand das Schiff endgültig in der schwarzen Tiefe und riss dabei alles verbliebene Leben mit sich in den Tod.

Sämtliche Geräusche verstummten mit dem Untergang des Schiffes. Das verzweifelte Flehen und Schreien der unrettbaren Seelen, das satte Klatschen der Wellen an das Wrack.

Fassungslose Blicke der Überlebenden glitten über das Meer, über die Stelle, an der eben noch ihr Schiff gelegen hatte. Viele schienen den Anblick nicht ertragen zu können, schlossen die Augen oder schauten weg. Vereinzelt hörte Alexander ein Schluchzen, dann senkte sich eine tiefe Ruhe über die Boote.

VIERZEHN

JOLLE UND LANGBOOT, NORDATLANTIK, 20. APRIL 1841, 0 UHR

George Harris saß am Heck der Jolle in der Nähe des Matrosen, der das Steuerruder übernommen hatte. Er empfand es als ungeheure Schmach, als Schandfleck einer langen Karriere, sein letztes Schiff an die See verloren zu haben. Dennoch war jetzt nicht der richtige Zeitpunkt, zurückzublicken, sondern die Kräfte für das Kommende zu bündeln.

Die derzeitige Stille dürfte nur kurz darüber hinwegtäuschen, dass sie noch lange nicht in Sicherheit waren. Sie trieben alleine und hilflos im eisigen Nordatlantik, und noch verband eine Leine die beiden Boote miteinander, wobei sich das träge und überfrachtete Langboot hinter ihnen als bremsend und somit hinderlich erwies.

Die Nacht war stockfinster, es gab keine Laterne im Boot. Dichter Nebel umgab sie und dämpfte die Geräusche der Wellen, die an das Boot klatschten. Die eisige Atlantikkälte ließ ihn erschaudern. Zumindest war der Seegang moderat und stellte sich ihnen nicht in den Weg.

Harris ließ das kleine Segel der Jolle setzen und seine

Männer zu dessen Unterstützung rudern. Er richtete das Boot so aus, dass sie die Wellen mit dem Bug voran schnitten und nicht seitlich von ihnen überrollt werden konnten.

Die Leine am Heck war eine Viertelmeile lang. Genug, um das andere Boot in sicherem Abstand zu halten, sodass sie nicht miteinander kollidierten. Sie war die meiste Zeit über straff gespannt, was darauf hindeutete, dass die kleinere Jolle das sperrige Langboot permanent hinter sich herzog. Dieser Bremsklotz verzögerte ihr eigenes Vorankommen erheblich. Der Überlebensplan bestand schließlich nicht darin, am Unglücksort zu verharren und auf fremde Hilfe zu warten. Es galt, so schnell es die Umstände ermöglichten, das Festland zu erreichen, mochte es derzeit auch noch so weit entfernt sein.

Bevor er die William Brown verlassen hatte, hatte Harris rasch ihre letzte Position abgeschätzt. Sie lag bei zirka dreiundvierzig Grad und dreißig Minuten Nord; neunundvierzig Grad und neununddreißig Minuten West. Das bedeutete eine Entfernung von zweihundertfünfzig Meilen nach Neufundland. Zwei Kompasse, eine Seekarte, einen Sextanten und eine Uhr hatte er eingesteckt. Sie mussten einen nordwestlichen Kurs zur Küste halten.

»Auf ein Wort, Kapitän Harris!«, rief ihm Rhodes vom Langboot aus zu.

Harris ließ die Ruderer pausieren und einige Armlängen Leine einholen, damit sich die Boote auf Ruflänge annäherten.

»Was gibt es, Rhodes?«

»Bitte um Erlaubnis, zu Ihnen an Bord kommen zu dürfen, Sir.«

»Das geht nicht. Hab ich Ihnen bereits gesagt. Sie haben das Kommando über das Boot, in dem Sie sitzen. Möglicherweise werden wir uns trennen müssen und dann sind Sie dort gefragt, als mein Stellvertreter.«

Rhodes, dieser feige Hund! Wenn's drauf ankommt, zieht er den Schwanz ein. Sonst hat er immer sein Maul weit aufgerissen.

Aber in dieser Krisis ist nun einmal jeder auf sich gestellt und untersteht nur noch der Gnade des Herrn, sofern es die überhaupt gibt.

»Aber Sir, halten zu Gnaden! Unser Boot ist übervoll, es droht jederzeit zu kentern! Wir würden es leichter machen, wenn ich zu Ihnen stöße. Die Boote wären ja weiterhin miteinander verbunden. Wir beide könnten sie dann von der Jolle aus gemeinsam führen.«

»Daraus wird nichts, Rhodes! Die widrigen Umstände erfordern es, die Leine demnächst zu kappen. Jedes Boot muss alleine versuchen, die Küste zu erreichen. Und die Chancen stehen besser, dass es auf diese Weise wenigstens einer von uns schafft. Zusammen bremsen wir uns unnötig aus.«

»Captain Harris, ich setze Sie davon in Kenntnis, dass unser Ruder so beschädigt zu sein scheint, dass wir manövrierunfähig sind. Sie müssen uns weiter ins Schlepptau nehmen. Wir unterstützen Sie mit den Riemen, so gut es geht. Wie Sie sehen, schaffen wir es nur mit Ihrer Hilfe, aber keineswegs alleine.«

Harris sah sich bestätigt: Das Langboot war nicht nur vollkommen überfüllt, lag tief im Wasser und drohte jederzeit zu kentern, sondern war mit einem offenbar defekten Ruder auch nicht zu steuern. Es stellte für sie eine lebensgefährliche Bedrohung dar.

Er musste das Langboot loswerden, objektiv betrachtet gab es keine andere Wahl. Er wollte jedoch keinesfalls herzlos erscheinen.

»Na gut, Rhodes. Folgender Vorschlag: Solange es finstere Nacht ist, bleiben wir zusammen. Bis zum Anbruch der Dämmerung werde ich die Lage überdenken und dann eine Entscheidung treffen.«

Er gab den Befehl, Leine zu lassen und den nordwestlichen Kurs wiederaufzunehmen.

Das Glück, ihre Tochter wiederbekommen zu haben, wirkte bei Margret immer noch nach. Sie versuchte, Isabella vor der Kälte, dem Wind und der hereinspritzenden Gischt zu schützen, indem sie ihren Mantel und ihre Arme eng um sie schlang.

Der Tod umgab sie, saß mit ihnen im Boot und wartete nur auf eine Gelegenheit, sie zu holen. Margret hoffte dennoch, dass die Matrosen die Lage im Griff hatten und dass Gott sie weiter behüten möge und den Tod auf Abstand hielt. Es ergab einfach keinen Sinn, den Untergang des Schiffes zu überleben, um dann in diesem Boot abzusaufen.

Margret versuchte sich selbst Mut zu spenden. Sie hatten es bis hierher geschafft, warum nicht auch weiter? Jede Stunde und jeder Tag, den sie überlebten, brachte sie näher an die Küste. Genug Proviant schienen sie dabeizuhaben, zwischen ihren Beinen standen mehrere Fässer herum. Für einige Tage sollte es reichen.

In ihrer Nähe saßen die Brüder MacAvoy, die die Passagiere aus dem Zwischendeck befreit hatten. Jetzt halfen sie beim Abschöpfen des ständig eindringenden Wassers. Da nicht genügend Eimer vorhanden waren, nutzen sie ihre Kappen, Schuhe und bloßen Hände.

Viele der Passagiere hockten auf dem nassen Boden wie in einer Badewanne; es gab nicht ausreichend Sitzplätze auf den Bänken. Der einzige Trost für sie war, dass sie windgeschützt hinter der Bootswand kauerten. Ansonsten waren sie bis zu den Hüften hinauf klatschnass und froren.

Das Ehepaar James und Ellen Black kauerte nicht weit weg von Margret, ebenso die armen Askens. Es freute Margret besonders, dass sie es in das Boot geschafft hatten, bei dem Pech, das sie seit dem Verlust ihres Bauernhofes in Irland pausenlos verfolgte.

In der Mitte des Langbootes zwängten sich die Matrosen

dicht aneinander. Die am Rand des Bootes sitzenden Männer pullten, soweit es der Platz erlaubte. Aufgrund der Enge und der fehlenden Bewegungsfreiheit war das ein mühsames Unterfangen. Die anderen versuchten, das Boot mit allen Mitteln zu lenzen. Wenn die Männer an den Riemen erschöpft waren, fluchten, stöhnten und keuchten, standen andere Matrosen oder einige der Passagiere auf, um sie abzulösen. Sie mussten sich dann neu sortieren, was jedes Mal ein gefährliches Manöver war, weil das Boot bedrohlich ins Schaukeln kam. Der Vorteil ihrer Anstrengungen schien wenigstens, dass sie nicht so froren wie sie selbst.

Viele der Passagiere, die sich ins Langboot gerettet hatten, trugen nichts weiter am Leib als ihre Nachthemden. Wie mussten die erst frieren? Die Evakuierung des Schiffes hatte sich innerhalb weniger Minuten vollzogen. Die Mutigen und Kurzentschlossenen waren sofort und ohne Verzögerung in das Langboot gestürzt, egal, was sie gerade am Leib getragen hatten. Die Zaudernden und Vorsichtigen hatten sich offenbar entschlossen, erst etwas Wärmeres anzuziehen, vielleicht ihre Wertsachen zu suchen, und waren wieder unter Deck verschwunden. Ein fataler Fehler. Es hatte letztlich zu lange gedauert, sie hatten es nicht mehr ins rettende Boot geschafft, was schließlich ihr Leben kostete. Die William Brown hatte sie mit sich in die Tiefe gerissen. Die Zeit war zu knapp gewesen. Wie knapp, hatte sie bei Isabella gesehen.

Was die Kleidung anbelangte, waren die Seemänner in einem weiteren Vorteil. Wahrscheinlich schliefen sie stets in voller Montur und mussten sich beim Verlassen der Hängematten nur eine Jacke oder das Ölzeug überziehen.

Eine friedvolle Stille prägte die erste Nacht. Niemand redete, viele dösten vor sich hin, die Kälte betäubte die Sinne und lullte ein. Andere beteten stumm.

Rhodes analysierte seine Lage. Sie erschien ihm hoffnungslos. Die Aussicht, das Land aus eigener Kraft zu erreichen, war für die Jolle deutlich besser. Da war mehr Platz, ausreichend Proviant, es gab ein Segel, das Boot war manövrierfähig und mit allen Instrumenten zur Navigation ausgestattet. Er gehörte dort hinein. Hier im Langboot saß er bei den Verlierern. Sein Platz war an der Seite des Kapitäns, bei den Aussichtsreichen, den Starken, den Gewinnern. Welche Ehre brachte ihm das Kommando über dieses beschissene überfüllte und manövrierunfähige Langboot? Ihm gebührte das Kommando über ein kapitales Schiff und nicht über ein Beiboot voller Versager kurz vor dem Absaufen. Außerdem wäre es jetzt vorteilhaft, in dieser diffizilen Lage einen erfahrenen Master und Commander an der Seite zu wissen. Setzte sich der Kapitän mit der Jolle ab, waren sie im Langboot endgültig verloren, das war klar. Harris hatte die besseren Karten und das war für Rhodes nicht hinnehmbar. Normalerweise stand er auf der Seite der Gewinner. Das durfte sich auch jetzt nicht ändern. Entweder verbesserten sich die Umstände erheblich bis zum nächsten Morgen oder er musste sich in die Jolle hinüberretten, koste es, was es wolle.

Der neue Morgen brach nur widerwillig an, als lohnte es sich nicht, das Geschehen sichtbar zu machen. Es dauerte Stunden, bis auch nur ein schmaler Streifen Dämmerung zu erahnen war.

Langsam erfasste Alexander die Umgebung ihres Bootes. Der dichte Nebel vereinte Himmel und Meer ohne Übergang, der Horizont war nicht abzugrenzen. In ihrer Nähe ragte ein riesiger Eisberg aus dem Wasser. Im Dunst schien er zu schweben. Seine Größe glich der einer Hütte, und eine Hilfsarmee kleiner scharfkantiger Brocken flankierte ihn und die beiden Boote, so weit er sehen konnte. Der Eisberg wies die Form eines riesigen Pferdesattels auf, als hätte der Teufel persönlich auf ihm gesessen; in der Mitte war er flacher, vorne und hinten ragten Vorsprünge wie Haltegriffe hervor. Ob es dieser Koloss gewesen war, der ihnen letzte Nacht das Verhängnis gebracht hatte?

Ein paar seiner Kameraden fischten Eisbrocken aus dem Wasser, schlugen handliche Stücke davon ab und lutschten sie.

»Schmeckt deutlich frischer, als 's faule Brackwasser, das du in den Fässern angeschleppt hast!«, riefen sie rüber.

Wie unbekümmert sie waren. War wohl eine Art Galgenhumor.

In der kriechenden Dämmerung pullten Harris' Männer die Jolle in Rufweite zum Langboot.

»Guten Morgen, Captain! Was für ein mühsames Geschäft, nicht wahr, Sir?«, rief Rhodes hinüber.

»Morgen, Rhodes. Ja, nichts zu machen. Meine Entscheidung ist über Nacht gereift, sie ist wohl überlegt und nunmehr getroffen«, antwortete Harris.

»Entschuldigung, Sir!«, unterbrach ihn ein Passagier des Langbootes. »Mein Name ist James Patrick und meine Schwägerin Eliza Lafferty ist bei Ihnen im Boot. Ich möchte Sie bitten, meine Frau Matilda, unseren kleinen Sohn Noah und mich bei Ihnen aufzunehmen. Dann wäre unsere Familie wieder vereint. Bei Ihnen scheint es noch ausreichend Platz für uns zu geben.«

»Bedaure, das geht nicht. Unser Boot ist voll genug. Mit mehr Gewicht kommen wir umso langsamer voran. Wir haben uns alle in das vorbestimmte Schicksal zu fügen, und ich hege nicht die Absicht, weiter darüber zu argumentieren.«

Damit schien Rhodes' Bemühen, in die wendigere Jolle zu wechseln, ebenfalls zwecklos.

»Captain Harris, Sir, ich möchte erneut in Erinnerung

rufen, dass wir hier mit dem defekten Ruder völlig manövrierunfähig sind. Unser Boot ist so stark überfüllt, dass wir nicht einmal mit den Riemen ordentlich pullen können. Sollte ein Sturm aufkommen, sind wir gezwungen, es auf irgendeine Weise zu erleichtern. Wir müssten beispielsweise Lose ziehen, um ...«

»Schweigen Sie, Rhodes! Sagen Sie nichts weiter. Ich weiß schon, worauf Sie hinauswollen. Sprechen Sie nicht davon. Das ist der allerletzte Ausweg, das muss Ihnen klar sein! Geben Sie stets das Beste, wie es die jeweiligen Umstände erfordern. Rudern Sie zweihundert Meilen in nordwestliche Richtung. Dort befindet sich die Küste von Neufundland. Ich sehe keine andere Lösung: Die Boote müssen sich trennen. Jeder wird es für sich alleine versuchen müssen.«

»Sir, war die William Brown eigentlich ausreichend versichert?«, fragte Rhodes.

Was bezweckte er mit der vollkommen unpassenden Frage zu diesem Zeitpunkt? Es gab wahrlich dringendere Probleme. Aber irgendwie passte sie auch zu Rhodes, schien doch der Mammon eine vorherrschende Rolle in dessen Leben zu spielen.

»Selbstverständlich, der Reeder wird dem Schiff keine Träne nachheulen. Aber was spielt das jetzt für eine Rolle? Bleiben wir bei der Sache, die Zeit läuft gegen uns. Wir wissen nicht, wie lange das Wetter noch mitspielt und sollten unser Ziel klar vor Augen behalten. Ich werde jetzt die Namen aller Seemänner und der Passagiere, die sich in Ihrem Boot befinden, in meinem Buch notieren. Reine Formsache, falls die Hafenautoritäten danach fragen.«

Harris hatte sie aufgegeben. Welchen Grund gab es sonst, ihre Namen auf eine Liste zu schreiben? Der Überlebenskampf in dieser Nussschale schien verloren, ein Schauer überlief Alexander bei diesem Gedanken, er fühlte sich nicht nur der Erbarmungslosigkeit der Kälte, sondern auch der des Kapitäns wehrlos ausgesetzt.

Harris kritzelte die Namen aller Matrosen und der überlebenden Passagiere in sein Buch: die der Blacks, Carrs, Corrs, Askens, Edgars, McGees, Nugents, MacAvoys, Nugents und vieler weiterer. Dann hielt er eine letzte Ansprache an die Matrosen.

»Männer, ihr werdet jetzt - jeder Einzelne von euch - auf das Kommando des Ersten Offiziers Francis Rhodes schwören. Ihr folgt seinen Anweisungen jederzeit und ohne Widerspruch, so wie ihr meinen bislang Folge geleistet habt. Rhodes ist jetzt der Kommandant eures Bootes.

Alexander, fangen wir mit dir an. Hebe die Hand und schwöre: Ich, Alexander Holmes, folge den Befehlen meines Kommandanten Francis Rhodes bis zum Ende der Reise oder bis in den Tod!«

Mit Verachtung sah Francis in Holmes' fassungsloses Gesicht. Dem Matrosen stand der Mund offen: Der impertinente Zwerg zögerte! Es war im Grunde selbstverständlich, dass die Matrosen ihm zu folgen hatten. Harris wollte wohl auf Nummer sicher gehen, was bei dem ewig Respektlosen in jedem Fall sinnvoll erschien.

Was für eine beschissene Ironie! Formal hatte er es jetzt endlich geschafft und sich seinen Lebenstraum erfüllt: Er bekam ein eigenes Kommando – über ein manövrierunfähiges leckes Boot, randvoll mit menschlichem Ballast, kurz vor dem Absaufen mitten im eisigen Atlantik.

Herzlichen Glückwunsch, mein lieber Francis! Was für eine Karriere hast du hingelegt und was für ein heroisches Ende wirst du nun finden!

Aber was sollte er tun? Er wiederum unterstand auch einem Kommando, dem er Folge zu leisten hatte.

»Holmes? So viel Zeit haben wir nicht!«, fragte Harris nach.

»Ja ... Ja, ich schwör's«, antwortete dieser endlich.

Danach wurden auch die vierzehn verbliebenen Matrosen eingeschworen. Keiner von ihnen zögerte so lange wie Holmes. Harris hatte es ganz offensichtlich eilig.

»Haltet euch nordwestlich, hier habt ihr einen Kompass«, sagte Harris und warf ihn Rhodes zu. »Folgt uns einfach nach. Good luck!«, sagte er noch und durchtrennte die Leine.

Es dauerte keine fünf Minuten und der Kapitän war mit seiner Jolle im Nebel verschwunden.

FÜNFZEHN

IM LANGBOOT, NORDATLANTIK, 20. APRIL 1841,
7 UHR

Der Wind stand günstig, er blies kräftig von Süden und unterstützte den Kurs des Langbootes nach Nordwesten, der Jolle des Kapitäns hinterher und vor allem der rettenden Küste Neufundlands entgegen.

Rhodes zeigte kaum Initiative. Er saß stumm im Heck, direkt neben dem nutzlosen Steuerruder.

»Wir könnten doch einen Riemen hernehmen, das alte kaputte Ruder weghauen und es damit ersetzen«, schlug Holmes vor.

»Dann mach's halt«, antwortete Rhodes und starrte nur vor sich hin. Er fühlte sich leer, einfach ausgelaugt.

Wofür sollte er noch kämpfen? Sein Plan der schnellen Atlantiküberquerung war gescheitert, sein Ruf als Erster Offizier damit für lange Zeit ruiniert. Ein Schiff zu verlieren, galt als schwerer Makel. Auf ihn fiel zumindest ein Teil der Schuld, dass die William Brown gesunken war und mit ihr das Leben vieler Menschen. So würden sie es womöglich darstellen, sollten sie das hier überhaupt überleben. Dabei hatte er sein Bestes gegeben. Die eigentliche Verantwortung trug immer der Kapitän. Es war dessen Schiff und dessen Kommando.

Doch jetzt war es sinnlos, darüber nachzudenken, über diese Fragen mussten andere ihr Urteil fällen. Derzeit galt es, ihr Überleben zu sichern und auf dem Meer zu bestehen.

Was war nur los mit ihm? Er fühlte sich wie ein Klotz aus Blei, den man auf der Ruderbank festgeschraubt hatte. Er empfand gar keine Lust mehr, ums Leben zu kämpfen, es schien alles vergebens, jede Mühe schlicht aussichtslos. Er hätte wenigstens Angst um sein eigenes Leben haben müssen, doch er empfand nichts, weder Furcht vor dem Tod noch den Mut für einen Überlebenskampf. Als hätte Harris nicht nur die Leine zu ihrem Boot, sondern eine Art lebensspendende Nabelschnur durchtrennt.

∼

Alexander nahm seine stumpfe Axt und zertrümmerte das nutzlose Steuerruder. Er hieb mehrmals darauf ein, bis das Holz zersplitterte und davonflog. Eine gute Gelegenheit, sich abzureagieren und zu wärmen.

Was war mit Rhodes los, der sich dafür rühmte, immer in Bewegung zu bleiben? Jetzt war bei ihm offenbar die Luft raus.

Alexander band das Ruder mit einer Leine fest und probierte es aus. Das Ruderblatt war viel zu schmal, es entfaltete keine merkliche Wirkung, schien dennoch ein wenig besser als das vorherige zu sein, bei dem das ganze Holz kurz nach dem Wassern geradewegs unter ihren Händen wie ein morscher Zwieback zerbröselt war.

Der streng geregelte Tagesablauf, der normalerweise auf einem Schiff herrschte, war aufgelöst. Es fehlte ein Commander, der klare Anweisungen erteilte und damit ein Gefühl von Ordnung aufrechterhielt. Rhodes machte keine Anstalten, diese Aufgabe wahrzunehmen. Ein guter Offizier hätte seine Männer in Schichten eingeteilt: Ein Drittel ruht sich aus, ein Drittel pullt und ein Drittel lenzt. Alexander hätte Proviant und Wasser rationiert und verteilt, die Passagiere in die Abläufe einbezogen und ihnen - weitaus wichtiger - Mut zugesprochen.

Rhodes blieb wie ein unbeteiligter Dritter sitzen und schwieg. Seine Männer überließ er sich selbst, es entstand eine Leere, die zunehmend von einer giftigen Atmosphäre gefüllt wurde. Ein Matrose, er sah aus wie Joe Stetson, stand auf, drängte sich zum Dollbord, rammte dabei seine Ellenbogen den Passagieren in die Gesichter und zerrte Smith am Kragen vom Ruder weg.

»Mann, Charles!«, schrie er, »Was machst'n für 'ne Scheiße da! Bei dir hängt der Riemen ja mehr im Himmel statt im Wasser!«

»Halt dein dreckiges Maul, Joe, und verpiss dich! Geh zum Teufel!«

Das Gerangel endete damit, dass das Boot ins Schaukeln kam und noch mehr Wasser reinschwappte.

»Jetzt beruhigt euch wieder und haltet die Füße still, bevor wir alle noch draußen landen«, rief Alexander ihnen zu und die Lage beruhigte sich wieder.

Dank des steten Windes und Pullens kämpften sie sich mühsam Meile um Meile voran. Alexander sah Rhodes nie mit dem Kompass in der Hand. Niemand prüfte nach, ob die Richtung stimmte. Immerhin waren sie beschäftigt und hatten den Eindruck vorwärtszukommen, ein Ziel vor Augen: die Küste von Neufundland, Kapitän Harris hinterher. Sie war zwar weit weg, aber nicht unerreichbar.

»Sollen wir versuchen, mit einem Riemen ein Segel zu bauen? Der Wind treibt uns dann schneller voran«, fragte Alexander an Rhodes gewandt.

»Mach's halt.«

Aus den Resten einer Leine, einem Streifen Segeltuch und

dem Mantel eines Matrosen konstruierten sie ein provisorisches Segel. Sie richteten es in der Mitte des Langbootes auf und banden es an einer Ruderbank fest.

Es blähte sich in der nächsten Windböe kurz auf, brach in der Mitte, flog über die See fort und verschwand im Nebel.

»Alles sinnlos«, sagte Rhodes.

Im Laufe des Vormittags änderte sich die Richtung des Windes. Er blies ihnen jetzt genau entgegen, das Pullen brachte sie keinen Zoll mehr weiter vom Fleck. Vermutlich drehten sie sich seit Stunden im Kreis. Der Kompass blieb weiterhin unbenutzt.

»Captain, Sir, was solln wir jetz machen? Wir kommen kaum voran, wenn se mich fragen. Das Pullen zehrt bloß an den Kräften und bringt nich mal was«, sagte James Norton, der aufgestanden war, um Rhodes anzusprechen.

»Nenn mich nicht Captain, verdammt noch mal«, erwiderte dieser.

»Verstanden, äh ... Sir. Was solln wir also Ihrer Meinung nach tun?«

»Gibt's Vorschläge?«

»Wenn wir so eh nicht die Küste erreichen können, würde ich umdrehen und mit dem Wind in südliche Richtung treiben«, sagte Alexander.

»Weg von Captain Harris, weg vom Festland und noch weiter aufs offene Meer? Da kannst du das Boot auch gleich umkippen. Dann geht es schneller zu Ende«, sagte Rhodes.

»Mit dem Wind zu rudern wäre leichter und wir kämen flotter voran. Wir könnten versuchen, näher an die Schiffsrouten im Süden zu kommen. Dort ist mehr Verkehr und wir haben größere Chancen, dass uns jemand sieht, statt hier auf der Stelle zu treten.«

»Hat noch jemand eine bessere Idee als der Klugscheißer?«

Es herrschte allgemeines Schweigen und Rhodes setzte sich kommentarlos wieder. Sie wendeten und pullten in entgegengesetzter Richtung mit dem Wind weiter. Marshall teilte unaufgefordert Wasser und Zwieback aus. Heute kümmerte sich niemand um die darin kriechenden Maden. Ohnehin schien niemand hungrig zu sein. Die Kälte setzte ihnen viel mehr zu, insbesondere denen, die nur ihr ihre dünnen Nachtkleider trugen. Sie saßen, blutleeren Wesen gleich, stumpf vor sich hinblickend auf den Ruderbänken.

Einzelne Matrosen trennten sich von ihren Jacken oder ihren Mänteln, damit Passagiere, die halbnackt im Boot kauerten, weniger froren. Alexander zog sein Ölzeug aus und reichte es Biddy Nugent, die sich zitternd darin einwickelte.

Am Nachmittag verschlechterte sich die Wetterlage. Der Wind frischte auf, ein kalter, harter Regen prasselte auf das Langboot herab, gemischt mit scharfkantigen Graupeln, als wollten sie die Überlebenden mit kleinen Ohrfeigen verhöhnen. Trotz unermüdlichen Schöpfens füllte sich das Boot mit Wasser von oben und von der Seite durch die hohen Wellen, die rhythmisch gegen die Bootswand schlugen und sich schwallartig über das Dollbord ergossen. Die Menschen, die nahe am Bug kauerten, waren nass von Kopf bis Fuß.

»So geht's nicht weiter, verdammt nochmal.« Rhodes zwängte sich von achtern in die Mitte zu den Matrosen.

Von einer schwachen Glut in den Eingeweiden ausgehend züngelte ein Feuer in ihm. Der Herzschlag beschleunigte sich, und der Schleier, der von seinem Hirn Besitz zu ergreifen drohte und ihn lähmte, verschwand langsam. Sie kam zurück, die alte Wut.

»Das Boot ist zu schwer, wir können so nicht überleben. Entweder wir machen es leichter oder wir saufen ab. Und zwar alle.«

»Solln wir 'n paar Fässer mit Proviant rauswerfen?«, fragte der Koch.

»Das macht's gerade mal so viel leichter, wie wenn du über die Reling kotzt! Und dann haben wir nachher nichts mehr zum Fressen«, erwiderte Rhodes. »Ich drück mich mal klarer aus: Hier ist zu viel nutzloser menschlicher Ballast an Bord. Und was überflüssig ist, muss weg. Wir machen es wie ein Wundarzt, der faules Fleisch wegschneidet.«

»Sie meinen, wie damals auf der *Essex*, als die in Lebensgefahr waren?«, fragte Holmes. »Die haben Streichhölzer gezogen. Das erste Los galt demjenigen, der rausgeschmissen wurde, und das zweite Los dem anderen, der es tun musste.«

Ein entsetztes Raunen ging durch die Reihen der Passagiere und Matrosen.

»Also ich würde noch abwarten. Die See beruhigt sich schon wieder«, fuhr Holmes fort. »Und dann kommt bestimmt bald ein Schiff und nimmt uns alle auf.«

»Woll, seh ich auch so. So schlimm isses nich. Wir müssen sowas nich tun«, sagte Jack Messer.

»Bullshit! Ich hab gesagt, wir machen es wie ein verdammter Wundarzt. Wir schneiden nur das grindige Fleisch weg. Und dazu brauche ich keine Lose. Grind erkenn ich an seinem penetranten Gestank, und zwar meilenweit gegen den Wind! Wir fangen am besten gleich mit euch beiden an. Los Männer, ergreift diesen Holmes und seinen Adjutanten!«, befahl Rhodes. Eine bessere Gelegenheit, dieses renitente Pack endlich loszuwerden, konnte er sich gar nicht vorstellen. Es blieben noch genug kräftige und vor allem willige Seemänner übrig, die dann den restlichen Ballast entsorgen könnten.

Murray und Marshall reagierten zuerst und brachten sich in Stellung. Sie streckten ihre Pranken aus, um Holmes und Messer zu fassen.

»Nen Augenblick noch, Jungs. Eins müsst ihr wissen! Wer uns anfasst, kriegt erst den hier zwischen die Rippen geschoben und geht dann vor uns über Bord«, sagte Jack. Lautlos und blitzschnell zog er die Klinge über die ausgestreckte Hand des Kochs, woraufhin dieser zurückzuckte und fluchte.

»Los jetzt, schmeißt sie endlich raus, worauf wartet ihr noch?«, schrie Rhodes hinter ihnen.

Als Nächstes durchbohrte Jack Messer Marshalls Öljacke in Herzhöhe mit der vorn spitz zulaufenden Klinge, woraufhin auch dieser zurückwich. Jack hatte eindeutig das überzeugendere Argument auf seiner Seite. Sie wandten sich von den beiden ab und setzten sich schweigend wieder hin.

Zu Rhodes Missfallen war das Thema damit fürs Erste vom Tisch, doch das Feuer, die Wut in ihm, züngelte weiter. Alleine richtete er jedoch nichts aus, er musste die Männer auf seine Seite ziehen, der Funke musste überspringen.

Sie pullten, sie schöpften. Und schwiegen eine ganze Weile.

Die Passagiere auf und zwischen den Ruderbänken bemühten sich um Unsichtbarkeit, duckten sich und gaben keinen Laut von sich.

Der Abend dämmerte in immer tristeren Grautönen. Weit und breit war nirgendwo ein Schiff in Sicht. Sie hätten schon mit einem kollidieren müssen, um es zu überhaupt bemerken. Der dichte Nebel verschlang alles, was sich jenseits ihrer Ruderblätter befand. Der eiskalte Regen peitschte Rhodes ins Gesicht und ergoss sich in tausenden Rinnsalen an seinem Körper herab ins Boot. Der Seegang wurde von Stunde zu Stunde rauer. Mannshohe Wellenkämme schickten fortwährend Wasser über den Rand. Sie ruderten und blieben dennoch orientierungslos. Sie schöpften und die Nässe im Boot stieg doch stetig an. Die Kälte kroch an den Beinen hoch und senkte sich zudem von oben herab. Schwermut beherrschte die Gesichter aller.

Es reichte jetzt endgültig. Rhodes bahnte sich erneut den Weg in die Mitte des Langbootes. »Männer, die Zeit ist gekommen. Weg mit dem faulen Fleisch, an die Arbeit!«, befahl er.

Es dauerte eine Weile, bis der Erste zögernd aufstand, der Matrose William Miller. Es folgte Murray, der Koch. Sie ignorierten diesmal Holmes und Messer, die Klinge und der kameradschaftliche Respekt standen dem Erforderlichen offenbar im Weg. Rhodes widersprach nicht. Die Passagiere stellten ohnehin leichtere Ziele dar, und sie waren es natürlich auch, alleine der überwältigenden Überzahl wegen, die er mit dem faulen Fleisch meinte, das es wegzuschneiden galt. Die Männer sahen sich in ihrer direkten Umgebung um und ihre Wahl fiel auf den Erstbesten.

Es war John Black.

»Du da, aufstehen!«, rief der Koch und tippte ihm auf die Schulter.

John blieb sitzen. »O mein Gott! Lasst mich in Ruh! Das ist doch nicht der richtige Weg. So läuft das nicht. Du kannst doch nicht irgendjemanden antippen und dann einfach raus ins Meer werfen. Das ist blanker Mord!«, schrie er.

Aufgeregtes Raunen breitete sich unter den Passagieren aus und schwoll bedrohlich an. Wenn sie den jetzt mit Gewalt rauswarfen und die Meute revoltierte, indem sie den Halunken beschützte, riskierten sie ein gefährliches Handgemenge und das Boot kenterte am Ende.

»Okay Männer, haltet ein. Lasst mich einen Moment nachdenken«, sagte Rhodes. Die Wut in seinem Bauch glomm, spürbar, doch letztlich zu leise. Sie war nicht vollends entfacht, das alte Feuer loderte noch nicht in ihm, es fehlte etwas – doch was? Miller und Murray setzten sich wieder und maulten.

Nach Mitternacht. Die Wellen schlugen unablässig gegen das

bleischwere Boot, das Wasser schwappte über das Dollbord, Gischt und Regen peitschten ihnen in die Gesichter. Kein anderes Schiff war in Sicht, keine Rettung denkbar, selbst der eigene Tod als Erlösung stellte sich nicht ein, als wären sie das verschleppte Remis im ewigen Schachspiel zwischen Gott und seinem Kontrahenten.

Die Dunkelheit, die seit mehreren Stunden herrschte, verstärkte bei Rhodes die Gewissheit, dass das Ende nahte. Der Himmel war nicht vollkommen schwarz, trotz allem. Ein diffus fahles Licht, der Nachruf an das Vorhandensein der Gestirne jenseits der Nebelwand, mühte sich zu ihnen herab. Ausgefransten Scherenschnitten gleich sah er die sich im Boot drängenden Leiber, die mit ihrer todbringenden Last das Unheil heraufbeschworen.

Rhodes' Leben war zum ersten Mal aus den Fugen geraten. Er gestand sich ein, die Kontrolle verloren zu haben. Er hatte die Macht eingebüßt, sein Schicksal komplett selbst bestimmen zu können, und das verursachte ein Gefühl der Ohnmacht. Die seit Stunden währende Zauderei von ihm und den Männern hatte ihre Lage nicht gebessert, im Gegenteil. Sie schafften es nicht länger, sich das Wasser vom Leib zu halten, der obere Rand des Dollbords ragte nur um Haaresbreite über die Wasseroberfläche hinaus. Er erinnerte sich an seine Kindheit, wie er zu Hause in der Badewanne gesessen hatte. Sein kleines holzgeschnitztes Bötchen schwamm vor ihm im Bottich. Er füllte es langsam mit Badewasser und beobachtete gespannt, wann der Punkt kam, an dem es umkippte. Er gab Unmengen an Wasser hinein und es rührte sich nicht. Dann kam der eine Tropfen. Der ließ es innerhalb eines Wimpernschlages kentern. Nie konnte der kleine Francis vorhersagen, welches der fatale letzte Tropfen sein würde. Das hatte ihn so gefuchst, dass er das Spiel wieder und wieder mit beinahe wissenschaftlichem Eifer gespielt hatte. Er musste die Gesetzmäßigkeit finden, die es ihm erlaubte, die volle Kontrolle über das Boot bis zum Schluss auszuüben. Er war der Gott des Bötchens. Am Ende hatte ihn seine Mutter an den Haaren aus dem Wasser gezogen.

Und jetzt saß er selbst in diesem Boot und wartete auf den letzten fatalen Tropfen. Gott war diesmal ein anderer.

Was ließ ihn nun bei dem unausweichlichen Befehl zögern? Es war doch klar, was zu tun war. Wo war sein Antrieb, das Schicksal in die Hand zu nehmen?

Die Gelegenheit dazu bekam er kurz darauf.

Erneut kam Unruhe bei den Reisenden am Heck auf. Zahlreiche Passagiere fielen in den Chor ein.

»Das Boot sinkt, wir sind verloren!«

»Der Stopfen ist draußen, es kommt immer mehr Wasser herein. Wir sinken!«

»Gott sei unsren armen Seelen gnädig!«

Rhodes zwängte sich zu seiner Mannschaft durch. »Seht selbst, so geht's nicht weiter. Schluss jetzt. Zeit zu handeln. Matrosen, an die Arbeit! Und ich sag es zum letzten Mal«, befahl er.

Dieses Mal protestierte auch keiner der Passagiere. Die männlichen Reisenden duckten sich, teilweise wurden sie durch ihre Frauen versteckt. Sie ahnten wohl, was ihnen drohte. Und in der Tat, die Höflichkeit gebot, Frauen und Kinder bis zum Schluss zu schonen, er war schließlich ein Mann von Ehre.

Die Matrosen blieben untätig. Rhodes riss sich zusammen, Wut sollte stets antreiben, aber nicht in Hysterie abgleiten.

»Wenn wir das Boot jetzt nicht sofort leichter machen, kentert es. Ich seh's kommen und dann sterbt ihr alle. Wir müssen wenige opfern, damit der Rest eine Chance hat. Die Männer zuerst.«

Erneut regte sich keiner der Seeleute.

Rhodes erhob die Stimme, verlieh ihr mit schwindender Kraft Pathos: »Leute, an die Arbeit oder ihr seid alle verloren!«

Vier standen auf. Die Matrosen Charlie Smith, Joseph Stetson, der Koch Henry Murray und der Steward Joseph Marshall.

Ohne weiteres Zögern und längeres Nachdenken tippten sie diesmal Owen Riley an die Schulter. Er zuckte zusammen, versuchte, sich wie ein Embryo zusammenzurollen.

»Deine Zeit iss gekommen«, sagte Murray.

»So hilf mir doch jemand«, flehte Riley. Er wandte sich bettelnd an Margret Edgar. Sie galt bei den Reisenden offenbar als Respektsperson, eine Heilige beinahe. »Mrs. Edgar, Sie müssen mir helfen! Ich will nach Philadelphia zu meiner Frau, sie wartet dort auf mich.«

»Gütiger Gott! Sie wollen doch nicht etwa einen unschuldigen Menschen ertränken?«, sagte sie an die Matrosen gewandt.

Der Koch beantwortete ihre Frage ohne Worte. Er stellte seine körperliche Überlegenheit erneut unter Beweis, packte Riley rasch am Kragen und schleuderte ihn kommentarlos über Bord.

Riley war offenbar so überrascht gewesen, dass er sich nicht wehrte. Der Aufprall auf dem Wasser erzeugte ein harmloses dumpfes Platschen und er war weg. Der eisige Ozean schluckte den Mann und der Nebel wiederum die Geräusche seines Todeskampfes. Es war so einfach. Rhodes vernahm einzelne aufgeregte »Ahs« und bedauernde »Ohs«, doch die befürchtete Meuterei der Passagiere blieb aus. Entweder waren sie durch die erbarmungslose Kälte betäubt, oder auch sie hatten begriffen, dass dies der einzige Weg zu ihrer - wenn auch unwahrscheinlichen - Rettung war.

Die Bürde des Anfangs war überwunden, der Plan kam ins Rollen. Rhodes setzte sich befriedigt, aber erschöpft zurück ins Heck und betrachtete das weitere Geschehen wie ein Zuschauer. Seine Arbeit war getan. Auf die Männer war doch Verlass.

»Murray, was machste denn für einen Scheiß? Setz dich

wieder und lass die armen Leute in Ruhe – entweder wir kommen alle gemeinsam durch oder es ist eh vorbei«, sagte Alexander.

»Halt doch's Maul und setz dich selber wieder. Wenn du schon keine Eier in der Hose hast und nich mitmachst, dann lass uns in Ruhe«, sagte der Koch.

Nachdem den Passagieren klargeworden war, dass keine hohlen Drohungen ausgesprochen wurden, dass ab jetzt nicht mehr lange gefackelt wurde, versanken sie nicht vollends in Lethargie. Kälte hin oder her, die alten Instinkte erwachten.

Sie versuchten hektisch, sich in Deckung zu bringen, kauerten sich zwischen den Ruderbänken auf den Boden, auch wenn sie dort mitten im Wasser lagen. Besorgte Frauen breiteten hastig Mäntel über ihre Ehemänner, Brüder oder Cousins. Doch es gab hier keine wirklichen Verstecke. Die meisten schauten einfach weg, als hätten sie mit dem Geschehen nichts zu tun.

Rhodes verfolgte das Schauspiel und verschränkte seine Arme nicht ohne Genuss. Verloren waren sie ohnehin alle. Die Männer, die sie jetzt opferten, waren im Grunde zu beneiden. Sie starben nicht nur als Helden, sie wurden überdies schneller von ihrem sinnlosen Überlebenskampf, dieser ewigen Qual, erlöst. Zugegeben, besser war es noch den Leuten ergangen, die sofort mit dem Schiff untergegangen waren. Sie hatten jetzt keine irdischen Sorgen mehr. Den Genuss dieses Schauspiels empfand er als letzten gerechten Ausgleich für die noch zu erduldenden Qualen bis zum eigenen Tod. Selbst wenn das Boot später leichter sein würde, stellte das längst keine Rettung dar. Wer wusste denn, wie lange sie ohne Hilfe in der nassen Kälte durchhielten? Bald schon würden sie erfrieren oder verdursten oder dennoch kentern. Es könnte sie jederzeit eine Welle von der Seite erwischen, dann war es aus, selbst wenn nur zehn Mann drinnen säßen. Welches war der letzte Tropfen, der ihr Boot kippen ließ?

Der nächste machte kein Theater, was Rhodes ein wenig bedauerte. James Todd war ein echter Mann. Nachdem er ausgewählt worden war, stand er wortlos auf und sprang freiwillig über Bord.

∼

»Männer, so geht das doch nicht! Hört endlich auf damit! Ihr könnt die Leute doch nicht mutwillig töten. Wenn schon jemand raus muss, ziehen wir halt Lose. Aber alle«, schrie Alexander und spie in seiner Wut einen Schwall Wasser in die Nacht.

»Schmeißt den Querulanten jetzt endgültig über Bord! Ich kann sein erbärmliches Gewimmer nicht mehr ertragen. Der macht uns nur Ärger, von Anfang an«, sagte Rhodes.

Der Koch packte Alexander am Kragen und hielt ihn unschlüssig fest, da quetschte sich Jack von hinten durch, das lange Messer in der Hand.

»Murray, du Dreckschwein, lass sofort …«, sagte Jack, konnte den Satz jedoch nicht beenden. Aus dem dunklen Nichts hinter ihm zischte ein scharfkantiges Ruderblatt heran und schlug gegen Jacks Hinterkopf. Das Messer entglitt ihm und verschwand in der schwarzen Brühe am Grund des Bootes. Dann fiel der massige Körper wortlos vornüber. Seine Kameraden fingen ihn auf und legten ihn quer zu ihren Füßen auf den nassen Boden.

Jetzt war Alexander alleine. Der Koch ließ ihn vorläufig wieder los, schien unschlüssig zu sein, wie er sich verhalten sollte.

»Murray, schmeiß das Arschloch endlich raus, worauf wartest du? Das ist ein Befehl!«, sagte Rhodes.

»Ich tus nich gern, Alexander. Aber hast's ja selber gehört. Warst kein schlechter Kerl, 's wollt ich noch gesagt haben«, sagte der Koch.

»Okay, Rhodes«, sagte Alexander. »Ich hab's verstanden.

Ich geh, aber ich will alleine springen, das ist mein letzter Wunsch. Die Jungs müssen es nicht tun, ich will ihnen ersparen, einen Kameraden zu töten. Und Männer, ich sag's euch noch mal: Werft keine unschuldigen Leute mehr raus. Lebt wohl und viel Glück.«

Alexander stellte sich an das Dollbord, stützte sich mit der linken Hand ab und sprang über Bord.

SECHZEHN

IM LANGBOOT, NORDATLANTIK, 21. APRIL 1841,
2 UHR

Alexander klammerte sich im Sprung mit der linken Hand am Dollbord fest und drehte sich dabei mit Gesicht und Körper zur Bootswand. Dann griff seine rechte Hand zu. Als die Füße das kalte Atlantikwasser spürten, zog er die Beine an und stützte sich mit den Knien an der Wand ab.

Er hielt kurz inne, um keine Geräusche zu machen und gewiss zu sein, dass sich niemand mehr um ihn kümmerte.

Das war offensichtlich der Fall, die Männer waren verstummt, vielleicht waren sie überrascht oder todmüde oder einfach nachlässig.

Vorsichtig hangelte er sich seitlich an der Bootswand in Richtung Bug. Hand um Hand, Zoll für Zoll. Es kostete ihn Unmengen an Kraft, doch sein Überlebenswille ließ ihn erneut nicht im Stich.

Er wusste, dass sich an der Bugspitze keiner von der Crew befand, sondern nur Passagiere.

Kurz vor Erreichen des Bugs zog er sich langsam hoch und spähte über die Reling. Der nächste Moment war der heikelste, denn es galt, niemanden wegen seines unvermittelten Auftauchens in Aufruhr zu versetzen. Nicht, dass sie ihn für einen seelenlosen Wiedergänger hielten und herumschrien.

»Pssst! Nich erschrecken! Ich bin's nur, der Matrose Alexander Holmes. Ich komm jetzt gleich zu euch rein. Bleibt ruhig und still sitzen und ignoriert mich einfach«, sagte er und glitt an Bord, lautlos wie ein Aal.

Wieder im Langboot blieb er zunächst auf dem Boden liegen. Er registrierte, wie ihn jemand mit einem Mantel oder einem Tuch zudeckte. Man wollte ihn wohl vor seinen Kameraden und Rhodes verbergen.

Alexander rührte sich nicht und indem er den Stoff am Rand vorsichtig anhob, beobachtete er zunächst, ob die Lage an Bord friedlich war oder das Schlachten weiterging.

∼

Rhodes bemerkte, dass der Elan seiner Truppe nach dem Verschwinden von Holmes deutlich nachgelassen hatte, denn seither legten sie eine Pause ein. Einen Mann aus den eigenen Reihen zu opfern, schien sich demoralisierend auszuwirken, und er gab im Stillen zu, diesen Aspekt unterschätzt zu haben. Wer garantierte den Matrosen nun, dass nicht noch ein weiterer von ihnen rausgeschmissen wurde? Vielleicht zeigten auch die letzten Worte des Zwergs Wirkung. Doch was half es, die Arbeit war noch nicht beendet.

»Auf geht's, Männer, weitermachen! Wir sind noch nicht am Ziel, der Tod sitzt noch immer mit uns an Bord. Das Wasser schwappt weiter ohne Unterlass über's Dollbord. Los jetzt, der Nächste!«, sagte Rhodes.

James MacAvoy bereitete keine Probleme. Diesmal war es Stetson, der aktiv wurde. Er legte seine Hand salbungsvoll auf dessen Kopf, als wollte er ihn segnen.

»Bitte gebt mir nur einen Moment. Ich muss noch meinen Frieden mit Gott machen«, sagte MacAvoy.

Er kniete sich hin. Nach fünf Minuten stand er auf, knöpfte sich seinen Mantel bis zum Hals hin zu, als schützte ihn das vor der bevorstehenden Kälte, nickte und sprang ins Wasser.

»Um Himmels willen! Warum hört ihr denn nicht endlich auf mit dem sinnlosen Töten? Lasst sie doch in Ruhe«, sagte Holmes. Er hatte vorn am Bug eine Decke zur Seite gerissen, war aufgestanden und kehrte zurück in die Mitte zu den Kameraden wie dieser Jude nach seiner Kreuzigung.

Rhodes sah die Matrosen erschrocken zurückweichen, als hätten sie einen Geist vor sich, einen Wiedergänger. Er selbst war so überrumpelt, dass er zunächst keinen Ton herausbrachte. Wo kam der Scheißkerl nun schon wieder her? Warum war er nicht kleinzukriegen?

»Verdammt, Holmes, bist du's wirklich?«

»Sicher, wer sonst? Ich kann nicht mit ansehen, wie ihr Leben einfach so fortschmeißt«, sagte Alexander.

Rhodes kochte vor Wut. »Das ist Meuterei! Fesselt ihn und schmeißt ihn in irgendeine Ecke, sodass er uns nicht mehr in die Quere kommt. Ich werd den Meuterer später persönlich vor Gericht zerren wegen seiner Impertinenz. Dann kann er am Galgen baumeln. Und wenn er trotzdem keine Ruhe gibt, reiß ich ihn eigenhändig in Stücke«, schrie Rhodes.

Dieser Holmes war so widerwärtig und zäh wie eine verfluchte Kakerlake, die man wiederholt mit den Stiefeln zertrampelte und die sich trotzdem immer wieder aufblies und frech davonlief. Der Wicht war ebenso wenig kleinzukriegen.

Doch Meuterei war kein Kavaliersdelikt. Gehorsam banden die Matrosen Holmes' Hände auf dem Rücken zusammen und schoben ihn neben Jack, der nach wie vor besinnungslos auf dem Boden lag.

Eine lethargische Stille breitete sich im Boot aus. Bedingt durch die Dunkelheit und den Nebel waren die rausgeworfenen Körper spurlos verschwunden. Das erleichterte die Arbeit. Dennoch hatte Holmes das Werk seiner Männer erneut ins Stocken gebracht, der Schwung fehlte.

»Was ist denn los mit euch, Männer? Meint ihr denn, unsere Probleme lösen sich von alleine? An die Arbeit!«, schrie Rhodes.

Bei George Duffy gestaltete sich das Verfahren bedauerlicherweise zäh. Jämmerlich und unmännlich bettelte und winselte er um sein armseliges Leben.

»Ich habe doch Frau und liebe Kinder in den Staaten. Verschont mich, um Gottes Gnade«, sagte er.

Murray und Smith oder ein anderer – wer wollte das schon mit Gewissheit sagen – schüttelten die Köpfe.

»Keine Chance, Mann. Der Captain hat's befohlen.« Sie packten ihn.

»Bitte, haltet ein! Meine Nichte Bridget sitzt hier bei mir. Ich begleite sie, sie braucht mich. Wer beschützt sie denn, wenn ich weg bin?«

»Lasst es, ihr müsst das nicht tun! Folgt euren Herzen, lasst die arme Seele in Ruh«, sagte Alexander.

Nichts hielt Rhodes mehr auf der Ruderbank im Heck. Er bahnte sich den Weg zu dem am Boden gefesselten Holmes. Er packte mit einer Hand dessen Kragen, richtete seinen Oberkörper auf und schleuderte ihm mit voller Wut und Kraft die Faust mitten ins Gesicht. Auf die Nase, die Lippen, die Augen. Zweimal, dreimal, viermal. »Halt jetzt endlich deine verfluchte Fresse!«, schrie Rhodes. Benommen sackte Holmes in sich zusammen.

Die Männer schickten Duffy auf seine letzte Reise.

Kandidat Nummer fünf, Charlie Conlin, bat Holmes direkt um Hilfe. Eine neue Variante. Er schien ihn tatsächlich für eine Art Erlöser zu halten. Woher auch immer er ihn kannte, wusste Rhodes nicht. Vermutlich hatten sie sich in der gleichen dreckigen Kneipe rumgetrieben. Vielleicht hatten sie sich dieselbe kleine Nutte geteilt.

»Holmes, mein Freund! Sie werden doch nicht zulassen, dass diese Männer mich ...«, sagte Conlin.

Alexander mühte sich stöhnend in eine aufrechtere Position. »Ja, Conlin, ja. Warte nur. Ich komm. Ich tu, was ich kann«, sagte er. Es klang mühsam. Er spuckte eine Masse blutiger Klumpen auf den Boden und rieb seine Hände am Rücken gegeneinander, versuchte, sich von der Fessel zu befreien. Vergeblich.

Und weg war auch Conlin.

Es gab zwar gewisse Fortschritte, doch Rhodes störte, dass sich in diesem Unterfangen keine Routine zeigte. Es lief nicht geschmeidig, und das verdankte er Holmes. Da war er sich sicher. Es könnte auch anders gehen – besser, schneller, effizienter. Wie beim Schlachter und dessen Arbeit. Vielleicht hatte der ja zu Beginn seiner Ausbildung mit dem allerersten Schwein auch noch Mitleid. Möglicherweise zögerte er beim ersten Hieb, hielt kurz inne. Schlug dann doch zu und flennte nachher. Das zweite Schwein machte schon weniger Kummer. Das Blut spritzte umher, lief dann dick und träge in den Abfluss, egal. Am Ende des Tages dachte der Schlachter nicht mehr über die Viecher nach. Es war nur eine Tätigkeit, eine notwendige Bestimmung. Er tötete Tiere, damit die Menschen lebten, ein Gesetz der Natur. Genauso war es hier an Bord des Langbootes. Sogar ganz sauber, ohne Blut. Nach getaner Arbeit schmerzten höchstens die Muskeln, das war die größte Pein. Aber selbst die gewöhnten sich mit der Zeit daran.

»Ihr feigen Schweine da hinten! Hört auf, euch zu verstecken! Nehmt es hin wie wahre Männer!«, rief Rhodes auf der Suche nach weiteren Opfern.

Der Reihe nach schickten sie Martin MacAvoy, Robert Hunter, John Wilson, John Welsh und James Smith auf ihre letzte eisige Fahrt in den Nordatlantik. Holmes bemühte sich, die Männer von ihrer Arbeit abzuhalten. Indes, es half nichts. Seine Augen waren zugeschwollen wie zwei Ballons, die Lippen zerfetzt. Sein Lamentieren war leise und schwer verständlich, mehr ein lallendes Gesabber. Als hätte er das Maul randvoll mit Brei. Das Einzige, was da noch rauskam, glich einer müden Lava aus Blut.

Rhodes wurde zunehmend müde, die Kälte und eine bleierne Erschöpfung forderten ihren Tribut. Seine Augendeckel klappten gerade zu, als ein hysterisches Gekreische seine Aufmerksamkeit aufs Neue erregte und er die Augen wieder öffnete. Er dehnte und reckte sich auf der Bank und stellte befriedigt fest, dass er mittlerweile deutlich mehr Platz um sich herum hatte.

Frank Asken war an der Reihe, eine dieser erbärmlichen irischen Kreaturen.

»Ich werde nicht in den Tod gehen!«, sagte er mit erstaunlich fester Stimme. »Ihr habt vorhin was von Loseziehen gesagt. Was ist damit? Gleiche Chance für uns alle.«

Was für ein unverfrorener Halunke, so viel Schneid hatte Rhodes ihm nicht zugetraut!

Und es funktionierte. Die Männer hielten inne. Die Maschine kam erneut ins Stocken, dabei hatten sich die letzten Opfer schon gar nicht mehr gesträubt.

Frank fuhr fort: »Wir machen es folgendermaßen: Ich helf euch weiter beim Schöpfen und sollte sich die Lage bis zum Morgengrauen nicht gebessert haben, ziehen wir Lose. Wenn's mich dann trifft, gehe ich ohne Murren.«

Seit wann war der so zäh? Vielleicht lag es daran, dass er ein Bauer war. Man hatte Rhodes die Geschichte der Familie zugetragen, nachdem der Balg gestorben war. Sie hatten alles verloren. Vollkommen mittellos kämen sie in den Vereinigten Staaten an, wenn sie das hier überleben sollten. Warum dieser erbärmliche Verlierer nach alldem noch an seinem Leben hing, war ihm ein Rätsel.

»Halt jetzt das Maul, du weinerliche irische Sau und verschwinde! Auf geht's!«, rief Rhodes.

»Ich hab fünf Sovereigns, hier in meinen Mantel eingenäht. Die geb ich euch als Belohnung, wenn ihr mich in Ruhe lasst. Wenigstens bis morgen früh.« Asken gab immer noch nicht auf.

»Keiner will dein dreckiges Geld. Da kannst du dir hier draußen nichts mehr von kaufen. Du bist viel mehr wert, wenn du verschwindest und dadurch das Boot leichter gemacht hast.« Rhodes verlor die Geduld.

»Nein ... nich ... lasst ...«, sagte Holmes. Es war nur ein gestöhnter Hauch, das blasse Echo seiner früheren Kühnheit.

Die Männer ergriffen Frank. Er wehrte sich, so gut er konnte, versuchte sich aus den Griffen der Matrosen loszureißen. Kurz darauf klatschte er zappelnd ins Wasser und war augenblicklich aus den Sinnen, die eingenähten Sovereigns beschleunigten sicherlich seinen Untergang. Als wäre es ein letzter trotziger Gruß, spritzten Rhodes ein paar Gischtfetzen ins Gesicht. Angewidert wischte er sie fort.

Doch es kehrte keine Ruhe ein, im Gegenteil.

Ellen, Franks Weib, fing an zu kreischen wie eine hysterische Gans. »Jetzt habt ihr mir auch noch das Letzte genommen, was ich hatte! Ohne ihn und Mary ist mein Leben nichts mehr wert!« Sie rang sichtbar um Fassung. »Gebt mir was zum Überziehen, damit ich wenigstens in Würde vor unseren Schöpfer treten kann.«

Ihr Wunsch erfüllte sich, aus dem Dunkel wurde eine Jacke gereicht. Kerzengerade im Langboot stehend zog sie die

Jacke an und knöpfte sie sorgsam bis oben hin zu, als hätte sie Sorge, sich einen Katarrh einzufangen.

Sie stellte sich mit dem Rücken an die Reling und verharrte dort. Ihre Blicke wanderten über die Insassen im Langboot. Über die, die es taten, und über die, die nichts taten. Im Dunkel blieb ihr Urteil verborgen. Dann verschränkte sie die Arme vor ihrer Brust und ließ sich langsam nach hinten fallen.

James Black war an der Reihe; er trug es mit Fassung.

»Wenn ich schon weg muss, so lasst meine Frau mitkommen. Ich will sie hier nicht zurücklassen«, sagte er. Das Drama mit den Askens hatte er offenbar vor Augen.

»Ich komme mit ihm. Ich lasse ihn nicht allein«, sagte Blacks Frau, die ebenfalls Ellen hieß. Sie stellte sich neben ihren Mann. Hand in Hand verharrten sie an der Reling, bereit für den letzten gemeinsamen Weg ihres Lebens.

»Moment noch«, sagte Rhodes.

Aus dem Nebel näherte sich Eleanora, sie schwebte aus der Ferne wie ein Engel zu ihm heran. *Wo kommt sie jetzt her?* Er dachte eigentlich, dass sie in Liverpool auf ihn wartete. Was wollte sie hier? Er schloss die Augen und spürte weiterhin ihre Anwesenheit. Er zog ins Kalkül, dass sein Verstand ausgesetzt haben könnte und das Hirn nur mit ihm spielte. Realität und Wahn ließen sich nicht mehr klar voneinander trennen. Sie überlappten sich, er war hier und dort gleichzeitig. Er öffnete die Augen wieder und sah, wie sich Ellen Black zu ihm umdrehte. Er schaute jedoch nicht in Ellens, sondern in Eleanoras Gesicht.

»Ach, dann lasst sie halt in Frieden, verdammt noch mal«, sagte er, »trennt nicht den Mann von seinem Weib!«

Die Blacks sahen sich überrascht an und setzten sich schnell wieder hin.

Der letzte Kandidat in dieser Nacht war der junge Owen Carr. Er stellte mit seinem schmächtigen Körper für Rhodes' Männer keine Herausforderung dar. Auch Holmes Querschüsse blieben endgültig aus, sein Kopf ruhte besinnungslos auf der Brust. Carr verschwand innerhalb eines Atemzuges in der Dunkelheit.

Die Matrosen wirkten erschöpft. Sie hatten ganze Arbeit geleistet und sanken schwerfällig auf die Ruderbänke in der Mitte des Langbootes.

Niemand sprach in den restlichen Stunden dieser Nacht ein weiteres Wort. Die Reihen im Boot waren nennenswert gelichtet, der vergrößerte Abstand zwischen Dollbord und Wasseroberfläche bot jetzt tatsächlich mehr Sicherheit.

Rhodes schloss die Augen und dämmerte fort.

SIEBZEHN

IM LANGBOOT, NORDATLANTIK, 21. APRIL 1841, 6 UHR

Bevor Owen Carr über Bord geworfen worden war, hatte er seit Anbeginn der Tragödie am Bug des Langbootes gesessen, unweit von Rhodes' Bütteln. Er belauschte jedes Wort, das sie wechselten, jeden Befehl, jedes Zaudern bei den Einlassungen des jungen Matrosen und schließlich die kalte Effizienz, mit der sie ihr Gefährt leichter machten.

Er kauerte zusammengesunken auf dem Sitzplatz, einen Mantel über den Kopf gezogen, das Gesicht auf den Wasserspiegel am Grund des Bootes gerichtet. In seinen Stiefeln stand längst das Wasser.

Er bewegte sich nicht, er sagte nichts, er beteiligte sich nicht am Gemurmel, er gab keine Widerworte und er half auch nicht beim Schöpfen. Owen beabsichtigte, keinerlei Anlass zu bieten, seine Existenz überhaupt preiszugeben.

Owen war unsichtbar oder fühlte sich zumindest so. Wie ein kleines Kind, das Verstecken spielt und sich naiv, mitten im Raum stehend, nur die Hände vor die Augen hält und dann »Such mich!« ruft.

Owen saß mitten im Boot und seine Taktik schien aufzugehen. Niemand nahm von ihm Notiz.

Schon in der Schule gehörte er zu den Schüchternen, die alles stumm beobachteten und, nur wenn es drauf ankam, ihr Wissen unter Beweis stellten. Er war Bauer in Irland gewesen, wie sein Vater und dessen Vater, und musste sich auch auf dem Feld in Geduld üben. Die letzten Jahre hatte ihm die Geduld in der langen Zeit der Hungersnot jedoch nicht weitergeholfen. Er war jung genug, sich eine neue Existenz in den Vereinigten Staaten aufzubauen. Die eine Hälfte seines überschaubaren Vermögens hatte er in die Kosten für die Überfahrt gesteckt und die andere Hälfte lag jetzt zusammen mit der William Brown auf dem Meeresgrund.

In den letzten Stunden beobachtete er aus dem Augenwinkel, wie die Seeleute vorgingen. Ausschließlich Männer, wahllos ausgesucht, bevorzugt Alleinreisende. Diejenigen, die sich weigerten, zögerten oder bettelten, wurden trotz ihrer Ausflüchte beseitigt, es half nichts, Widerstand zu leisten. Die anderen, die selbst die Initiative ergriffen, erleichterten den Männern die Arbeit, bekamen dafür einen gewissen Respekt für ihren Mut entgegengebracht und waren schon im nächsten Augenblick vergessen.

Am Ende kam er doch an die Reihe – die Bänke um ihn herum waren zu sehr gelichtet und das Versteckspiel gestaltete sich dadurch schwieriger. Der Koch zeigte auf Owen und tippte ihm in der Dunkelheit sicherheitshalber zusätzlich auf die Schulter.

»Du da! Los, aufstehen und raus mit dir!«, sagte er.

Owen stand ohne Widerworte auf, sie halfen ohnehin nicht. Er stellte sich an die Steuerbord-Reling und sprang beherzt über Bord, bevor sie Hand anlegten.

Unmittelbar nach dem Eintauchen ins Wasser durchdrang ihn die Eiseskälte, als würden tausend lange Nadeln auf ihn einstechen. Ein unsichtbares Korsett presste seine Brust zusammen und raubte ihm den Atem. Er tauchte mit dem

Kopf unter Wasser und war unmittelbar so wach wie noch nie in seinem Leben. Kurz ließ er den Gedanken zu, wie es wohl wäre, einfach loszulassen, sich treiben zu lassen. Der Tod im Eiswasser komme schnell und sei gnädig, sagte man. Dennoch spürte er ihn nicht in der Nähe. Es war keiner da, der ihn mitnahm.

Owen tauchte auf und stellte überrascht fest, dass sich das Langboot in der Zwischenzeit kaum von der Stelle bewegt hatte. Er spuckte das salzige Wasser aus und schaute zurück zum Boot. Ganz vorne meinte er, eine Hand über die Reling ragen zu sehen. Es mochte Einbildung sein, aber was hätte er zu verlieren, wenn er dorthin schwamm? Wie viel Zeit blieb ihm sonst noch, bevor er erfror? Zehn Sekunden? Zwanzig?

Mit wenigen ausladenden Schwimmzügen war er zurück zum Langboot gekrault. Über das Dollbord ragte tatsächlich ein ausgestreckter Arm. Vorsichtig und prüfend hatte er ihn berührt. Sofort umschlang eine kräftige Hand seinen Unterarm und half ihm aus dem Wasser. Es war James Black, der sein Leben rettete. Dessen Frau hatte sich auf der Bank dahinter aufgebaut und verstellte die Sicht zu den Matrosen.

Vor Kälte schlotternd, doch beseelt wie jemand, der bereits in die Hölle fallend, in letzter Sekunde am Schopf wieder emporgerissen wurde, verbarg er sich zusammengekauert wie ein kleines Kind zwischen den Ruderbänken im Bug. Das über seinen Körper ausgebreitete Segeltuch spendete zwar kaum Wärme, machte ihn jedoch wieder unsichtbar.

~

Der Morgen dämmerte ohne Antrieb heran, das Licht quälte sich über den Horizont.

Alexander erwachte mehr aus einer Besinnungslosigkeit als aus dem Schlaf. Sein ganzer Körper schmerzte. Er versuchte seine steifen Glieder zu strecken und merkte, dass die Beine bis zur Hüfte taub waren. Die durchdringende Kälte und die Bewegungslosigkeit hatten ihren Tribut gefordert. Wenigstens konnte er sein linkes Auge wieder halb öffnen.

Er sah, dass sie jetzt deutlich mehr Platz im Boot hatten, es schwappte weniger Wasser über das Dollbord. Dennoch schöpfte es der eine oder andere, der noch bei Sinnen war, mechanisch nach außen. Die meisten Insassen hingen regungslos, in sich zusammengesunken, auf oder neben den Ruderbänken.

Noch etwas änderte sich mit zunehmender Helligkeit. Alexander konnte jetzt in die Gesichter und in die Augen sehen und darin das Entsetzen, die Todesangst ablesen. Seinen Kameraden musste es ähnlich ergehen. Das sollte ihre schändliche Arbeit erschweren.

Kaum hatte er diesen Gedankengang beendet, sah er, wie der Matrose Charlie Smith aufstand. Etwas Rastloses zeichnete ihn, den Kopf schwenkte er suchend hin und her und sein Gesicht verzerrte sich dabei zu der gierigen Fratze eines hungrigen Raubtiers. Die geröteten Augen bildeten einen unnatürlichen Kontrast zu seiner ansonsten blassgrauen Hautfarbe. Er wirkte wie ein Wiedergänger, der seine menschlichen Bedürfnisse verloren hatte, nicht ermüdete, sondern endlos weitermachte, einen Seelenfrieden suchend, den es nicht mehr gab.

Charlie packte Biddy Nugents Onkel John am Ohr und stellte ihn auf die Füße.

»Du weißt, was du zu tun hast!«, sagte Charlie. Seine Stimme war rau und heiser, als hätte er die Nacht durchgezecht.

»Mann, hör doch endlich auf, um Himmels willen! Du siehst ja, ich hab meine Nichte hier bei mir. Sie kommt ohne mich nicht durch. Oder willste, dass sie in Philadelphia gleich am Hafen als Hure endet? Ohne Geld und meine Hilfe. Sieh dich mal um, es sind doch wahrlich schon genug gestorben!

Wir brauchen das ganze Gemetzel nicht mehr!«, entgegnete John.

Vollkommen unbeeindruckt packte Charlie ihn am Kragen und hievte ihn über Bord.

Der Morgen weckte in Alexander neuen Mut, trotz seiner Verfassung. Es ertrug das sinnlose Töten nicht. Selbst wenn es jemals eine Notwendigkeit, eine Rechtfertigung dafür gegeben hatte, sie waren längst über das Ziel hinausgeschossen.

»Schluss jetz«, sagte Alexander. »Es reicht, lass sie endlich in Ruh.« Es strengte ihn an, diese Worte trotz geschwollener Zunge und aufgeplatzter Lippen deutlich genug hervorzupressen.

Verwundert sah Charlie ihn an. Seine Gesichtszüge erschlafften und er schüttelte sich, als wachte er gerade aus einem Albtraum auf und müsste die schlechten Erinnerungen daran loswerden. Dann setzte er sich kommentarlos hin. Alle Augen richteten sich jetzt auf Rhodes, der an seinem Stammplatz am Heck neben dem nutzlosen Ruder saß. Er hockte alleine in der Mitte der schmalen Bank, die ursprünglich für den Rudergänger das Bootes vorgesehen war. Doch er blickte nur stumpf und regungslos vor sich hin, als wäre er zwischenzeitlich im Sitzen gestorben und an Ort und Stelle eingefroren. Seine Augen waren geöffnet und starrten ins Leere. Es kam wider Erwarten keine Reaktion von ihm, kein Einspruch, keine weiteren Anweisungen für die Männer.

Kurz darauf ergriff der Matrose Joseph Stetson das Wort. »He, du da!« Er zeigte auf den Passagier Hugh Keigham. »Komm mal her und hilf mir beim Schöpfen.«

Hugh war einer der letzten verbliebenen Männer aus der Reihe der Passagiere, neben James Black, den Rhodes kurioserweise verschont hatte, genauso wie James Patrick, der mit Frau und Kind an Bord war.

Hugh stand hilfsbereit auf, und während er mühsam wie

ein Betrunkener über die Ruderbänke kletterte, wurde er von Stetson ohne Vorwarnung aus dem Boot gestoßen.

»Genug jetzt, hab ich gesagt! Es wird hier niemand mehr ohne Not sterben!«, sagte Alexander. Er hatte es so satt, das Verhalten seiner Kameraden widerte ihn an.

Auf Jacks Beistand konnte er nicht zählen, der Hüne lag weiterhin leblos auf dem Boden.

Stetson setzte sich wieder. Es gab keine Widerworte der Crew oder von Francis Rhodes. Er schien bei Bewusstsein, reagierte nur nicht. Alle, auch die Passagiere, wirkten kraftlos, schläfrig und wie betäubt. Die Kälte, die Nässe und die Geschehnisse hatten ihnen offenbar mehr zugesetzt, als ein Mensch ertragen konnte. Alle schienen am Ende ihrer Kräfte angelangt.

Sie hatten darüber hinaus ihren Commander verloren. Niemand gab ihnen mehr Halt, klare Befehle, geschweige denn Zuversicht. Und die war jetzt genauso wichtig wie eine wärmende Decke oder ein rettendes Schiff. Immerhin richtete Rhodes auf diese Weise keinen weiteren Schaden an.

Francis war am Ende. Sein Feuer war erloschen, auch die Wut. Er hatte auf ganzer Linie versagt. Er hatte es nicht geschafft, schnell und elegant über den Atlantik zu segeln. Er gestand sich ein, dass es seine Schuld war, dass sie mit dem Eisberg kollidiert waren. Er hatte nicht die seemännische Exzellenz bewiesen, die er vor der Reise großspurig versprochen hatte. Die mit der William Brown untergegangenen Seelen gingen auf sein Konto. Die rausgeschmissenen Männer und die Frau gingen ebenso auf sein Konto. Aber was hätten sie anderes tun sollen in ihrer hoffnungslosen Lage? Das Boot war dabei gewesen zu kentern, zumindest kurz davor, daran gab es keinen Zweifel. Es musste leichter gemacht werden. Lose ziehen ... Was hätte das geändert? Am Ende hätte es seine guten Matrosen erwischt oder gar ihn selbst und sie hatten doch jeden nautisch Versierten an Bord gebraucht. Die Landratten wären mit dem maroden Langboot vollkommen überfordert gewesen. Der Captain war ein abgeklärter, kluger Mann. Er hatte sie im Stich gelassen, weil er vorausgesehen hatte, dass sie es nicht schaffen würden. Er hatte genau erkannt, dass sie im heillos überfüllten, lecken und manövrierunfähigen Langboot keine Chance hatten. Und er hatte recht behalten! Es lungerten zwar mittlerweile sechzehn Menschen weniger an Bord und das Boot war somit deutlich leichter. Und nun? Wie sollte es jetzt weitergehen? Sie waren bislang nicht gekentert, *et alors*? Nur eine Frage der Zeit. Das bedeutete weiter verlängerte Qualen für sie, die Überlebenden. Wo war denn das rettende Schiff, das sie auflas? Das Schiff, das ihnen dieser gutgläubige Holmes in seiner grenzenlosen Naivität versprach? Wo waren denn die vielen Schiffe, die permanent den Golfstrom in beiden Richtungen durchpflügten? Kein einziges hatten sie gesehen! Nicht mal ein halluziniertes Fähnchen am Masttopp war auszumachen. War auch nicht verwunderlich. Bei dem Nebel konnte ein Viermaster direkt neben ihnen herfahren und sie würden ihn nicht bemerken. Er sah kaum das Ende des eigenen Langbootes. Und selbst wenn er annahm, es würde doch aus purem Zufall ein Schiff quasi über sie stolpern. Und es würde die zahllosen Leiber im Boot zappeln und schreien hören, wenn sie sich vor lauter Euphorie auf Rettung regten. Was würde ein vernünftiger Kapitän auf diesem Schiff tun? Beidrehen, die Segel streichen und den ganzen menschlichen Ballast von ihrem Scheißboot gemächlich einen nach dem anderen zu sich an Deck ziehen? Mitten auf dem Atlantik, im endlosen Eisfeld, auf der ohnehin schon mühsamen Fahrt? Er bräuchte Stunden für das Manöver, alle aufzunehmen, und dann müsste er sie noch wochenlang durchfüttern. Von seinem ohnehin knapp bemessenen Proviant an beschissenen madigen Keksen und fauligem Wasser. Das konnten sich selbst die dümmsten Matrosen an Bord des potenziellen Retters ausrechnen. Bis hinunter zum Küchenjungen. Wollte der seine eigene Ration wirklich teilen für ein paar längst verlorene Halbtote, darunter einen Haufen nutzloser, dreckiger Iren? Noch besser wäre es, wenn die Samariter in ihrer Güte anbieten würden, umzudrehen. Sie könnten gerne höflich fragen, wo sie denn abgesetzt werden wollten. »Ach, in Philadelphia! Kein Problem. Moment, wir ändern nur mal eben den Kurs und segeln zurück, Gentlemen.« Bullshit! Die fuhren einfach vorbei. Setzten zum Gruß einen gediegenen Furz des Bedauerns ab. Sie würden so tun, als hätten sie das Boot gar nicht bemerkt. Ja, ja, das Gesetz, das Gesetz! Drauf geschissen. Man konnte Schiffbrüchige nur retten, wenn man sie auch entdeckte. Der Matrose im Ausguck würde seinen Kopf geschmeidig in eine andere Richtung drehen, wenn es sein musste. Ein Kinderspiel für ihn. Hatte er danach ein schlechtes Gewissen? Natürlich nicht! Er wurde nicht dafür bezahlt, in seinem Schiff, einem barmherzigen Samariter gleich, hin und her zu kreuzen und ständig Ausschau nach verdammten zu rettenden Seelen wie ihnen zu halten. Er war, genauso wie sie ursprünglich auf der William Brow*n*, dazu angeheuert, möglichst schnell über den Atlantik zu pendeln. Dann gab es eine schöne Prämie obendrauf. Und was bedeutete das für sie in ihrem beschissenen Langboot? Sie waren verloren! Ihr Tod war unausweichlich und der Weg dahin eine nicht enden wollende Qual! Eine andere Mannschaft würde sie niemals aufnehmen. Man sprach unter Seeleuten niemals darüber, aber es passierte ständig. Das wusste Rhodes vom Hörensagen, es wurde hinter vorgehaltener Hand erzählt. Und wie wie oft hatten seine Schiffe die Hilfe verweigert? Niemand gab natürlich zu, es selbst getan zu haben. Man kannte jemanden, der jemanden kannte. Und wenn auch für sie kein rettendes Schiff aufkreuzte, war es ausgeschlossen, das ferne Ufer aus eigener Kraft zu erreichen. Das Langboot war nicht seetauglich, sie drehten sich ständig im

Kreis, das spürte er, dafür lohnte es sich gar nicht, den Kompass aus dem Mantel zu kramen. Und die Vorräte waren knapp bemessen, sie reichten höchstens für ein paar Tage. Ganz abgesehen von dieser verfluchten Kälte. Die Gesichter im Boot sahen mittlerweile alle gleich aus. Die Haut schimmerte in einem matten Weiß wie bei griechischen Büsten aus Stein, die Lippen setzten sich dunkelgrau davon ab. Der Rotz, der ihnen aus den Nasen gelaufen war, sich in die Bärte abgeseilt hatte, war zu Stalaktiten gefroren.

»Mr. Rhodes, Sir! Captain!«

Der Ruf kam leise aus der Ferne zu ihm geweht. Galt er ihm? Sein Hirn samt Körper fühlten sich gedämpft an, wie in einen Kokon gesponnen. Herrlich leicht und weit weg von diesem beschissenen Boot und seiner bleiernen Realität. Worüber reflektierte er zuletzt? Ja, auch das Problem mit der Kälte war nur eine Frage der Zeit.

Sein Kokon wurde von einer fremden Macht sträflich durchgeschüttelt. Wattefetzen lösten sich, Faden um Faden wehten achteraus. Verfluchte Scheiße! Die Schwere und Kälte der Realität krochen wieder in ihn.

Rhodes hob langsam den Kopf und sah in James Nortons Fresse, der sich über ihn beugte.

»Captain, Sir, geht's Ihnen gut? Wir wissen nich, was wir tun solln. Das Boot iss jetzt leichter, 's kommt auch nich mehr so viel Wasser rein«, sagte Norton.

Rhodes senkte wieder den Kopf. »Ich bin nicht euer beschissener Captain. Wir sind alle verloren, seht ihr Hirnverbrannten das nicht? Das ist die einzige Wahrheit. Es gibt für sowas hier keine Rettung mehr.«

»Sagen Sie das doch nich«, erwiderte Norton, wandte den Blick aber verlegen nach unten. Ganz dumm war er nicht.

»Also gut, ich komm noch ein letztes Mal rüber zu euch«, sagte Rhodes und erhob sich langsam und schwerfällig von seiner Ruderbank, als trüge er die Last des Langbootes und nicht das Langboot ihn.

»Ich geb's auf. Ich verweigere hiermit das weitere Kommando über dieses verfluchte Boot. Ich bin ab jetzt nicht mehr euer Commander. Ein andrer muss es machen. Wählt ihn aus euren Reihen, wie ihr denkt. Viel Glück. Und Gottes Segen, falls ihr glaubt, dass es so was gibt«, sagte er und setzte sich auf den einsamen Platz im Heck zurück.

∼

Alexander beobachtete, wie Rhodes wieder in diese Starre zurückfiel, in der er schon seit einer Weile verharrt hatte. Er selbst saß noch immer gefesselt auf den nassen Planken, was seine Position nicht gerade stärkte.

Der Koch ergriff als Erster das Wort. »Mr. Rhodes iss scheint's nich mehr in der Lage, das Boot zu führen. Der iss hinüber. Wer soll jetz unser Commander sein? Will's jemand machen?«

Alle schwiegen und schauten betreten auf ihre Füße.

»Wenn ihr mich fragt, gibt's hier nur einen, der genug Schmalz im Hirn und Arsch in der Hose hat. Und das iss der Holmes!«

Alexander vernahm zustimmendes Gemurmel und niemand ergriff ansonsten das Wort. Es war kein leichter Job zu vergeben. Da riss sich anscheinend niemand drum, er selbst auch nicht. Zumal er noch immer gefesselt und halb benommen dasaß. Wer wollte ihr Elend schon gerne freiwillig anführen?

»Wenn sonst keiner will, schlag ich vor, dass wir einfach abstimmen. Wer iss dafür, dass Mr. Holmes unser Commander wird, der hebt die Hand?«, fragte Murray.

Alexanders Kameraden waren sich schnell einig und bestimmten ihn kurzerhand zum neuen Kommandanten des Langbootes, offenkundig hielt es niemand für nötig, ihn nach seiner eigenen Meinung zu fragen, geschweige denn, seine

Zustimmung abzuwarten. Sie befreiten ihn von den Fesseln und halfen ihm auf die Beine.

»Tschuldigung für vorhin, Sir, 's war nichts Persönliches, 's war halt 'n Befehl«, sagte Murray.

»Schon in Ordnung. Befehl ist eben Befehl«, sagte Alexander. Stolz oder gar Freude stellten sich bei ihm nicht ein. Eher eine Art der Erleichterung, nicht mehr als Gefangener dem Wüten des Offiziers untätig zusehen zu müssen. Verloren hatten sie alle bereits auf ganzer Linie, viel schlimmer konnte es nicht mehr werden.

Diese Erkenntnis gab ihm ein wenig Raum für Zuversicht.

Alexander hielt es für seine Pflicht, dem abgedankten Offizier das Ergebnis der Wahl mitzuteilen. Rhodes sah ihm teilnahmslos in die Augen, nachdem er ihm die Nachricht übermittelt hatte. Alexander sah einen gebrochenen Mann, der ihm den Kompass aushändigte, den er selbst nie benutzt hatte.

»Mr. Holmes, ich habe ein Ersuchen an den neuen Commander«, sagte Rhodes mit leiser, aber fester Stimme. »Bitte weisen Sie Ihre Männer an, mich über Bord zu werfen. Alleine schaffe ich es nicht. Ich bin ein so unnötiger Ballast wie die dreckigen Iren. Mein Verschwinden wäre Ihnen sicher von Nutzen, außerdem könnten Sie sich damit bei mir revanchieren. Und ich wäre endlich von der unsäglichen Qual des irdischen Lebens befreit. Ich bin bereit, vor unseren Richter im Himmel zu treten.«

Der feige Hund besaß nicht einmal den nötigen Mumm für den eigenen Abgang. »Mr. Rhodes, ich sag Ihnen eins: Solange ich hier entscheide, wird keine Seele mehr durch Menschenhand sterben. Das gilt bis zu meinem eigenen letzten Atemzug. Andererseits steht es jedem Menschen frei, zu tun und zu lassen, was er will. Niemand zwingt Sie, bei uns zu bleiben, Sir«, sagte Alexander, drehte sich um und setzte sich in die Mitte des Langbootes, von wo aus er den besten Überblick über das Geschehen und die Kontrolle über seine Männer hatte.

»Ach ja, Mr. Carr«, rief Alexander laut in Richtung Bug, »ich bitt Sie. Sie brauchen sich nich länger verstecken. Es droht Ihnen keine Gefahr mehr, da geb ich mein Wort drauf.« Er hatte zuvor gespürt, wie das Boot kurz nach Owens Verschwinden leicht erzitterte und ein aufgeregtes Getuschel in den vorderen Reihen bei den Passagieren aufgekommen war. Den Rest hatte er sich zusammengereimt und geschwiegen.

Owen kroch vorsichtig und noch immer ungläubig unter dem Tuch hervor, mit dessen Hilfe ihn die Frauen im Bug versteckt hatten. Er stellte sich aufrecht hin, streckte die schlotternden Glieder, strich sein nasses Wams glatt, nickte und versuchte sich in einem zaghaften Lächeln.

ACHTZEHN

IM LANGBOOT, NORDATLANTIK, 21. APRIL 1841,
8 UHR

Das Wasser im Langboot reichte immer noch, trotz Schöpfens, bis zur Mitte ihrer Unterschenkel. Zumindest stieg es nicht weiter. Alexander überprüfte erneut den Stöpsel am Boden und stellte fest, dass an dieser Stelle weiterhin Wasser eindrang. Immerhin war er nicht ganz weg. Hätte er gefehlt, gäbe es sie schon lange nicht mehr. Er hieb ihn mit der stumpfen Axt so oft wieder fest in seinen Bestimmungsort, bis er kein einströmendes Wasser mehr ertastete. Warum hatte zuvor niemand nach dieser offensichtlichen Schwachstelle des Bootes gesehen? Für Rhodes schien das Rausschmeißen, das Töten anderer wichtiger gewesen zu sein.

Das Lenzen des Bootes zeigte danach endlich mehr Wirkung. Der Starkregen ließ langsam nach, ein feiner Sprühnebel ersetzte ihn und sättigte die Luft weiter mit Feuchtigkeit. Der zuvor undurchdringliche Nebel lichtete sich, jedoch ohne eine klare Kimme am Horizont freizugeben.

Alexander sah nach seinem Freund Jack. Er saß mit

geschlossenen Augen am Boden des Bootes, den Oberkörper an die Bordwand gelehnt. Die Arme hingen schlaff an den Seiten herunter, die Hände ins Wasser getaucht.

»Jack, altes Haus! Lebst du noch?«, fragte Alexander, beugte sich zu ihm und tätschelte seine Wangen. Er drehte behutsam den Kopf. Der Ruderhieb hatte ihn übel zugerichtet. Sein Glatzkopf war hinten mit schwarzen borkigen Blutkrusten bedeckt, über die gesamte Breite des Schädels verlief eine schnurgerade klaffende Wunde. Langsam hob Jack den Kopf und sah Alexander verwirrt ins Gesicht.

»Scheiße, Mann. Wie 'ne Empfangsdame an der Himmelstür siehste nich grade aus. Was iss mit dem Schiff passiert? Wir ham das Scheißleck doch zugestopft.«

»Die William Brown ist längst untergegangen. Wir sitzen jetzt im Langboot. Dir waren die Lampen für 'ne ganze Weile ausgegangen. Ruh dich aus. Und Jack: Gut zu wissen, dass du noch nicht abgetreten bist.«

Alexander nahm den Kompass aus seinem Mantel und vergewisserte sich über ihren Kurs. Sie pullten oder trieben nach Osten. Der Wind und die Strömung des Golfkurses schickten sie zurück in Richtung Europa. Nicht schnell, er schätzte ihre Geschwindigkeit auf zwei, höchstens drei Knoten. Einer wie auch immer gearteten Rettung war dieser Kurs nicht dienlich. Die Küste, egal welche, war für sie unerreichbar weit entfernt und für Alexander trieben sie auch nicht nahe genug an der geschäftigen Handelsroute.

»Ich weiß, dass das Steuern des Bootes schwierig ist. Wir müssen trotzdem versuchen, südlicher zu kommen. Ich geh davon aus, dass es dort etwas wärmer ist und wir endlich die Eisfelder hinter uns lassen. Außerdem vermute ich, dass da mehr Schiffe langfahren. Wir müssen den Kurs übers Pullen hinkriegen. Ich behalte den Kompass im Auge und dirigiere euch.«

Alexander beabsichtigte, den Männern klare Ansagen zu geben und mit einem eindeutigen Ziel zu beschäftigen, dann fassten sie vielleicht neuen Mut und kamen nicht auf abwegige Gedanken. Sie sollten wissen, dass es durchaus Hoffnung auf Rettung gab, so klein sie auch sein mochte. Wer aufgab, verlor in jedem Fall, nur wer weiterkämpfte, bewahrte seine Chance.

»Marshall und Murray, ihr kümmert euch um die Vorräte. Verteilt was an die Passagiere und die Jungs. Und es werden keine Dummheiten mehr gemacht!«

»Mr. Holmes, Sir«, sagte Margret, ihre Augen taxierten ihn genau, sie hatte ihren Scharfsinn durch die Kälte und die Geschehnisse offenbar nicht eingebüßt, »gedenken Sie, weitere arme Seelen aus unseren Reihen zu opfern?«

»Nein, Madam, ich versichere Ihnen: Kein einziger Mensch verschwindet hier mehr von Menschenhand. Wenn einer geht, gehen wir alle«, sagte Alexander laut und für alle im Boot vernehmlich.

»Wie hoch schätzen Sie denn unsere Aussicht ein, doch noch lebend aufgegriffen zu werden oder Land zu finden?«

»Das liegt am Ende nicht allein in unsrer Hand, Ma'am. Es hängt am seidenen Faden. Das Meer und die Kälte sind harte Gegner. Aber es lohnt sich trotzdem, mit aller Kraft bis zum Schluss zu kämpfen, auch für die kleinste Chance. Egal, ob wir dafür noch Tage oder Wochen ausharren müssen.«

Margret nickte und setzte sich.

Die Männer ruderten mittlerweile wieder, sie hatten einen neuen Rhythmus gefunden und Alexander sah sich im Boot um. Er überlegte, welche weiteren Vorkehrungen ihr Überleben verlängern konnten. Unter Rhodes' Führung waren aus seiner Sicht keinerlei sinnvolle Maßnahmen ergriffen worden.

Es gab zwei Gefahren, um die er sich kümmern musste. Einerseits umgab sie das riesige Eisfeld, das das Schicksal der William Brown besiegelt hatte, und andererseits waren sie immer noch ein Spielball der hohen Wellen, wie ein Stöckchen, das jemand in einen rauschenden Bach geworfen hatte.

Würde sich das Langboot quer zu den Wellen drehen, konnten sie jederzeit kentern. Im Grunde ein Wunder, dass sie es überhaupt so weit geschafft hatten.

Die erste Gefahr einzudämmen, erschien ihm vergleichsweise einfach. Er beauftragte einen der Matrosen, Eisbrocken, die dem Boot zu nahe kamen, mit dem Bootshaken wegzudrücken.

Um den Bug des Bootes bei der schweren See im Wind zu halten, benötigten sie einen Treibanker. Alexander ließ zwei Holzbretter und ein leeres Fass zusammenbinden und mit einer Leine am Heck austreiben. Der Wind trieb das Boot vor sich her, wobei der Anker dafür sorgte, dass die Bugspitze immer in Windrichtung zeigte. Sie schafften damit zwar keinen exakten südlichen Kurs mehr, hielten sich jedoch weitgehend stabil im Wind.

Rhodes, am Heck des Bootes sitzend, beachtete ihre Arbeiten überhaupt nicht. Er hockte in sich zusammengesunken auf der Ruderbank. Aus eigenem Antrieb war er vorhin nicht in die Fluten gesprungen. Alexander und die anderen ignorierten ihn. In diesem Zustand schien er derzeit keine Gefahr mehr darzustellen.

Noch etwas fehlte Alexander, eine Signalflagge. Er überlegte, wie sie etwas Behelfsmäßiges improvisieren könnten. Der dichte Nebel lichtete sich zwar nur langsam, aber wenn ein anderes Schiff in die Nähe käme, müssten sie sich irgendwie bemerkbar machen.

Er knotete am Ende eines Riemens den bunten Schal von James MacAvoy fest, den dieser abgelegt hatte, bevor er sich den Mantel bis zum Hals zuknöpfte und rausprang. Offenbar hatte sich niemand getraut, das Kleidungsstück eines Toten selbst zu benutzen. Das untere Ende des Riemens befestigte er mit einer Leine in der Mitte einer Ruderbank. Der bunte Schal, jetzt eine Behelfsflagge, wehte quicklebendig im strammen Wind.

Alexander war fürs Erste fertig mit seinen Anweisungen.

Mehr konnte man mit den begrenzten Mitteln nicht ausrichten. Der munter flatternde Schal an der Spitze des Riemens gefiel ihm besonders gut. Zufrieden setzte er sich auf die Bank. Es war für ihn an der Zeit, ein wenig Ruhe zu finden. Er ließ die Schultern sinken, atmete tief aus, sackte in sich zusammen und schloss die Augen.

Kurz darauf geriet das Boot ins Wanken. Sofort war Alexander wieder hellwach. Er öffnete die Augen und sah etwas Massiges im Boot – Jack, der es trotz seines abgetakelten Zustandes geschafft hatte aufzustehen? Er beugte sich über die Backbordreling und fuchtelte unkontrolliert mit den Armen.

»Da iss was«, lallte er.

Alexander erinnerte sich an den Klabauter, den Jack gesehen haben wollte.

NEUNZEHN

IM LANGBOOT, NORDATLANTIK, 21. APRIL 1841, 9 UHR

Alexander erhob sich und stellte sich ungläubig neben Jack. Die Hoffnung, dass ihm eine halbe Stunde Ruhe vergönnt wäre, zerstreute sich mit einem Wimpernschlag.

Es bestand immerhin die vage Möglichkeit, dass Jack diesmal nicht den Klaubauter oder den Fliegenden Holländer gesehen hatte, und so standen beide Männer gemeinsam am Dollbord und kniffen die Lider zusammen, wobei sie den Horizont absuchten und dabei immer wieder darauf warteten, mit dem Boot den nächsten Wellenhügel zu erklimmen, um besser Ausschau halten zu können. Ihr Verhalten blieb von den anderen nicht unbemerkt, eine gewisse Unruhe kam hinter ihnen im Boot auf. Weitere Passagiere standen auf und reckten die Köpfe in den Himmel.

»Können Sie denn was sehen, Mister?«, fragte Miss Edgar.

»Jack, das war bestimmt nur eine Sinnestäuschung. Hast ordentlich einen auf die Mütze gekriegt. Musst erst mal wieder Klarschiff im Oberstübchen machen«, sagte Alexander.

Dennoch – seine vorherige Müdigkeit war wie vom Sturm weggeblasen, die allgegenwärtige Nässe und Kälte vergessen.

»Mein Fischkopp iss so klar wie 'n poliertes Brennglas im Leuchtturm. Merk dir das, Schwede!«

Und wenn er sich tatsächlich nicht geirrt hatte? Jack war ein alter Seebär, auf seine Instinkte konnte man sich blind verlassen. »Schon in Ordnung, Jack Messer. Kannst ja nix dafür. Bist'n guter Mann.«

Minutenlang geschah nichts, niemand sah etwas, niemand bewegte sich, auch die Ruderer hielten inne, als hätten sie ihre eigentliche Aufgabe ganz vergessen. Es herrschte eine andächtige Stille im Boot. Nur der Wind rauschte ihnen mit steter Kraft um die Ohren, rhythmisch klatschte das Wasser gegen die Bootswand.

Die Kraft des Meeres schob das Langboot auf den nächsten Wellenkamm. Jetzt sah Alexander es mit eigenen Augen trotz seiner geringen Größe. Er streckte den Kopf nach vorne und petzte die Augen zusammen, um schärfer zu sehen: Die lange, hinten spitz zulaufende Flagge am Topp eines Masts wehte blassgrau nach achtern aus und wies auf einen US-amerikanischen Segler hin. Kein Holländer.

»Schiff auf zehn Uhr voraus!«, rief er, sprang in die Luft, schlug Jack mit voller Kraft auf den Rücken, sodass sich dieser am Dollbord abstützen musste, um nicht vornüber zu kippen.

Sowohl Passagiere als auch Mannschaft kannten jetzt kein Halten mehr. Margret Edgar rüttelte an ihrer Tochter, die sich schlaftrunken aufrichtete. Der Koch umarmte Joseph Marshall. James Norten saß noch auf der Bank und weinte wie ein Kind, das seine verloren geglaubte Mutter wiedergefunden hatte. James und Ellen Black sprangen gemeinsam auf, um das Schiff auch zu sehen. Nur Rhodes saß weiterhin unbewegt am kaputten Steuerruder. Es folgten Jubelrufe aus allen Richtungen. Das Langboot kam in Aufruhr, es fing bereits an zu schwanken. Passagiere und Besatzung warfen die

Arme in die Höhe und schrien beseelt um Hilfe, zum ersten Mal auf dieser Reise für ein gemeinsames Ziel verbrüdert.

»Bleibt ruhig, Leute, jeder setzt sich wieder hin! Noch haben sie uns nicht entdeckt. Zumindest hab ich kein Signal gesehen. Und selbst wenn sie uns erspähen sollten, heißt das noch lange nicht, dass sie uns auch aufnehmen. Bleibt lieber still sitzen und duckt euch, damit sie nicht sehen, wie viele wir sind!«, sagte Alexander und zwang sich selbst zur Ruhe.

Die Minuten vergingen wie sonst Stunden. Der fremde Mast tauchte aus den Wellen auf, verschwand wieder im Tal, tauchte auf, verschwand. Das angespannte Warten wurde zur neuen Qual.

Das Segelschiff schob sich unendlich langsam vorwärts. Ein sinnvolles Verhalten, schwammen sie doch im gleichen Eisfeld, das ihnen selbst zum Verhängnis geworden war. Offenbar bewegten sich die anderen weitaus umsichtiger. Das bedeutete hoffentlich, dass Männer im Ausguck Wache hielten und sie möglicherweise entdeckten und meldeten.

Die zunächst euphorische Stimmung im Langboot wich Ernüchterung. Es gab keine sichtbaren Fortschritte. Weder kam ihnen das Schiff entgegen, noch brachte sie das wieder aufgenommene kraftvolle Pullen, das Alexander seinen Männern befohlen hatte, näher heran. Er sah in zahllose leere Gesichter, die mit offenen Mündern in nur eine Richtung starrten wie Zuschauer eines mystischen Theaterstückes auf einer fernab gelegenen Bühne, dessen Handlung niemand begriff. Die Wahrscheinlichkeit, dass das andere Schiff einfach an ihnen vorbeisegelte, war hoch. Und wenn dieses Schiff sie nicht zu retten vermochte, warum sollte es danach ein anderes tun? Und wie hoch war die Wahrscheinlichkeit, dass überhaupt ein weiteres vorbeikam? Dieses außerordentliche Glück ereilte sie bestimmt kein zweites Mal.

Weitere zähe Minuten verstrichen, bevor Alexander realisierte, dass es tatsächlich langsam näherkam. Der Kurs des Schiffes schien zu passen. Erst tauchten drei Mastspitzen aus dem Meer auf, gefolgt von den Bramsegeln. Das Schiff, das ihre Rettung sein könnte, zeigte weiterhin keinerlei Reaktion.

Alexander rief sich die Geschichte eines amerikanischen Frachtschiffes ins Gedächtnis, die den meisten Seeleuten geläufig war, weil ihr Schicksal schaurig war. Achtzig Jahre vor ihrer Zeit geriet es durch ein schweres Unwetter bei den Azoren in Seenot und trieb mehrere Monate hilflos durch die Meere.

Andere Schiffe kreuzten in dieser langen Zeit immer wieder ihren Weg. Die verbliebenen Männer des havarierten Schiffes – wie hieß es nochmal? – bemühten sich verzweifelt um deren Aufmerksamkeit. Aber alle möglichen Retter fuhren an ihnen vorbei, keines half ihnen aus der Not. Schließlich waren ihre gesamten Vorräte aufgebraucht, noch nicht einmal Fische gingen an den Haken. Das Jahr schritt voran, es galt Weihnachten zu feiern. Und als die Not am größten war, beschlossen die Seeleute, sich selbst zu essen.

Alexander wusste nicht mehr genau, wie das Drama ausgegangen war. Sie waren wohl irgendwann gerettet worden, ein armseliger Rest von ihnen. Mindestens einer musste überlebt haben, denn sonst hätte niemand über ihr Schicksal berichten können.

Die anfängliche Euphorie, die nach dem Entdecken des fremden Schiffes bei ihnen ausgebrochen war, hatte sich längst gelegt. Er sah wieder viele Passagiere starr auf den Bänken sitzen. Ihre Gesichter sahen bleich und regungslos aus wie Puppenköpfe aus Porzellan. Ihre Augen blickten stumpf und ausdruckslos vor sich hin, sie hätten genauso gut tot sein können.

Endlich sah Alexander, dass auf dem Schiff eine gelbblaue Signalflagge gehisst wurde. Sie hatten sie entdeckt! Er stand wie angewurzelt am Dollbord und beobachtete, wie das ganze Segelschiff langsam Konturen bekam. In gleichem Maße keimte in ihm ein warmes Gefühl der Hoffnung auf. Schließlich meinte er, dass es zu ihnen beidrehte.

»Ich glaub, sie haben uns entdeckt«, sagte er erst leise vor sich hin, dann drehte er sich um und schrie es noch einmal über die Köpfe des Bootes hinweg. »Sie kommen näher! Sie kommen zu uns!«

Diejenigen, die noch bei Sinnen waren, brachen erneut in Jubelgeschrei aus. Sie sprangen auf und warfen vor Freude ihre Arme in die Luft.

»Pst! Seid besser ganz leise!«, rief er den Insassen des Langbootes zu. »Duckt euch lieber! Wenn die näherkommen und dann sehen, dass wir so viele sind, hauen sie am Ende doch noch ab.« Er musste an die Elenden der Geschichte denken.

»Aber die sind doch dazu verpflichtet, Schiffbrüchigen zu helfen«, erwiderte Margret. Sie war noch voll bei Bewusstsein.

»Nach dem Gesetz schon, aber ob es zur Anwendung kommt, ist was ganz andres. Sie können sie ja in jedem Fall verklagen, falls es vorbeifährt, Ma'am. Ich sag's nochmal: Alle kauern sich zwischen die Bänke. Legt Mäntel, Decken oder Segeltuch über euch. Ich will keinen Mucks hören. Jack, du bist unser Baum hier. Solange du dich noch auf den Beinen halten kannst, gib Signale mit den Armen. Wenn sie erst mal nahe genug sind und dann sehen, wie viele wir wirklich sind, ist es hoffentlich zu spät für sie zum Abhauen. Kapiert?«

Es kam kein Widerspruch. Die Angst, am Ende im Stich gelassen zu werden, zeigte Wirkung. Außer Jack und ihm ragte jetzt kein Körperteil mehr über das Dollbord hinaus. Jack hob und senkte langsam seine ausgestreckten Arme.

Weitere quälend lange Minuten vergingen, bis das Segelschiff endlich längsseits kam. Vorsichtig hatte es sich an ihr Boot herangetastet, auf dem Weg beinahe zärtlich jede Eisscholle beiseitegeschoben, als wollte es sie nicht verletzen. Erst auf mittlerer Distanz schälte sich der Name des Schiffes aus dem feuchten Dunst. *Crescent* hieß es. Der Großteil der Besatzung stand neugierig dreinschauend nebeneinander aufgereiht an der Reling wie rastende Möwen auf einem

Ankertau. Als sie sich schon ganz nah gekommen waren, sah Alexander kleine Dampfwölkchen aus ihren Mündern aufsteigen, ein Matrose hob die Hand zum Gruß. Alexander schob mit dem Bootshaken letzte hinderliche Eisblöcke, die sie noch trennten, aus dem Weg und zog das Langboot an den Schiffsrumpf der Crescent.

Nur drei Stunden waren vergangen, seit die letzten Männer an diesem Morgen über Bord geworfen wurden. Wie sinnlos erschien das jetzt im Augenblick ihrer Rettung.

»Mein Name ist Captain George Ball, Kommandant der Crescent. Was um Himmels willen habt ihr hier draußen zu suchen?«, rief ein stattlicher Mann in den Fünfzigern zu ihnen herab. Alexander legte den Kopf in den Nacken, um ihm ins faltig gegerbte Gesicht sehen zu können. Er meinte, ein wissendes oder siegessicheres Lächeln ausmachen zu können, das einen Augenblick später erstarb, als dieser die niederschmetternde Lage im Langboot zu erahnen begann, als er die Menschenmasse realisierte, die sich hier zusammendrängte. »Heilige Scheiße! Wie viele seid ihr eigentlich?«

»Viele, Sir, ich weiß. Bitte helfen Sie uns aus der Not, bitte nehmen Sie uns auf und weisen uns nicht ab.« Alexander wollte in jedem Fall vermeiden, in dieser Situation die genauen Zahlen zu melden. Es kauerten und stapelten sich neunzehn Passagiere im Langboot, größtenteils versteckt unter Mänteln und Planen, dazu kamen noch elf Seeleute. »Mein Name ist Holmes. Unser Schiff war die William Brown, Sir. Wir kommen aus Liverpool, England, und wir waren auf dem Weg nach Philadelphia, USA. Es hat nördlich von hier vor knapp zwei Tagen einen Eisberg übel gerammt und ist daraufhin abgesoffen«, rief Alexander nach oben und fierte die Behelfsflagge vom Riemen.

Ein Krachen unterbrach ihre Unterredung. Auf der gegenüber liegenden Seite des Langbootes presste sich eine baumstarke Eisscholle gegen die Bootswand. Sie drückte gerade die Holzplanken ein, die langsam unter einem schmerzhaft klingenden Splittern zerbarsten. Ein Matrose - war es Stetson? – versuchte, das Eis vom Holz zu trennen, was ihm in der Eile nicht gelang.

»Also los! Schnell, an Bord mit euch! Erzählen könnt ihr später«, befahl Kapitän Ball.

Die Matrosen der Crescent schienen alles an Tauwerk heranzuschaffen, was an Deck verfügbar war, und schmissen es über die Reling ins Boot, danach folgte eine Jakobsleiter.

»Bindet zuerst die Schwachen und die Kinder an die Leinen und lasst sie hochziehen«, brüllte Alexander, um das immer lauter werdende Quietschen und Knallen berstender Holzfasern zu übertönen.

Bridget McGee und Biddy Nugent waren die Ersten, die nebeneinander von der Besatzung der Crescent an Bord des Schiffes gehievt wurden. Das Langboot begann, sich unter dem seitlichen Druck der Eisscholle zu drehen, das Dollbord näherte sich Zoll um Zoll der Wasseroberfläche. Es musste jetzt schnell gehen.

»Alle, die hier im Boot nicht mehr helfen müssen und noch halbwegs bei Kräften sind, nehmen zügig die Leiter nach oben. Los geht's!«

James Patrick schnappte sich sein Kind und kletterte hoch, Owen Carr folgte ihm, während sich Jack und Alexander als Nächstes um die beiden Corrs kümmerten. Das Langboot leerte sich stetig, die brachialen Geräusche, die das berstende Boot aussandte, weckten die letzten verborgenen Kräfte jedes Einzelnen. Am Schluss verblieb neben Alexander und Jack nur noch Francis Rhodes, der nach wie vor regungslos auf der Steuerbank am Heck saß. Niemand hatte bislang von ihm Notiz genommen. Das Langboot neigte sich immer weiter zur Seite, Wasser strömte herein. Alexander schnappte sich die Schlinge am Ende einer Leine und bewegte sich auf den in sich zusammengesunkenen Körper zu.

»Holmes! Lass doch das Arschloch einfach sitzen! Wir

müssen selbst sofort raus hier aus dem Kahn. Den Alten kann sich die See holen, da gehört er auch hin! Los, komm!«, schrie Jack.

Niemand sollte mehr durch Menschenhand in diesem Boot sterben, das hatte Alexander geschworen und so streifte er die Schlinge über Rhodes' Kopf, zwängte auch dessen Arme hindurch und zog die Leine unter der Achselhöhle fest. Jack war schon vorausgelaufen und griff nach dem unteren Ende der Jakobsleiter. Alexander kletterte in dem schiefen Bootskörper über zwei, drei Ruderbänke, bevor er ausrutschte, den Halt verlor und neben der Eisscholle ins Meer fiel. Panisch griff er hinter sich nach dem Langboot, das mittlerweile mit dem Rumpf nach oben in der See lag und ihm auf diese Weise keinen Halt mehr bot. Sein Kopf tauchte unter Wasser, die Kälte brannte sich erbarmungslos in seinen Körper, er spürte, wie sie die Wärme aus ihm förmlich heraussaugte. Völlig orientierungslos tauchte er zappelnd wieder auf und hörte Jacks heisere Stimme von oben herabschreien.

»Schnapp dir die Leine, Holmes! Direkt neben dir!«

Alexander konnte nichts sehen, seine Augen brannten, er fuchtelte mit den Armen im Wasser herum, bevor er ein straffes raues Hanfseil zu fassen bekam, sich mit beiden Händen daran festkrampfte und sofort wieder abtauchte. Ein steter Zug bewegte ihn, immer noch unter Wasser, und er wandte die letzten Kräfte auf, diese Leine nicht mehr loszulassen, bevor er mit dem Kopf schmerzhaft gegen den Schiffsrumpf der Crescent stieß und schließlich emporgezogen wurde.

ZWANZIG

CRESCENT, NORDATLANTIK, 22. APRIL 1841, 11 UHR

Man hatte einige der Überlebenden am Vortag, nachdem sie mühsam an Bord gehievt worden waren, mit trockener Kleidung versorgt. Die Mannschaft der Crescent gab ihnen das Wenige, das sie entbehren konnte. Während der Bergung der Schiffbrüchigen hatte der Schiffskoch einen heißen Eintopf gekocht, der sie notdürftig gewärmt hatte. Es war keiner der Überlebenden mehr gestorben, was für Alexander beinahe einem Wunder glich. Die Überlebenden der William Brown wurden im Zwischendeck des Vorschiffs untergebracht. Dort gab es weder Hängematten noch Kojen für sie, nur den blanken Holzboden. Doch das war nicht wichtig. Sie waren auf den Boden niedergesunken und hatten sich aneinander geschmiegt, sofern jemand zum Anschmiegen übrig geblieben war. Sie waren sofort eingeschlafen.

Alexander erwachte unwillig und orientierungslos mit rasenden Kopfschmerzen. Er musste eine halbe Ewigkeit geschlafen haben. Zunächst streckte er sich und erforschte seinen Körper. Die Glieder waren steif, teils von der Kälte im Raum, teils von den harten Schiffsplanken, auf denen sie geschlafen hatten. Hose und Stiefel waren immer noch klamm.

Langsam erwachten auch die anderen. Alexander blickte in ernste Gesichter. Neben ihm setzte sich Jack auf, er gähnte ungeniert und entblößte seine letzten Zähne.

Ein Matrose der Crescent kam zu ihnen ins Zwischendeck herunter. Er baute sich mitten im Raum auf, wie der Herold eines Königs.

»Wer von den hier anwesenden Männern der William Brown ist der verantwortliche Commander oder Offizier?«

Niemand rührte sich. Sollte jemand bestraft werden?

»Captain Ball bittet ihn zu einer Unterredung in seine Kajüte«, sagte der Matrose.

Alle sahen Alexander an und erwarteten, dass er sich erhob. Jack stieß ihm in die Rippen.

»Los, Capt'n Holmes, auf die Hufen! Du bist unser Commander. Wir ham dich gewählt, weil der Rhodes 's hingeschmissen hat«, sagte Murray.

Alexander stand schwerfällig auf und sah, wie noch jemand auf der anderen Seite des Raumes aus dem Schatten trat und näher kam.

Es war Rhodes. Wie von den Toten auferstanden. Er schritt vergleichsweise kraftvoll und mit frischer wutroter Farbe im Gesicht auf den Matrosen zu. Mit ebenso feurigen und zu Schlitzen verkleinerten Augen starrte er auf Alexander herab und schob ihn beiseite wie ein nutzloses lahmendes Maultier.

»Francis Rhodes ist mein Name. Ich bin der Erste Offizier und Steuermann der William Brown. Captain Harris übertrug mir das Kommando über das von Ihnen gestern aufgenommene Langboot«, sagte er und nickte in die Richtung der ehemaligen Mannschaft. »Und jetzt führen Sie mich zu Ihrem

Captain.« Rhodes folgte dem Matrosen im Stechschritt und ließ Alexander stehen, dessen Kopf und Beine in diesem entscheidenden Moment nicht schnell genug waren. Er hatte einfach keine Kraft mehr.

∼

Rhodes betrat die Kajüte von George Ball auf dem Achterkastell der Crescent. Sie war geräumig und behaglich eingerichtet, wie er es von Schiffen dieser Bauart erwartete. Er erkannte eine Welt wieder, in der er sich gerne bewegte. Hier fühlte er sich sicher. Der kleine beheizte Kaminofen tat sein Übriges.

Endlich sah er sich einem Ebenbürtigen gegenüber, mit dem man vernünftig reden konnte, der einen verstand.

»Kapitän George Ball, ich möchte Ihnen zunächst meinen allertiefsten Dank dafür aussprechen, dass Sie uns aus dieser misslichen Lage gerettet haben. Viele Manschen, mich eingeschlossen, verdanken Ihnen ihr Leben!«, sagte Rhodes.

»Aber ich bitte Sie! Es war nicht nur meine Pflicht, sondern auch eine Selbstverständlichkeit als Christenmensch, Sie aufzunehmen und an Bord der Crescent willkommen zu heißen. Reden wir nicht weiter davon. Gestehen Sie mir eine gewisse Neugier zu. Ich erhoffe mir von Ihnen die ganze Geschichte zu erfahren, wie es zu dem tragischen Schiffbruch kam und wie Sie das Kunststück vollbracht haben, so lange in diesem kleinen überfüllten Boot der eisigen See zu trotzen. Nicht zuletzt erhoffe ich auch Aufklärung über gewisse verstörende Ereignisse zu erhalten, die sich in den letzten Stunden vor der Rettung abgespielt haben sollen«, sagte Kapitän Ball. »Bislang sind es nur vage Gerüchte, die von Seiten der Passagiere zu mir durchgedrungen sind.«

Ein dreimastiges Segelschiff war ganz offensichtlich zu klein, um Unliebsames längere Zeit zu verschweigen. Auf jeden Fall war sich Rhodes dieses historischen Moments bewusst, den Anker – seine Version – der Geschichte zu werfen. Die Ereignisse ins Lot zu rücken, bevor unliebsame Missverständnisse aufkämen.

»Ich beabsichtige, von Ihren Schilderungen ein Protokoll anzufertigen. Das Dokument werden wir bei unserer Ankunft in Le Havre vorweisen und den zuständigen Behörden übergeben. Es tauchen stets von allen Seiten Fragen auf, wenn ein Schiff verloren geht und der Verlust menschlicher Seelen zu beklagen ist. Aber zunächst, mein lieber Mr. Rhodes, darf ich Ihnen etwas anbieten, einen Rotwein vielleicht?«

Francis nahm das Glas gerne entgegen. Der Alkohol würde ihn entspannen und ihm ein paar Augenblicke Zeit geben, die Gedanken zu sammeln und die Sinne zu schärfen. Jetzt kam es auf Diplomatie und treffende Worte an. Er holte tief Luft.

»Zu den ausgedehnten Eisfeldern brauche ich sicher keine weitere Erklärung abgeben, zumal wir bei der geglückten Rettung noch immer in ihnen trieben. Ich erlaube mir jedoch die Anmerkung, dass nach meiner Erfahrung die Eisfelder in diesem Frühjahr außergewöhnlich weit südlich anzutreffen waren«, sagte Francis mit ernster Miene.

Er prostete dem Kapitän zu, bevor er einen großen Schluck Rotwein hinunterstürzte. Kurz darauf spürte er die Wärme vom Bauch aus aufsteigen, ein wohliges Gefühl von Mut, Selbstsicherheit und Zuversicht richtete ihn auf.

»Ich weiß genau, was Sie meinen. Wir haben die grenzenlosen Ausmaße des Eisfeldes selbst durchquert. Ich gestehe freimütig, die ganze Durchfahrt in ständiger Angst durchwacht zu haben. Ich war Tag und Nacht bei meinen Männern an Deck. Sie wissen sicher, wovon ich rede.«

Francis sah ihn an und trank einen weiteren großen Schluck. »Selbstredend, Sir«, sagte er und nickte.

»Man muss in dieser gefährlichen Gegend immer mit Eisfeldern rechnen. Als wir uns den berüchtigten Breiten näherten, lasen wir mehrmals stündlich die Temperatur des

Wassers. Und siehe da, sie fiel und fiel, lange schon, bevor wir auch nur ein Eiskristall im Meer treiben sahen. Und dann die Nebelfelder. Da war mir klar, dass es brenzlig wurde. Sobald wir die größeren Eisfelsen schließlich entdeckten, refften wir umgehend die Segel und trieben in Schleichfahrt weiter. Ich verdoppelte die Anzahl der Wachen. Eine eigene Eiswache wurde eingerichtet: Ein Mann stand direkt vorne am Bugspriet und ein Mann zusätzlich oben im Ausguck. Aber entschuldigen Sie, Mr. Rhodes. Jetzt komme ich unnötig über diese Banalitäten ins Plaudern. Die üblichen Vorsichtsmaßnahmen kennen Sie doch genauso gut wie ich. Ich sehe es als segensreiche Fügung, dass wir mit der Crescent vollkommen unbeschadet durchgekommen sind. Dem Herrgott sei Dank.« Ball bekreuzigte sich. »Aber entschuldigen Sie bitte mein ausschweifendes Geschwätz, Sie und Ihre Geschichte sollten hier im Mittelpunkt stehen. Es handelt sich bei mir wohl um die Nachwehen der ganzen Aufregung. Bitte erzählen Sie mir von Ihrem Schicksal, Mr. Rhodes.« Ball wischte sich Schweißperlen von der Stirn und schenkte Rotwein nach. Francis' Glas war längst leer.

»Danke, Kapitän Ball«, sagte er. »Aber da gibt es rein gar nichts zu entschuldigen. In unserem Fall erwiesen sich diese ganzen Vorsichtsmaßnahmen leider trotz allem als fehlbar. Für mich ein gutes Beispiel dafür, dass sich Risiken nie gänzlich eliminieren lassen. Man minimiert sie nur, kontrolliert sie höchstens. Unser Eisberg barg offenbar signifikante Ausmaße unter der Wasseroberfläche, vom Schiff aus nicht einsehbar. Wir erwischten ihn frontal am Rumpf. Er riss dabei beidseits des Kiels zwei fatale, mannshohe Lecks in die vordere Schiffswand. Nach einer ersten Inspektion ordnete ich umgehend an, einen Reparaturversuch zu unternehmen, und bemannte die Pumpen. Die Maßnahmen erwiesen sich leider als unzureichend, der Schaden war allzu schwerwiegend. Kapitän George Harris beschloss daraufhin, das Schiff zu evakuieren. Wir führten zwei Hilfsboote an Bord mit, die wir daraufhin klarmachten und bemannten. Er selbst besetzte die kleinere Jolle zusammen mit ein paar Matrosen und dem Zweiten Offizier und entfernte sich vom sinkenden Schiff. Mir als seinem Ersten Offizier übertrug er das größere Langboot. Wir nahmen so viele Seelen mit, wie wir nur konnten. Bei Gott, es genügte dennoch bei Weitem nicht für alle.«

»Es muss schrecklich sein, zum Zusehen verdammt zu sein, wie unsere Brüder und Schwestern dem Tode die Hand reichten«, sagte Ball.

»Amen.« Der Captain erinnerte Rhodes an seinen Schwiegervater in spe. »Die Bilder werden mich mein Leben lang heimsuchen. Wir gingen an die Grenze des Machbaren, sogar darüber hinaus. Wir taten des Guten zu viel, wie sich später zeigte. Das Langboot war hoffnungslos überladen. Wir waren darin elf von der Mannschaft der William Brown und zusätzlich sechsunddreißig Reisende. In unserem Boot saßen siebenundvierzig Frauen, Männer und Kinder.«

»Mein Gott, was für eine Herausforderung! Wie viele haben Sie denn mit dem Schiff verloren?«

»Das müssen um die dreißig gewesen sein.«

»Und wie viele Crewmitglieder waren darunter?«

»Niemand, Sir. Mit mir saßen elf im Langboot und bei Kapitän Harris sieben Seeleute und eine Frau in der Jolle.«

»In der Jolle scheint noch Platz gewesen zu sein«, sagte Ball und sah Francis fragend an. Er schwieg, was wohl Antwort genug war. »Lassen wir das. Dieses Urteil steht uns nicht zu. Der Herrgott allein sei unser Richter. Wir werden uns im Bericht nicht weiter darüber auslassen. Bitte fahren Sie doch fort.«

»Nach dem Untergang der William Brown gegen Mitternacht vom neunzehnten auf den zwanzigsten April blieben beide Boote noch zusammen, über ein langes Tau verbunden. Unser Langboot war nicht nur heillos überfüllt, sondern auch manövrierunfähig, weil das Ruder defekt war. Außerdem leckte es, der Boden war nicht ganz dicht, das Wasser kam eigentlich von allen Seiten hereingeschossen. Es regnete in Strömen, über die Reling schwappte es zusammen mit der Gischt herein und durch das Drainageloch stieg es von unten hoch. Wir lenzten und pullten mit all unseren Kräften, doch es gab kein Vorankommen. Kapitän Harris beschloss am nächsten Morgen, dass es aussichtsreicher sei, wenn wir uns trennten. Jeder sollte sein Glück für sich alleine suchen. Er empfahl uns, die gut zweihundert Meilen entfernte Küste von Neufundland anzusteuern. Bevor Harris davonsegelte, übertrug er mir offiziell das Kommando über das Langboot und ließ die anderen darauf schwören. Dann kappte er das Tau und verschwand aus unserem Sichtfeld.«

»Alleine gelassen auf hoher See. Aus seiner Sicht eine nachvollziehbare Entscheidung. Moralisch gesehen jedoch, in Anbetracht der Verhältnisse in Ihrem Boot ... Aber lassen wir das«, sagte Ball. Er kratzte nachdenklich seinen Bart.

Es folgte eine Pause, in der sich beide sammelten und weiteren Rotwein tranken. Der Kapitän schien ein umsichtiger und besonnener Mann zu sein, voller christlicher Tugenden. Er schien Francis' Nöte verstehen oder zumindest nachvollziehen zu können. Ihn auf seiner Seite zu wissen, war sicherlich von Vorteil.

»Leider müssen wir als Nächstes auf verstörende Geschehnisse zu sprechen kommen. Wie ich durch Gerüchte aus zweiter Hand hörte, kamen nach dem Untergang der William Brown Überlebende aus Ihrem Boot durchaus mutwillig zu Tode. Es kursiert das Gerede, Ihre Männer hätten wahllos unschuldige Passagiere über Bord geworfen, um es leichter zu machen«, sagte Ball.

Jetzt konnte es brenzlig werden.

»Ja, wahrhaft tragische Stunden liegen hinter uns. Ich bete zum Herrn, dass weder ich noch andere Menschen jemals erneut in eine solch maliziöse Lage geraten werden«, sagte Rhodes. Er rang innerlich nach den richtigen Worten. »Die Umstände in unserem Langboot waren, wie ich bereits ausführte, lebensbedrohlich. Wir lagen - aufgrund der zahllosen Leiber und des stetig eindringenden Wassers – so tief in der See, dass wir jederzeit zu kentern drohten. Es grenzt an ein Wunder, wenn ich das sagen darf, dass es nicht dazu kam. Bevor sich Kapitän Harris von uns trennte, besprach ich mich mit ihm über die nötigenfalls zu ergreifenden Maßnahmen. Er riet mir, sollte es gar nicht anders gehen, das Langboot zu leichter zu machen. Er erteilte mir dafür im Voraus sein Plazet. Ich zögerte bis zuletzt mit der Ausführung dieser Ultima Ratio, beratschlagte mich mehrfach mit der Mannschaft über die Angelegenheit. Schließlich waren wir uns einig, nicht mehr länger warten zu können. Bei Gott, es ist uns nicht leichtgefallen.«

»Man sagt, Ihre Männer hätten wahllos und wie im Rausch einen Passagier nach dem anderen über Bord geworfen. Es wären sogar Frauen dabei gewesen. Hat es denn keine Selektion gegeben? Ich hörte von einzelnen vergleichbaren Fällen in der Vergangenheit, in denen der Gerechtigkeit halber unter allen Lose gezogen wurden«, sagte Ball.

»Ich möchte diese Frage mit Demut beantworten und gebe zu, nicht frei von Schuld zu sein. Wer frei ist von Sünde, der werfe den ersten Stein! Ich nehme an, Sie sind ebenfalls ein gläubiger Christ?«

»Aber sicher, ja doch. Fahren Sie bitte fort, Mr. Rhodes.«

»Wie gesagt, es fiel mir sehr schwer, das, was immer unausweichlicher wurde, in die Tat umzusetzen. Die Nacht war angebrochen, die Sichtverhältnisse entsprechend herausfordernd. Es regnete in Strömen, graupelte unerbittlich und der Seegang nahm weiter zu. Wir beschlossen, das Boot leichter zu machen, indem wir zunächst nur die leblosen, offenkundig aufgrund der widrigen Umstände gestorbenen Passagiere aufgaben. Ich nehme an, die Kälte und die Schocksituation hatten den Schwächeren unter ihnen allzu arg mitgespielt. Sie wiesen bereits zuvor eine mangelhafte Konstitution auf. Wir bestatteten sozusagen unsere Toten. Unter den gegebenen Umständen war das bedauerlicherweise nur ohne das übliche Zeremoniell möglich. Meine Männer achteten auf Diskretion, um die anderen Passagiere nicht zu verängstigen. Das Aufkommen von Panik galt es strikt zu vermeiden, das wäre unser aller Todesurteil gewesen. Es ist jedoch durchaus denkbar, dass es bei der Selektion der Betroffenen zu der ein oder anderen Fehleinschätzung meiner Männer kam.«

»Wie vieler ... lebloser Körper haben Sie sich denn entledigt? Und wo genau sehen Sie da Ihre persönliche Schuld? Ich kann bislang keinen Makel erkennen.«

»Es waren höchstens vier oder fünf Leiber, die über Bord gingen. Wie ich bereits sagte, es war Nacht und beinahe stockdunkel. Ich schließe nicht aus, dass einzelne meiner Männer über das Ziel des Notwendigen hinausschossen und dabei Körper auch aus niederen Beweggründen rauswarfen. Ich nahm den freien Platz am Heck neben dem nutzlosen Steuerruder ein. Die meisten Seeleute hielten sich in der Mitte auf, um die Riemen zu bedienen. Dort konnten sie die Freveltat klandestin begehen, ich hatte nicht alle im Blick. Darüber hinaus fürchte ich, Sir, ich sage es frei heraus, zeitweise selbst ohne Bewusstsein dagesessen zu haben. Ich nehme an, alleine die Kälte, die Nässe und nicht zuletzt die traumatischen Ereignisse rund um den Untergang unseres Schiffes versetzten mich in eine Art neurasthenischen Schockzustand. Das war meine Schwäche, die Schuld, die ich mir heute zuschreiben muss. Ich war nicht mehr im Vollbesitz meiner Kräfte, ich konnte das Geschehen nicht wirksam kontrollieren.«

»Ist es denn denkbar, dass, wie man munkelt, sogar eine Frau über Bord gegangen ist, zusammen mit ihrem Mann?«

»Wahrlich eine allzu schreckliche Vorstellung, aber ich kann es nicht ausschließen. Ich erinnere mich daran, in einem Fall eingegriffen zu haben. So verhinderte ich, dass ein weiteres Couple verloren ging.«

»Das heißt, einzelne Ihrer Matrosen waren zeitweise außer Kontrolle?«

»Ich verbürge ich mich für den Großteil der Mannschaft! Dennoch schließe ich nicht aus, dass ein oder zwei Männer wider meine Anweisungen handelten und über das notwendige Maß hinausschossen.«

»Können Sie Namen nennen? Das wäre für die spätere Untersuchung hilfreich«, sagte Ball.

»Wahrscheinlich waren es mehrere. Es war dunkel. Bei einem Matrosen bin ich mir allerdings sicher, dass er bei dem Frevel mitgewirkt hat. Ich sah ihn disputieren und Hand anlegen, als der Ire Frank Asken, gefolgt von seiner Frau, beseitigt wurde. Was für eine abscheuliche Vorstellung, wenn ich nur daran denke!«, erklärte Rhodes. Er schüttelte den Kopf, richtete den Blick beschämt auf den Boden und schlug die Hände vor das Gesicht.

»Wie war der Name des Matrosen, sagten Sie soeben?«, fragte Ball.

»Wir nahmen ihn als Maat in Liverpool neu mit an Bord. Er fiel schon Tage vor dem tragischen Unfall durch sein impertinentes Gebaren auf. Das ging so weit, dass ich mich gezwungen sah, ihn zur Strafe zu degradieren. Er ist Schwede oder Norweger. Sein Name ist Alexander Holmes.«

Am zwölften Mai 1841 erreichten sie an Bord der Crescent die französische Küste. Sie ankerten vor Le Havre und betraten endlich festen Boden. Es war das Ende ihrer Reise. Sie hatte in Europa ihren Anfang genommen und endete schicksalhaft wieder dort.

EINUNDZWANZIG

PHILADELPHIA, USA, 14. APRIL 1842

Alexander Holmes saß verkrampft und mit feuchten Händen auf der Anklagebank des völlig überfüllten Gerichtssaals. Von allen Seiten flutete aufgeregtes Stimmengewirr an ihn heran.

Es war das perfekte Spektakel, das für jeden etwas bot. Die tragischen Ereignisse auf dem Schiff, das Ermorden von wehrlosen Überlebenden im Langboot und die unwahrscheinliche, aber geglückte finale Rettung. Die Vertreter der Zeitungspresse aus dem In- und Ausland drängten sich auf den Bänken.

Der einzige Haken dabei war, dass er selbst, der einfache Seemann Alexander Holmes, den Mittelpunkt dieser Show darstellte. Verhandelt wurde über nichts Geringeres als sein Leben. Er war hier der Spielball.

Seit den Ereignissen auf der William Brown und im Langboot war fast ein Jahr vergangen. Seit über einem dreiviertel Jahr saß er nun schon im Loch, verhaftet, nachdem ihm eine Untersuchungskommission die Hauptschuld an den Vorfällen zugewiesen hatte. Im Juli 1841 war er im Hafen von Philadelphia beim Betreten der Vereinigten Staaten von

Amerika verhaftet worden. Er hatte gerade wenige Wochen zuvor eine neue Heuer auf einem französischen Lastesegler als einfacher Matrose angetreten. Im Gefängnis hatte er erst Thanksgiving und danach die Weihnachtsfeiertage verbracht. Sie hatten den Fall ganz groß aufgezogen. Der US-Bundesstaatsanwalt hatte formal Klage gegen ihn erhoben, denn die William Brown hatte zuletzt einem amerikanischen Reeder gehört. »United States versus Alexander Holmes« war der Titel aller Gazetten. Die Presse schmiss sich auf den Fall wie Fliegen auf einen Haufen Scheiße.

Die Anschuldigung lautete »Totschlag auf hoher See«, und bemerkenswert war, dass er als Einziger der damaligen Mannschaft auf der Anklagebank saß. Man hatte ihn herausgepickt und wollte jetzt offenkundig an ihm ein Exempel statuieren. Irgendeiner musste ja den Kopf hinhalten, nämlich er, Alexander Holmes.

Es war alles ganz einfach. Nachdem die Crescent in Le Havre angekommen war, hatte deren Kapitän George Ball den Behörden eine schriftliche Darstellung der Ereignisse übergeben. Das Dokument wurde als offizieller Untersuchungsbericht angesehen. Ball hatte es schon auf der Reise gemäß den Schilderungen von Francis Rhodes angefertigt. In diesem Bulletin war wohl sein Name gefallen. Noch nicht einmal seine Verteidiger hatten den Bericht zu lesen bekommen, er wurde streng unter Verschluss gehalten.

Der Prozess wurde mit dem Eintreten des obersten Richters am Bundesgericht in Philadelphia, Henry Baldwin, eröffnet. Ein großer hagerer Mann mit wehender schwarzer Robe und einer ausladenden gepuderten Perücke schritt zu seiner über dem Saal schwebenden Kanzel. Nachdem sich alle wieder auf ihre Plätze gesetzt hatten, herrschte erwartungsvolle Stille im Gerichtssaal. Das faltige Gesicht von Baldwin mit den eingefallenen Wangen blickte schweigend und ohne ersichtliche

Gefühlsregung über den Saal wie ein strenger Lehrer, der nachprüft, ob alle Schüler anwesend sind.

Für Alexander schien die Luft zu vibrieren, ein hoher Pfeifton ziepte in seinem Ohr. Es war wie damals am Masttop, wo er Rhodes' Strafe absaß. Sein Verstand verließ auch diesmal den Körper und schwebte im Saal. Er betrachtete die Grundaufstellung der Figuren von oben, als säße er im Masttop eines Schiffes. Es kam ihm vor wie der Beginn einer Partie Schach. Dummerweise kannte er die Spielregeln nicht. Weder beim Schach noch hier im Saal. Er wusste nur, dass die Bauern eine nebensächliche Rolle spielten, und er war hier eindeutig der Bauer.

Neben ihm saßen drei Strafverteidiger, David Paul Brown und zwei weitere. Alexander wusste nicht einmal, wer sie bestellt hatte und bezahlte. Vielleicht die *Seaman's Friend Society*, die sich für die Belange der Seeleute einsetzte? Sie waren immerhin da, an seiner Seite. Die weißen Figuren, die Guten, oder? Wie nannte man sie beim Schach? Läufer, Turm, Springer?

Ihm gegenüber war die schwarze Seite. Die Ankläger, allen voran Bezirksstaatsanwalt George Dallas, flankiert von seinen Läufern, Springern und Türmen.

In der Mitte Richter Baldwin. War er der König? Auf welcher Seite stand er? Zumindest war er auch schwarz gekleidet.

Seitlich neben dem Richter reihten sich die Geschworenen aneinander wie Mönche im Chor. Alles weiße Männer. Waren sie auf seiner Seite? Die Sache war nicht einfach zu durchschauen.

Links neben ihm die Zuschauer des Spiels. Die anonyme Masse. Sie tuschelten, kicherten, lachten. Sie wollten wahrscheinlich später Köpfe rollen sehen, unterhalten werden wie im Theater, als wäre alles das nur ein Schauspiel. Die Sache musste ihnen simpel erscheinen. Ein Schiff war gesunken, unschuldige Menschen erst dort gestorben und später reihenweise im Langboot umgebracht. Dafür musste jemand büßen. Seine Verteidiger hatten ihn schon vorbereitet. Er dürfe keine zu hohen Erwartungen an den Verlauf des Prozesses stellen, die Sachlage sei leider ziemlich eindeutig, ein Freispruch schwierig, aber er solle die Hoffnung dennoch nicht aufgeben, vor Gericht sei es wie auf hoher See, das wisse er sicher, da sei man nur auf Gott allein gestellt und Wunder gebe es schließlich auch hier. Die Rettung aus dem Langboot wäre doch auch wundersam gewesen, warum sollte es sich vor Gericht nicht noch einmal wiederholen?

Der Staatsanwalt verlas die Anklage. »Verehrtes hohes Gericht, ehrenwerter Richter Baldwin, verehrte Kollegen und Geschworene, geschätzte Bewohner dieser wunderbaren Stadt! Am neunzehnten April 1841 sank das amerikanische Segelschiff William Brown auf der Überfahrt von Liverpool in Großbritannien in die Vereinigten Staaten von Amerika, nach der Kollision mit einem Eisberg. Es geht in dieser Verhandlung nicht darum, die tragische Kollision mit dem Eisberg und den unnötigen Verlust zahlreicher Menschenleben zu verhandeln, und genauso wenig darum, die wundersame Rettung der Schiffbrüchigen zu lobpreisen.

Es soll die Tötung von sechzehn Überlebenden in den Stunden nach dem Untergang des Mutterschiffes aufgeklärt und verurteilt werden. Der Angeklagte, ein Schwede namens Alexander Holmes, war einer der betreffenden Seeleute, offenbar ihr Rädelsführer. Er beteiligte sich am Totschlag des irischen Landwirts Frank Asken in der besagten Nacht. Dieser Totschlag wird hier exemplarisch verhandelt.

Verehrte Geschworenen, Ihre einzige Aufgabe besteht darin, darüber zu urteilen, ob Alexander Holmes die Tat verübt hat, weil er aus einer unabwendbaren Notlage heraus handelte und nur mit dieser Tat sein Leben und das der anderen retten konnte. Wenn Sie dem zustimmen, müssen Sie ihn des Totschlages freisprechen. Sind Sie hingegen der Auffassung, dass es Alexander Holmes' erste Pflicht als

Matrose war, sich um das Wohlergehen der Passagiere zu kümmern, dann müssen Sie ihn schuldig sprechen.«

Der Gerichtssaal drehte sich vor Alexanders Augen, ihm wurde übel. Das Pfeifen erreichte eine solche Lautstärke und Tonhöhe, dass er nichts mehr hörte. Er tauchte weg. Es war glasklar, dass er keine Kontrolle über das Geschehen hatte, es war das Spiel der anderen, nicht seines.

Es fühlte sich alles falsch an. Wo waren die Matrosen, die sich am Rauswerfen der Passagiere berauscht hatten? Warum saß nicht Rhodes, der es befohlen hatte und die Verantwortung als Offizier dafür trug, hier an seiner Stelle? Wo war der Kapitän, der sie im Langboot aufgegeben und im Stich gelassen hatte, indem er in seiner gediegenen Jolle davongesegelt war? Der zuvor seine Pflichten bei der Steuerung der William Brown durch die gefährliche Eissee im Nordatlantik vernachlässigt hatte?

Die Frage, wo Rhodes abgeblieben war, wurde Alexander im nächsten Augenblick beantwortet. Der Erste Offizier der William Brown betrat mit gewohnt aufrechter Haltung, festem Schritt und in einer perfekt sitzenden Kapitänsuniform mit blankblitzenden Messingknöpfen den Gerichtssaal. Es war der Hauptzeuge der Anklage.

»Kapitän Rhodes, Sir, vielen Dank, dass Sie die Mühen auf sich genommen haben, heute persönlich vor dem hohen Gericht zu erscheinen«, sagte der Staatsanwalt und eröffnete damit seine Befragung. »Ich weiß, dass Sie mittlerweile ein vielbeschäftigter Commander sind. Meinen Glückwunsch übrigens zu Ihrer Beförderung. Bitte erlauben Sie mir zunächst eine persönliche Bemerkung. Es war wahrlich eine heroische Meisterleistung, wie Sie es geschafft haben, nach dem beklagenswerten Untergang der William Brown das hoffnungslos anmutende Kommando über das Beiboot zu übernehmen und dabei so viele Menschenleben zu retten. Ich bin mir sicher, dass Ihre Aussage vor dem hohen Gericht keinerlei offene Fragen hinterlassen wird.«

Rhodes nickte und lächelte generös. Er saß kerzengerade und vollkommen ungerührt im Zeugenstand. Alexander bemerkte keinerlei Zeichen von Nervosität, Reue oder Scham an ihm. Ein eiskaltes Grausen durchlief ihn vom Nacken bis in die Fußspitze. In diesem Moment hatte er das Spiel durchschaut, jetzt kannte er die Regeln. Ihm wurde speiübel.

»Kapitän Rhodes, bitte erzählen Sie uns noch einmal, wie es überhaupt dazu kam, dass Ihre Männer Menschen über Bord warfen.«

»Nun, Sir, die Ausgangslage war wie folgt: Unser Langboot war mit Passagieren und Besatzung vollkommen überfüllt. Der Rand des Bootes ragte nur wenige Zoll über die Wasseroberfläche hinaus, weshalb mit jedem Wellenschlag Unmengen an Wasser zu uns hereinschwappte. Das ununterbrochene Lenzen zeitigte keine signifikanten Erfolge, das Boot drohte minütlich zu kentern.«

»Und dann haben Sie Ihren Männern befohlen, wahllos Menschen über Bord zu werfen, um es zu erleichtern?«

»*Au Contraire*, Herr Staatsanwalt. Wahllos ist das falsche Wort. Zunächst beschränkten sich die Matrosen darauf, unnötigen Tand zu entsorgen, doch das reichte nicht. Im Laufe der vielen Stunden auf offener See forderten die widrigen Bedingungen in der Kälte ihre Opfer zunächst unter den Passagieren mit unzureichender Kondition. Wir übergaben nachfolgend nur die Toten der See.«

»So weit, so gut. Doch wie kam es dazu, dass auch Passagiere, offenbar noch lebend, von Ihren Matrosen mutwillig über Bord geworfen und damit vorsätzlich getötet wurden? Jetzt kommen wir zum Kern des Prozesses: Welche Rolle spielte der hier Angeklagte Alexander Holmes bei dem Totschlag des irischen Auswanderers Frank Asken?«

Alexander atmete tief ein und hielt die Luft an.

»Hohes Gericht, bitte glauben Sie mir. Es fällt mir nicht leicht, über diesen schwachen Moment in meinem Leben, wahrlich den schwächsten in meiner bisherigen Laufbahn zu berichten. Die ganzen widrigen Umstände, die erbarmungslose Kälte, die wir alle stundenlang nach dem Untergang erdulden mussten, forderten auch bei mir Tribut. Ich merkte, wie meine Kräfte schwanden und sich mein Bewusstsein eintrübte. Kapitän Harris übertrug mir die große Verantwortung, die meisten der geretteten Passagiere und der Mannschaft zu führen. Mir wurde bewusst, dass ich einer Pause bedurfte. Deshalb empfahl ich den Matrosen, aus ihren Reihen einen Stellvertreter für mich zu wählen, damit ich etwas ruhen konnte.«

»Und es wurde daraufhin der hier Angeklagte, Alexander Holmes, gewählt?«

»Ganz recht. Sie waren der Ansicht, er habe - außer mir – die meiste Erfahrung bei der Navigation und außerdem stellte er ein selbstbewusstes Auftreten zur Schau. Vordergründig eine gute Wahl.«

»Wieso vordergründig?«

»Seit Anbeginn der Reise gab es fortlaufend Probleme mit diesem Mann, der vor seiner Degradierung den Rang eines Maates innehatte.«

»Degradierung?«

»Ja, denn er missachtete meine Befehle und brachte die William Brown eigenmächtig vom Kurs ab. Sehr wahrscheinlich trug dieses impertinente Fehlverhalten maßgeblich zu unserem Unglück bei, doch das ist eine andere ...«

Alexander hielt nichts mehr auf der Anklagebank, er sprang auf, außer sich vor Wut. »Das ist doch alles eine verdammte Lüge! Der erzählt eine einzige Scheiße, wenn er nur das Maul aufreißt!«, schrie er.

Es wurde laut im Gerichtssaal. Die Zuschauer riefen durcheinander. Der Richter hieb mehrmals mit seinem Holzhammer auf den Tisch.

»Ruhe! Mister Holmes, setzen Sie sich wieder hin und seien Sie still, bis Sie befragt werden, und mäßigen Sie Ihre

Ausdrucksweise vor dem hohen Gericht! Kapitän Rhodes, bitte fahren Sie fort.«

»Vielen Dank, verehrter Richter. Jetzt wissen Sie alle im Saal, was ich bezüglich des impertinenten Matrosen meinte. Nun, ich saß halb besinnungslos auf der Ruderbank im Langboot und beobachtete, wie eben jener Holmes meine Männer anwies, einen Passagier nach dem anderen, auch diesen bedauernswerten Mister Asken und dessen Frau über Bord zu werfen und zu töten.«

»So ein verlogenes Arschloch! Das stimmt alles nich! Das iss alles erstunken und erlogen! In Wahrheit war der's selber gewesen! Er war's doch, der das alles befohlen hat. Mich hat er doch auch rauswerfen lassen, als ich ihm in die Quere kam«, schrie Alexander in den Saal. Er war erneut aufgesprungen und gestikulierte in Rhodes' Richtung.

»Ruhe! Ruhe im Saal! Holmes, setzen Sie sich hin und schweigen Sie oder ich lasse Sie aus dem Saal entfernen, wenn Sie keine Ruhe geben!«

Die Gerichtsdiener näherten sich Alexander auf einen Wink des Richters.

»Doch er hat sich getäuscht!«, schrie Alexander weiter und blieb stehen. »Ich bin wieder zurück an Bord geklettert. Dann hat er mich fesseln lassen, aber ich hab alles gesehen und gehört. Der hat einfach weitergemacht mit dem Töten. Viele Unschuldige hat er rauswerfen lassen. Keiner von denen war schon tot, wie er gesagt hat. Alles Lügen, verdammte Lügen! Dem müssten se hier den Prozess machen! Nich mir, ich bin der Falsche!«

Zwei Gerichtsdiener packten Alexander am Kragen und zerrten ihn aus dem Saal. Der Prozess wurde für diesen Tag unterbrochen.

Eine Woche später wurde er fortgesetzt, Alexander saß wieder im Gerichtssaal, diesmal hatte man ihm Fesseln anlegen lassen. Er war am Boden zerstört. Das Wort eines einfachen Matrosen stand gegen das eines Offiziers, der zwischenzeitlich zum Kapitän aufgestiegen war. Wie sollte er da davonkommen? Eine Gedankenwolke führte ihn weit weg, in den Ohren rauschte es nur noch und er konnte der Verhandlung nicht aufmerksam folgen. Seine Verteidiger schwiegen und saßen mit verkniffenen Gesichtern neben ihm.

Alexanders Miene hellte sich ein wenig auf und eine zarte Hoffnung keimte in ihm, als am dritten Tag des Prozesses – oder war es der vierte? - Margret Edgar erschien. Sie war die erste Person, die ihm wohlgesonnen war. Lag wohl daran, dass er ihre Tochter Isabella gerettet hatte. Auch von ihrer Aussage bekam er nur bruchstückhaft etwas mit, der Prozesstag rauschte an ihm vorbei wie ein Traum.

Ja, das Langboot war vollkommen überfüllt und seeuntüchtig gewesen, er war ein Held, weil er der Einzige gewesen war, der sich für ihre Tochter eingesetzt hatte und sie rettete, der Offizier hätte das Boot später aufgegeben und dann war es Holmes, der das Kommando übernahm und zu ihrer Rettung beitrug, er wäre in ihren Augen ein tadelloser Seemann gewesen.

Gewesen, das war nicht gelogen. Er war der Bauer im Schachspiel und wurde auf dem Brett hin- und hergeschoben. Dabei war er gar keine Landratte, gar kein Bauer. Er war ein Seemann und fühlte sich derzeit wie ein auf dem Trockenen langsam erstickender Fisch, nachdem man ihn von der Angel genommen hatte.

»Holmes, jetzt lassen Sie mal die Schultern nicht hängen und hören Sie mein brillantes Schlussplädoyer. Es wird in die Geschichtsbücher der Juristerei eingehen! Da werden Ihnen die Ohren schlackern. Es ist noch nicht alles verloren!«, sagte sein Verteidiger David Paul Brown und schlug ihm aufmunternd auf den Rücken, als wäre er sein Kumpel. Er selbst, Alexander, wurde nicht als Zeuge befragt, zu keinem Zeitpunkt des Verfahrens. Als er seine Verteidiger darauf angesprochen hatte, erwiderten diese nur, er solle die Angelegenheit nur schön ihnen überlassen, sie würden sich schließlich in der Juristerei vortrefflich auskennen, und er solle es auch mal so sehen, mit einer Aussage seinerseits könne er sich nur zu seinem Nachteil und schlimmstenfalls aufs Übelste verstricken.

Brown erhob sich gravitätisch, stellte sich in die Mitte des Gerichtssaales und legte los.

»Hohes Gericht, verehrte Herren Geschworenen, meine Herren Staatsanwälte und geschätzte Bürger der Stadt Philadelphia! Bitte schließen Sie die Augen und reisen Sie mit mir zurück an den Schauplatz der hier verhandelten tragischen Ereignisse. Sie sitzen in einem bis über den letzten Platz hinaus vollkommen überfüllten Boot. Dieses Boot ist nicht nur manövrierunfähig, sondern es füllt sich in einem fort bedrohlich mit Wasser: aus einem Leck im Boden, über den Schwall hereinbrechender Wellen und den strömenden Regen von oben. Der Seegang nimmt stetig zu, es herrscht Sturm, es ist stockdunkel. Es ist bitterkalt, der Nordpassat bläst erbarmungslos über uns Schiffbrüchige hinweg. Wir schöpfen Wasser bis zur vollständigen körperlichen Entkräftung und dennoch schaffen wir es nur gerade so, den Rand des Bootes über der Wasseroberfläche zu halten. Eisfelder schaben, kratzen und quietschen an uns und wir sind dem Herrgott vollkommen alleine auf hoher See ausgeliefert. Das Boot droht in jeder verdammten Sekunde zu kentern und uns alle in den sicheren Tod zu schicken. Und jetzt frage ich Sie:

Wie würden Sie, liebe Geschworene, sich selbst in dieser misslichen Lage verhalten?«

Brown schwieg eine Weile, sah dabei jedem Geschworenen ins Gesicht. Er fuhr erst fort, als das ungeduldige Raunen aus den Rängen der Zuschauer lauter wurde.

»Die Antwort auf diese simple Frage ist ebenso simpel. Es gibt da ein uraltes Gesetz in der Natur, das seit Anbeginn des Lebens in jedem von uns steckt. Tief in uns Menschen sitzt es verborgen, niemand kann es unterdrücken oder gar ausrotten. Es ist unauslöschlich!

Ich spreche vom Selbsterhaltungstrieb.

Es ist der Zwang, unser Leben aufrechtzuerhalten, koste es, was es wolle. Es ist eine Art Manifest, das unwissentlich in jedem von uns steckt und meist erst bei Gefahr für Leib und Leben proklamiert wird.

Worauf will ich hinaus?

Alexander Holmes ist im Grunde seines Herzens kein böser Mensch. Er hegte zu keiner Zeit und an keinem Ort eine vorsätzliche niederträchtige Absicht gegen irgendeinen seiner Mitmenschen. Im Gegenteil! Wir haben auch Zeugnis erhalten von seinen Heldentaten. Er hat beispielsweise das kleine Mädchen gerettet.

Indes! An Bord des Langbootes in jener Nacht vor einem Jahr im unbarmherzigen Atlantischen Ozean, unter diesen garstigen Umständen regierten keine menschgemachten, gar humanistischen Regeln. Es fällt uns leicht zu moralisieren hier und jetzt, im behaglich beheizten, trockenen Gerichtssaal. Damals aber, dort in jenem Boot galten vollkommen andere Gesetze! Es regierte das einfache, erbarmungslose Gesetz der Natur. Ein archaisch anmutendes, höheres Recht, eine gottgegebene Pflicht jedes Einzelnen auf den Erhalt seiner Existenz.

Und dieses Recht stand auch dem hier angeklagten Alexander Holmes in jener schrecklichen Nacht zur Seite. Er nahm es sich in seiner Not. Alexander Holmes handelte unter dieser Prämisse vollkommen rechtens. Er ist unter Berücksichtigung dieses Naturgesetzes unschuldig und somit freizusprechen.«

Staunendes Geraune drang aus der Zuschauertribüne herüber. Eine solche Argumentation war vollkommen neu, auch für Alexander. Er war unschuldig. Aber doch nicht mit dieser abstrusen Begründung! Der Verteidiger stellte ihn als ein triebgesteuertes primitives Tier dar? Wer sollte ihn denn auf diese Weise freisprechen?

Überhaupt wurden immer wieder die falschen Fragen gestellt und die richtigen ausgelassen: Warum war die William Brown überhaupt mit einem Eisberg kollidiert? Hätte man das verhindern können? Warum gab es keine Rettungsboote? Warum war das Langboot seeuntüchtig? Warum hatte der Kapitän nicht mehr Menschen aufgenommen und warum hatte er sie verlassen? Wer hatte die Hinrichtungen wirklich angeordnet? Waren sie überhaupt notwendig gewesen? Warum packte man nicht die Verantwortlichen, die Verursacher? Und wo waren seine Kameraden? Warum stand ihm hier keiner zur Seite?

Eindeutig war nur eines: Niemand hegte Zweifel an Rhodes' Aussage.

Es folgte das Schlussplädoyer der Anklage.

»Alexander Holmes wird für schuldig befunden, gegen die Gesetze der Vereinigten Staaten von Amerika verstoßen zu haben, indem er in der Nacht vom zwanzigsten auf den einundzwanzigsten April 1841 Totschlag auf hoher See gegen Frank Asken beging. In Anbetracht der hinlänglich geschilderten außergewöhnlichen Umstände in dieser Nacht lässt die Anklage Milde walten und plädiert nicht auf Mord.

Zugunsten des Angeklagten konstatieren wir, dass es sich um einen jungen, robusten, tapferen und kundigen Seemann handelte. Und ja, er mag vielleicht nicht aus Boshaftigkeit gehandelt haben, und ja, es mag dieses zitierte Naturgesetz geben, aber ich frage Sie, meine Herren Geschworenen:

Gab es denn überhaupt die Notwendigkeit, auf eine solch abscheuliche Weise zu handeln?

Ich sage eindeutig: Nein!

Die Überlebenden wurden nur wenige Stunden, nachdem das Gemetzel endete, von der Crescent lebend aufgenommen.

Das Boot mag überfüllt gewesen sein, aber es wurde ausreichend gelenzt, ein verrutschter Stöpsel im Boden wieder eingesetzt. Es kenterte nicht! Wäre es seeuntüchtig gewesen, wie von der Verteidigung dargestellt, hätte es sich dann über dreißig Stunden erfolgreich auf stürmischer See behaupten können? Wir müssen keine Experten der Seefahrt sein, um diese Frage mit einem klaren Nein zu beantworten.

Verehrte Geschworene, Sie entscheiden nun: Hat der Angeklagte das Recht, sich auf den Selbsterhaltungstrieb zu berufen? Wenn Sie dem zustimmen, ist er unschuldig und ein freier Mann.

Hat er jedoch seine Pflicht als Matrose missachtet, sich für das bedingungslose Wohl der ihm anvertrauten Passagiere einzusetzen, auch wenn sein eigenes Leben bedroht ist, dann ist er schuldig im Sinne der Anklage.«

Das Urteil sollte am nächsten Morgen gefällt werden.

»Zu welchem Ergebnis sind die Geschworenen gekommen?«, fragte Baldwin.

»Der Angeklagte, Alexander Holmes, wird wegen Totschlages auf hoher See für schuldig befunden. Das Ergebnis erfolgte einstimmig. Die Geschworenen appellieren jedoch bezüglich des Strafmaßes aufgrund der widrigen Umstände in dieser Nacht an die Milde des Gerichtes.«

Alexander saß da, fassungslos, mit gebeugtem Kopf, das Gesicht in den Händen vergraben. Er hatte es kommen sehen, der Prozess war das Spiel der anderen, nicht seines, für die Wahrheit interessierte sich im Grunde keiner.

Wenige Wochen später folgte die Verkündung des Strafmaßes durch den vorsitzenden Richter Henry Baldwin. Die Presse und deren Leser nahmen zu diesem Zeitpunkt kaum mehr von dem Fall Notiz. Das allgemeine, vormals hitzige

Interesse, die Erregung der Öffentlichkeit war abgeklungen. Weitere spannende Themen erforderten neue Aufmerksamkeit. Die *Midterm Elections* in der zweiten Hälfte des Jahres 1842 standen an.

Über die Angelegenheit von Holmes wurde nur noch in einer Randnotiz der *Morning Post* von Philadelphia berichtet:

Vereinigte Staaten vs. Alexander Holmes.
Unter Würdigung aller mildernden Umstände und der Tatsache, dass der Angeklagte bereits mehrere Monate in Haft saß, verhängte der vorsitzende Richter gestern folgendes Strafmaß: eine Geldstrafe in Höhe von zwanzig Dollar sowie Einzelhaft mit Strafarbeit im Eastern Penitentiary of Pennsylvania für die Dauer von sechs Monaten.

EPILOG

LIVERPOOL, ENGLAND, JANUAR 1843

Jack betrat die Kneipe *Lucky Joe* an den Docks. Er setzte sich an den Tresen und bestellte einen Krug Bier. Hinter dem Tresen stand der Namensgeber persönlich.

»Haste eigentlich mal was von Alexander Holmes gehört, dem Schweden? Weißt schon«, sagte Jack.

»Yo«, sagte Lucky Joe, wie gewohnt einsilbig.

»Isser wieder draußen?«, fragte Jack.

»Woll.«

»Haste ihn hier schon gesehn?«

»Yo.«

»Isser noch in Liverpool?«

»Yo.«

»Was macht er so?«

»Sucht.«

»Was'n?«

»'s Arschloch.«

»Hä? Meinste den Ersten, Rhodes?«

»Woll.«

Jack schüttete das Bier in einem Zug in sich rein, bevor er ein neues bestellte. Er lachte und schüttelte den Kopf. »Der zähe Dreckskerl. Hat nichts gelernt.«

NACHWORT

Vor einigen Jahren schenkten mir Freunde – Tina und Martin – das Buch »Psychopathen: Was man von Heiligen, Anwälten und Serienmördern lernen kann« von Kevin Dutton.

»Was sind das für Freunde, die Bücher über Psychopathen verschenken?«, könnten Sie an dieser Stelle fragen. Oder auch: »Was ist das für ein Typ, dem man so ein Buch schenkt, was wollen die ihm damit zu verstehen geben?«

Diese Fragen zu erörtern, würde hier zu weit führen. In jedem Fall habe ich das Buch gerne gelesen, deshalb gilt mein erster Dank Tina und Martin. Das Sachbuch beantwortet die Frage, wie sich manche Menschen, Psychopathen, in Extremsituationen verhalten. Ein kurzes Kapitel darin handelt von einem gewissen Francis Rhodes, der nicht eine Sekunde zögerte, Schwächere zu opfern, um seinen eigenen Hintern zu retten. Meine Neugierde war geweckt, diese Geschichte wollte ich unbedingt näher ergründen und erzählen. So begann meine weitere Recherche.

Es gibt eine wunderbare Übersicht über alle nautischen und juristischen Fakten, die über den Fall bekannt sind. Sie diente mir als Hauptquelle: »The Wreck of the William

Brown. A True Tale of Overcrowded Lifeboats and Murder at Sea« von Tom Koch, International Marine, 2004.

Mein zweiter Dank gilt somit Tom Koch für diese fantastische Quelle der Inspiration. Ich habe mir die Freiheit genommen, sowohl Figuren als auch die Handlung frei zu erfinden oder zu verändern, sodass eine in sich schlüssige Geschichte entstehen konnte.

Der dritte Dank gebührt Rainer Wekwerth, meinem Lehrer für kreatives Schreiben, für seine vielen kernigen und überaus weisen Ratschläge. Frau Hannelore Schmidt-Henkel war die Erstleserin des Manuskriptes, ihre Leidenschaft für Literatur ist wahrlich ansteckend, danke hierfür. Claudia Pietschmann hat mit unglaublicher Hingabe und Professionalität den Text lektoriert und korrigiert, wofür ich ihr sehr dankbar bin. Zuletzt – die Danksagungen folgen einer chronologischen Reihenfolge – sage ich einfach nur »Wow!« für die Gestaltung und Illustration des Buchcovers. Danke Annie, danke an DAS ILLUSTRAT in München.

Eine letzte Bitte: Wenn Ihnen die abenteuerliche Geschichte von Alexander Holmes gefallen hat, würde ich mich über eine Bewertung oder Besprechung des Buches im Internet sehr freuen.